# ANDRÉ HOFF

# TurTank
## Das Erwachen des Helden

IMPRESSUM

TURTANK - Das Erwachen des Helden
Copyright © 2019 by André Hoff
Alle Rechte vorbehalten.
Lektorat: Kornelia Hoff, www.wortfalter.com
Korrektorat: Mystery of Books, Marion Lembke
Covergestaltung: Lorna Schütte, www.lornaschuette.com
Autorenfoto: André Hoff
Herstellung und Verlag: BoD – Books on Demand, Norderstedt
ISBN: 9 783743 127012
2. Auflage 2020

Aktuelle Projekte, Illustrationen zum Buch und weitere
Informationen auf www.andre-hoff.de

Bisher von André Hoff erschienen:
**BLAUE LEGENDE – Der Weg des Einen**
**TURTANK – Das Erwachen des Helden**

*Für Marc*

# Prolog

»Aufzeichnung: Samstag, 20. Juni. Roxana und ich befinden uns an einem entlegenen Strand auf Isla Isabela, der größten Insel des Galapagos-Archipels. Die Sonne steht hoch am Himmel und die Hitze beeinträchtigt unsere Expedition.«

»Weil du ein alter Knacker bist, der seine bleiche Haut nur selten mehr als dem Flimmern einer Bürolampe aussetzt.« Roxana Olena kam mit geschmeidigen Schritten über den Hügel und schaute sehnsüchtig auf den Strand und das Meer. Sie seufzte. »Seit zwei Wochen durchkämmen wir diese verfluchten Inseln. Was wir suchen, befindet sich sicherlich am Grund des Pazifiks. Landolf, vielleicht solltest du deine Herangehensweise nochmal überdenken, während ich mich dort unten ein wenig frisch mache.« Sie zwinkerte.

»Das hättest du wohl gerne.« Die kurvige Forscherin beim Schwimmen zu beobachten, wäre eine nette Abwechslung gewesen, aber Professor Landolf Karb kannte bereits ihre seltsame Art zu scherzen und ging gar nicht erst darauf ein. Er betätigte abermals mit seiner Rechten das Protokollgerät. »Wie ich meiner Assistentin schon mehrfach erklärte: Der Sphärograph ist ein äußerst sensibles Gerät. Die Linien, die er aufzeichnet, müssen genau analysiert werden, um zu erkennen, ob wir uns dem Ziel nähern.« Er studierte eingehend den Bildschirm des Apparates in seiner anderen Hand. Dann sah er Roxana an. »Und diesem sind wir näher als jemals zuvor.« Landolf schob das Protokollgerät in seine Tasche. »Ich glaube, du hast in der Tat gar nicht so unrecht«, sagte er dann.

Roxana hob eine Braue. »Wie das?«

»Unsere Herangehensweise.« Landolf schob seine Brille zurecht und musterte die Landschaft. Felsige Hügel, karges Buschland, weißer Strand. »Bisher haben wir nach einer Art Krater gesucht. Wieso auch nicht? Das, was wir suchen, ist auf keinen Fall irdischen Ursprungs. Bei seiner Größe muss es einen Krater hinterlassen haben, nachdem es in die Erde einschlug.«

»Mein Reden, Professorchen. Der Krater ist tief unter dem Meeresspiegel.«

Mehr als einmal fragte sich Landolf, wieso ausgerechnet diese Frau Teil einer so wichtigen und streng geheimen Unternehmung geworden war. *Beziehungen. Attraktiv und gerissen, so eine Frau kann einfach überall Beziehungen aufbauen und sich hochmogeln.* Er nickte sich selbst stumm zu. »Möglicherweise gab es keinen Krater. Das Gesuchte könnte so leicht sein, dass es vom Himmel herabgeglitten ist. Oder es zersplitterte in tausend Einzelteile und zog sich dann, am Boden angekommen, mithilfe einer Art von Magnetismus wieder zusammen.«

Roxana schulterte ihren Rucksack und gemeinsam begannen sie, den Hang Richtung Strand hinunterzuklettern. »Du hast eine rege Fantasie, deswegen mag ich dich. Halten wir also nach den seltsamsten Anomalien Ausschau und drehen ein paar Sandkörner um. Was wir suchen, könnte genauso gut überall gleichzeitig sein. Vielleicht wurde es auch durch eine Katastrophe – wie etwa eine Flutwelle – verschüttet. Oder«, sie hob mahnend die Hand, »oder es beobachtet uns. Jetzt gerade.«

Während sie das lange Küstengebiet dieser abgelegenen Gegend durchstreiften, senkte sich die Sonne zum Horizont. Zu dieser Jahreszeit herrschte auf den Inseln die Regensaison, dennoch hatten sie in den letzten Tagen Glück mit dem Wetter gehabt. Zumindest meistens. Der Professor starrte auf seinen selbstentwickelten Sphärographen. Die Linien auf dem kleinen Bildschirm veränderten sich kaum. Sollte er sich vielleicht doch getäuscht haben und am Ende jagten sie nur einem Gespenst hinterher? Seinen ursprünglichen Zweck hatte das Gerät nicht erfüllt, stattdessen reagierte es unerklärlicherweise auf ein seltsames Metall aus dem Weltall. Oder besser gesagt, auf dessen Strahlung, die mit ebendiesem Sphärographen erst entdeckt worden war. Die Wissenschaftler nannten diese Strahlung Luraan. Das Metall wurde bislang nur in kleinsten Splittern auf der Erde gefunden und seine Quelle musste so alt sein wie das Universum selbst. Es wurde Lurit getauft. Vor hunderttausenden von Jahren mussten größere Teile auf die Erde hinabgestürzt sein, von denen die kleinen Bruchstücke stammten, die gefunden wurden.

Wofür diese Materie genutzt werden konnte, wusste Landolf hingegen noch nicht. Um es zu erforschen und handfeste Ergebnisse zu erzielen, brauchte es mehr davon, daher mussten sie einen größeren der geheimnisvollen Luritsteine finden.

Roxana blieb abrupt stehen. »Hier ist es«, entschied sie und war erstaunt über sich selbst. Irritiert blickte sie den Professor an. »Ich weiß nicht warum, aber hier muss es sein.« Sie schüttelte den Kopf. »Spürst du das auch? Etwas ist hier anders. Irgendetwas.«

Landolf kräuselte skeptisch die Stirn. War das wieder einer ihrer nervigen Scherze? »Nein«, sagte er nur.

Doch sie war sich ihrer Sache sicher. »Es ist irgendwie in der Luft. Hast du kein Feingespür? Das Unterbewusstsein reagiert auf Veränderungen kleinster Nuancen. Ich habe zehn Jahre in Indien gelebt und von den größten Yogis einiges darüber erfahren und erlebt.« Die Forscherin war so ernst wie nur selten zuvor, doch Landolf erwiderte trotzdem nur verständnislos ihren reizenden Blick. »Schau auf deinen Gameboy!«, befahl sie.

Und da war es. Die Anzeige schlug aus. »Du hast recht«, hauchte Landolf mit großen Augen. Er blickte sich um, doch weiterhin war um sie herum nur Sand.

Roxana zog den Klappspaten aus ihrem Rucksack und reichte ihn dem Professor. »Offenbar folgt nun der spannende Teil unserer Mission. Ich hoffe doch, du wirst eine Lady davor bewahren, sich die Fingernägel schmutzig zu machen?«

Landolf fragte sich, ob Roxana nur deswegen bei der Mission dabei war, weil sie ein so gutes Gespür für diese Energien hatte. *Warum sonst?* Er verdrehte die Augen und griff nach seinem eigenen Spaten. Außerdem holte er Hammer, Meißel und einige Pinsel aus seinem Gepäck. »Wir werden vorsichtig sein müssen«, sagte er nur. Dann begann die Ausgrabung.

Als sie fertig waren, stand der volle Mond am Himmel und warf sein weißes Licht auf den Strand und das, was die beiden Wissenschaftler gefunden hatten. Landolf konnte es noch immer nicht fassen. Dies hier übertraf seine kühnsten Erwartungen. Er zweifelte nun immer mehr daran, dass es sich bei dem Lurit um ein gewöhnliches Metall handelte. »Du hattest wahrscheinlich recht«, sagte er zu Roxana. »Es muss durch eine Art Katastrophe verschüttet worden sein. Vor sehr langer Zeit.«

»Ehrlich gesagt, bin ich da nicht mehr so sicher.« Sie konnten ihren faszinierten Blick nicht von ihrem Fund abwenden und kaum glauben, was sie hier ausgegraben hatten. »Ich denke eher, es hat sich hier eingegraben. Um zu sterben.«

Landolf atmete tief durch. Das hier würde die Welt verändern, wie die Menschen sie kannten. »Du hast das Telefon. Ruf meinen Bruder an und erzähl ihm davon.«

Roxana nickte und ging zu ihrer Tasche. Auf ihrem Handy wählte sie die Nummer von General Karb.

# TEIL I

# KAPITEL 1

*Freitag, 3. Juli, vor dem Bistro 33 in Berlin Mitte*

Kylian schaute auf seine Taschenuhr, das Familienerbstück. Es war kurz nach Mittag. Er betrachtete die einzigartige Schildkrötenform und erinnerte sich an den Moment zurück, als er die Uhr bekommen hatte. Dies war ein schwarzer Tag in seinem Leben gewesen, der lange zurücklag.

Er schreckte auf, als jemand seinen Namen rief, und ließ die Taschenuhr wieder in seiner Hosentasche verschwinden. Um ihn herum wirbelte das übliche Chaos der Großstadt. Hupende Autos, gestresste Passanten und lachende Touristen.

»Hey, Kylian!« Edmond kam eilig auf ihn zu. »Sorry, die Bahn hat sich mal wieder verspätet, aber ich habe mich beeilt.« Sein bester Freund war außer Atem. War er den ganzen Weg vom Bahnhof bis hierher gerannt? Nicht vorstellbar bei seiner Körperfülle.

»Beruhig dich, Ed«, sagte Kylian. »Die Schule liegt nun hinter uns und du solltest wieder lernen, dich zu entspannen.«

Edmond deutete auf das Gebäude hinter ihm. Bistro 33, aber sie nannten es auch gerne ihr Stammlokal. »Du hättest schon reingehen können.«

Kylian zuckte mit den Schultern. »Manchmal ist es ganz unterhaltsam, sich auf die Straße zu stellen und die Menschen bei ihrem alltäglichen Wahnsinn zu beobachten.«

»Keiner ist wahnsinniger als du, Kylian«, erwiderte er.

Drinnen setzten sie sich an ihren Lieblingstisch am Fenster. Edmond sah sich auf der Suche nach bekannten Gesichtern um. Oder hübschen Mädels. Er grinste, als er den Kellner ihres Vertrauens entdeckte, und winkte ihm zu. Rasch näherte sich dieser von der Bar aus.

»Na, ihr Streber, habt ihr eure feierliche Zeugnisübergabe wohlbehalten überstanden?«, fragte er mit einem herausfordernden Lächeln. »Das war gestern, oder? Komisch, ihr seht so nüchtern aus.«

»Spar dir deine Scherze für die weiblichen Gäste auf«, antwortete Kylian trocken. »Aber ja: Das entscheidende Jahr ist geschafft. Monatelange Paukerei und entsetzliche Prüfungen. Wir sind durch. Jetzt machen wir Karriere, genau wie du, Henry.«

Der Kellner zog eine Grimasse. »Sicher«, sagte er resigniert. Henry war genauso alt wie Kylian und Edmond, obwohl er sie um eine Kopflänge überragte. Die drei kannten sich noch aus der Grundschule und waren quasi beste Freunde. Henry hatte jedoch damals einen anderen Weg eingeschlagen, die Schule nach der zehnten Klasse verlassen und war seither Auszubildender im Bistro 33 – das war einer der Hauptgründe, weshalb dies ihr Stammlokal war. Kylian und Ed hingegen hatten ins Gymnasium gewechselt, um weiter zu pauken. »Ich hab noch zwanzig Minuten Dienst, dann bin ich für euch da«, sagte er.

»Bringst du uns solange zwei Cola?«, fragte Edmond.

»Wie ihr wünscht, denn im Moment muss ich euch noch als zahlende Kunden behandeln.« Henry zwinkerte und verschwand hinter dem Tresen.

»Du bist gestern ziemlich schnell abgehauen«, begann Edmond. »War es so schlimm?« Er griff in seine Tasche und legte eine Mappe auf den Tisch.

Kylians Herz machte bei dem Anblick fast einen Aussetzer. »Zugegeben, ich fühlte mich etwas einsam. Alle kamen sie mit ihren Familien und spielten heile Welt. Unsere Mitschüler, so poliert und herausgeputzt, als wären sie einem Modeprospekt entsprungen.« Er schüttelte kaum merklich den Kopf. Weder seine Eltern noch seine Schwester waren erschienen. Sie waren gewissermaßen verhindert gewesen. Alle anderen Verwandten lebten zu weit weg. Kylian hatte sich bei der Veranstaltung also an seine wenigen Freunde halten müssen. »Es war eigentlich ganz nett. Wirklich. Aber wenn du mich nach meiner miesen Laune fragst …« Er holte seinerseits eine Mappe aus der Tasche und warf sie achtlos auf den Tisch.

Edmond biss die Zähne zusammen. »So schlecht kann es doch gar nicht sein«, sagte er. Als Kylian nur mit einem finsteren Blick antwortete, zog Ed dessen Abschlusszeugnis aus der Mappe und betrachtete eine Note nach der anderen.

*Wo bleibt die Cola?*, dachte Kylian. *Wie lange kann es dauern, ein Getränk zu servieren?* Er rollte mit den Augen. Nicht wissend, wohin mit seinen Gedanken, griff er seinerseits nach Edmonds Zeugnis. Alles Einsen und Zweien. »Im Gegensatz zu mir bist du wirklich ein Streber«, sagte er und legte es wieder zur Seite.

Edmond schaute sich noch immer Kylians Noten an. Sein breites Gesicht war wie versteinert. Hinter ihm tauchte Henry mit der Cola auf. Er runzelte die Stirn. »Scheiße, das sieht ja aus wie bei mir, bevor ich von der Schule gegangen bin. Ed, ich hätte mehr von dir erwartet. Was hast du an all den Nachmittagen getrieben, an denen du lernen wolltest? Serien gestreamt?«

»Das ist Kylians Zeugnis.«

»Oh.« Er stellte die Getränke ab. »Das ist weniger verwunderlich.«

»Das ist eine ernste Sache«, betonte Edmond. »Damit werden wir uns an Universitäten bewerben.«

*Wenn er doch nur unrecht hätte.* Kylian merkte, wie sein Mund immer trockener wurde. Bis gestern hatte er auf ein

Wunder gehofft, doch die Realität war mit all ihren lehramtlichen Bewertungen über ihn hereingebrochen. Während der Zeugnisübergabe am Vortag hatte Kylian eine gute Miene zum bösen Spiel gemacht, um sich dann kurzerhand zu verabschieden. Anschließend hatte er sich zuhause ausgiebig dem Selbstmitleid hingegeben. Und nun, am Tag danach, wurde ausgewertet. Unter Freunden.

»Tut mir leid, Mann«, sagte Edmond aufrichtig und schob die Dokumente wieder in die Mappen.

»Du bist am Arsch, Kylian.« Der Auszubildende zuckte die Schultern. »Nun wird es wohl ein paar Jährchen dauern, bis dich deine Wunsch-Uni hier in Berlin annimmt, wo du Palä-Dingsbums werden kannst.«

»Es heißt Paläontologe«, berichtete Kylian halbherzig.

»Wie auch immer, bis dahin kannst du auch in diesem Laden anfangen. Vielleicht wärst du dann sowas wie mein Assistent.«

Kylian war nicht nach Lachen zumute.

Edmond besaß mehr Taktgefühl und packte seine Mappe wieder ein. »Themawechsel: Was fangen wir mit unserer neugewonnenen Freizeit an?«

»Keine Ahnung«, antwortete Kylian, hauptsächlich um überhaupt irgendwas zu sagen. In Gedanken war er nicht mehr in diesem Bistro, sondern legte sich bereits Worte zurecht, die seiner Familie dieses Zeugnis erklären konnten. Doch er zwang sich, ins Jetzt zurückzukehren. »Ich habe gedacht, wir fahren dieses Wochenende zu den Steingruben, um wieder nach kleinen Fossilien zu suchen.« Zumindest würde ihn dies von der Enttäuschung seiner Familie ablenken. Und von seiner eigenen.

»Fossilien?« Henry runzelte die Stirn.

Edmond erklärte: »Hin und wieder gehen wir dort Steine suchen, in denen Fossilien drinnen sind. Schnecken, Muscheln und sowas. Das ist Kylians geheimes Hobby.«

Henry nickte bedächtig mit dem Kopf. »Aha, klingt spannend. Das hat wohl was mit dem Palä-Dingsbums zu tun, was?«

Kylian wollte aufs Neue Henry erklären, wie man das Wort aussprach, da sah er etwas durch das Fenster, das ihn innehalten ließ. Seine beiden Freunde folgten dem Blick.

»Sora Meyer«, sagte Edmond. »Aus der Parallelklasse. Die hat es unserem Freund hier angetan.« Das besagte Mädchen lief mit ihren Freundinnen an dem Bistro vorbei und verschwand wieder in der Menge. Sie wohnte hier ganz in der Nähe.

»Verständlich«, sagte Henry mit verschränkten Armen. »Sie ist heiß.«

Kylian seufzte. »Kein Glück bei den Noten und kein Glück bei den Frauen – möchte nicht jemand mit mir tauschen?«

»Zumindest hast du es nur mit den Noten vergeigt«, bemerkte Ed. »Bei Sora stehen dir noch alle Wege offen.«

Henry wedelte mit dem Finger und endlich setzte er sich zu ihnen. »Nicht ganz, Leute. Ich habe gehört, Rufus hätte ebenfalls ein Auge auf sie geworfen.« Wie immer verfügte der Kellner über beeindruckend viele Informationen, denn hin und wieder belauschte er die Gäste. Rufus war allerdings nicht nur Kylians und Edmonds ehemaliger Mitschüler, sondern zufällig auch Henrys Cousin.

»Rufus? Dein Ernst?« Kylian konnte es nicht fassen. Rufus Talente galten eher dem sportlichen Bereich. Etwas in die Richtung wollte er wohl studieren. *Nun, damit hat er zumindest ein Talent mehr als ich*, dachte Kylian verbittert.

»Lass den Kopf nicht hängen«, meinte Henry. »Zufällig habe ich auch bemerkt, dass sie dem Muskelmann eher aus dem Weg geht. Sicherlich steht sie eher auf schlaksige Jungen, die in ihrer Freizeit Batman-Comics lesen und tote Viecher ausgraben.« Er zwinkerte.

»Soll das etwa ein Kompliment sein?«

»Ja, natürlich«, bekräftigte Henry. »Vorschlag: Sucht

morgen ruhig nach diesen Fossilien, aber heute tun wir etwas, das Männer in unserem Alter tun sollten.«

Kylian und Edmond blickten fragend drein.

»Wir gehen Party machen«, sagte Henry geradeheraus. »Hier in der Umgebung befindet sich eine beliebte Bar, wo sich auch einige aus eurer Schule immer rumtreiben. Bestimmt werden heute Abend anlässlich des gestrigen Tages besonders viele Leute da sein. Und jede Wette, deine Flamme wird auch dort sein.«

»Hör auf mit dem Zwinkern«, sagte Kylian. »So langsam wird mir davon schlecht.«

»Wäre mal etwas anderes«, meinte Ed. »Einen Versuch ist es wert, lass uns heute dort hingehen. Außerdem können wir uns so schon auf den Abiball vorbereiten.«

»Meinetwegen.« Kylian hasste solche Veranstaltungen. Zu viele Leute, die sich betrinken und wirres Zeug quasseln. Und der Abiball nächste Woche? Er hatte noch immer nicht Tanzen gelernt. Aber der Tag war ohnehin schon versaut und womöglich würde er so wenigstens die Möglichkeit finden, einmal mit Sora zu sprechen. *Vielleicht geschieht ein Wunder und alles wird gut. Besser so, als den Abend in Einsamkeit und mit Selbstvorwürfen zuhause zu verbringen.*

# Kapitel 2

*Freitag, 3. Juli, Leguanoon in Berlin Mitte*

Zehn Stunden später liefen Kylian und Edmond die beleuchtete Straße entlang, auf dem Weg zum Treffpunkt. Beide hatten ihre besten Ausgehsachen angezogen. Die Luft war etwas kühl, doch Kylian zitterte eher ganz leicht vor Aufregung.

»Hast du es schon deiner Mutter erzählt?«, fragte Edmond plötzlich.

»Nein. Ich werde sie morgen besuchen.« Darüber wollte er jetzt ganz sicher nicht reden. »Was meinst du, wie soll ich Sora ansprechen?«

Edmond überlegte. »Ich weiß nicht. Sag einfach Hallo.«

»Okay, das hilft mir echt weiter.«

Über dem Eingang der Bar leuchtete das Wort Leguanoon und Musik drang aus dem Inneren des Gebäudes. Draußen standen rauchende Leute, die die Neuankömmlinge mit kritischen Blicken musterten. Einer von ihnen entpuppte sich als Henry.

»Da seid ihr ja!« Er löste sich von der Gruppe aus finsteren Typen und schnippte den Zigarettenstummel auf die Straße. Dann gab er seinen Freunden demonstrativ die Hand.

»Seit wann rauchst du?«, fragte Kylian wie beiläufig, aber Henry ging gar nicht darauf ein. *Und was sind das für komische Leute? Er ist anscheinend öfter hier des Nachts unterwegs.* Es war immer ein seltsames Gefühl zu beobachten, wie sich die Kindheitsfreunde mit den Jahren veränderten. Besonders Henrys Wandlung fiel ihm auf, da er ihn nicht allzu oft sah und dieser sich offenbar noch mit ganz anderen Leuten abgab.

Edmond schien das jedoch gar nicht zu kümmern. Er war so euphorisch wie nur selten zuvor, aber vielleicht lag das auch an seinem guten Zeugnis.

Henry führte sie zum Eingang. »Kommt mit, ich kenne den Türsteher. Ich sorge dafür, dass er euch nicht zu viele Fragen stellt.« Wieder dieses Zwinkern.

Drinnen amüsierten sich aufgestylte Leute im zwielichtigen Durcheinander. Ständig blitzte irgendwo ein Licht auf. Laute Musik übertönte alles, die Tanzfläche war überfüllt und es roch nach Schweiß. Andere Besucher tummelten sich an Bar und Tischen. Knapp bekleidete Frauen zogen immer wieder Kylians Blicke auf sich. Er wusste nicht, wie er diese vielen Eindrücke verarbeiten sollte. Offenbar kam es darauf an, einfach locker zu sein, ein Lächeln aufzusetzen und cool auszusehen.

Henry spendierte ihnen Drinks – alkoholische Mixgetränke – und eine ganze Weile hielten sie sich an einem der freien Stehtische auf. Kylian sagte nur wenig, während seine Sinne noch dabei waren sich zurechtzufinden. Die anderen beiden unterhielten sich angeregt. *Wie können sie das, bei all dem Lärm?*, fragte er sich. Wie gern wäre er jetzt in der Steingrube, um in aller Ruhe nach Fossilien zu suchen ...

Edmond stieß ihn mit dem Ellbogen an und deutete in die Menge. »Da ist sie«, sagte er ihm direkt ins Ohr.

Sora lief mit drei Freundinnen durch den Gang. Sie hatte sich für den Abend zurechtgemacht und sah einfach umwerfend aus. Ihr langes goldblondes Haar lag offen über ihren Schultern und ihr so anmutiges Lächeln sowie ihre tiefblauen Augen, wurden durch dezente Schminke betont.

Kylian starrte gebannt wie ein verträumter Trottel der schlanken Frau hinterher. Er brachte sich durch ein Kopfschütteln zur Besinnung. *Sie hat mich noch nicht mal bemerkt*, dachte er bekümmert, als sie vorüber war. *Wo gehen sie denn hin? Zum Ausgang? Vielleicht gefällt ihr die Veranstaltung genauso wenig wie mir?*

Während Kylian immer noch wie gelähmt war, eilte Henry an ihm vorbei, den Mädchen hinterher. Er hielt sie auf und sagte etwas zu ihnen, das Kylian bei all dem Krach nicht hören konnte. Henry zeigte auf ihn und Sora folgte mit ihrem Blick. Plötzlich lächelte sie und winkte. Was passierte denn jetzt? Kylian blieb nichts anderes mehr übrig, als zurückzulächeln und auf die Gruppe zuzugehen.

Henry kam ihm auf halbem Weg entgegen. »Ich habe ihr gesagt, du würdest gerne etwas mit ihr besprechen. Unter vier Augen. Offenbar ist sie nicht abgeneigt.« Er zwinkerte und ging wieder zu Edmond, ohne eine Antwort abzuwarten. Kylian war wie ins kalte Wasser geworfen. Jetzt gab es kein Zurück mehr. Er schluckte den Kloß im Hals herunter und stakste einfach weiter auf das Mädchen zu.

Sora sagte irgendetwas zu ihren Freundinnen, woraufhin diese sich kichernd wieder in die Menge bewegten. Sie wechselten im Vorbeigehen verstohlene Blicke und beäugten Kylian von oben bis unten.

»Wollen wir uns eine Ecke suchen, wo es nicht ganz so laut ist«, fragte ihn Sora plötzlich. Dazu war sie dicht an sein Ohr gekommen und unweigerlich drang ihr Duft in seine Nase. Er wusste nicht, wie ihm geschah, und erst recht nicht, was er antworten sollte. Also nickte er einfach nur. Sora lächelte und sie führte ihn in einen anderen Teil der Bar.

***

»Ich komme auch nicht gerne hierher, aber die Mädels schaffen es immer wieder, mich zu überreden. Besonders heute, wo es die Zeugnisse zu feiern gibt.« Sora zog an dem Strohhalm ihres Cocktails. Sie beide hatten einen freien Tisch gefunden und saßen einander gegenüber. Glücklicherweise war es hier um ein Vielfaches ruhiger. »Wir sind schon über zwei Stunden hier und ich hatte einfach keine Lust mehr. Keine Ahnung, manchmal kommt es mir vor, als würden mich zu viele Menschen einfach erdrücken.«

Kylian war fasziniert, wie sich ihre Lippen bewegten. »Geht mir ähnlich«, sagte er nur und verfiel weiterhin in sein Dauergrinsen. *Verdammt, streng dich mehr an. Dieser Moment ist einmalig, also nutze ihn. Sag irgendwas Intelligentes!* »Wie geht es dir sonst so?«, fragte er stotternd.

Sie zuckte mit den Schultern und spielte nebenher mit dem Strohhalm. »Geht so. Mein Zeugnis war zufriedenstellend. Ich denke, die Uni hier in Berlin wird mich annehmen. Es wird meine Eltern freuen, dass ich ihre Erwartungen erfüllt habe.« Lag eine Art Bedauern hinter alldem verborgen?

»Verstehe«, sagte Kylian. Obwohl ihn die Einzelheiten interessierten, wagte er es nicht, weiter nachzufragen. Schade, denn nun hätten sie ein Thema gehabt.

»Und was ist mit dir? Was willst du studieren?«

Kylian brauchte nicht lange zu überlegen. »Geowissenschaften, Fachrichtung Paläontologie.«

»Ah, das Ausgraben und Erforschen von urzeitlichen Lebewesen«, sagte sie neugierig und plötzlich schienen ihre Augen mehr zu glänzen. »Ich werde Biologie studieren, da sind wir also thematisch gar nicht allzu weit voneinander entfernt. Aber wie kommst du auf Paläontologie?«

»Dinosaurier«, sagte Kylian und war plötzlich genau in seinem Element. »Ich interessiere mich für sie, seit ich ein kleiner Junge war. Spielte lieber mit Dinofiguren als mit Traktoren. Und seitdem ich mein erstes Buch zu dem Thema bekam, saugte ich jahrelang das Wissen über die Urzeit in mich auf. Als ich herausgefunden habe, dass man sowas auch beruflich machen kann, wurde klar, was ich mal werden würde.«

»Wow, das Ziel vor Augen, seit du ein Kind bist. Das finde ich gut.« Und tatsächlich schaute sie ihn bereits ganz anders an.

»Tja, leider wollen die Noten da nicht ganz so mitspielen. Die Berliner Uni hat für den Studiengang neuerdings einen Numerus Clausus eingeführt. Der ist zwar nicht gerade hoch, aber ich erreiche ihn trotzdem nicht. Wahrscheinlich werde ich entweder warten müssen oder in ein anderes Bundesland gehen.« *Letzteres kommt nicht infrage. Ich darf Berlin nicht für längere Zeit verlassen.* Eigentlich hätte er jetzt wieder in Selbstmitleid fallen müssen, doch aus irgendeinem Grund hatte sich sein Selbstbewusstsein in der letzten halben Stunde vervielfacht.

»Mach dir keine Sorgen«, erwiderte sie. »Noten sind nicht alles im Leben – außer vielleicht für meine Eltern. Vertrauen in die eigene Sache und Ehrgeiz, das sind Faktoren, die im Leben wirklich zählen.«

Kylian überlegte. »Das ist sehr weise.« Er betrachtete ihr Gesicht und merkte, wie sie es ihm gleichtat. Irgendwie waren sie sich nähergekommen.

»Worüber wolltest du eigentlich mit mir sprechen?«, fragte sie plötzlich und nippte wieder an ihrem Getränk.

»Hm?« Was meinte sie? »Ach so, Henry ...«

»Ich kenne ihn aus dem Bistro 33«, sagte sie. »Er hat versucht, bei einer meiner Freundinnen zu landen. Doch sie hat ihn abblitzen lassen. Trotzdem erzählt er manchmal ganz lustige Sachen.«

»Nun, ich wollte dich fragen ...« Kylian überlegte, glücklicherweise hatten sie in diesem Gespräch einander schon besser kennengelernt als in den gesamten vergangenen Jahren. Er hatte eine Idee. »Vielleicht hast du Lust, mich morgen zu begleiten. Mit dem Zug stadtauswärts zu den Steingruben. Dort kann man prima nach Fossilien suchen. Wie wäre das?«

Ihr interessierter Blick sprach Bände. »Das klingt sehr abenteuerlich, natürlich hätte ich Lust. Das wäre endlich mal etwas anderes.«

Kylian konnte sein Glück kaum fassen.

»Oh ...« Doch plötzlich wurde sie nachdenklich. »Das geht ja gar nicht. Morgen fahre ich für einige Wochen zu meinen Eltern. Sie wohnen im Norden bei Flensburg, weißt du. Deswegen kann ich auch nicht am Abi-Ball teilnehmen.« Sora lebte während ihrer Schulzeit in einem Internat, offenbar hatten ihre Eltern sie hier nach Berlin abgeschoben, wo sie Karriere machen sollte. Sie wirkte bedrückt. »Es tut mir leid«, sagte sie und plötzlich schien sie ein anderer Mensch zu sein.

Kylian empfand Mitleid, als ihm immer deutlicher wurde, welche Art Menschen ihre Eltern waren. Unwillkürlich nahm er ihre Hände zwischen die seinen. Er begriff erst, was er tat, als es schon passiert war. Also machte er einfach weiter. »*Mir* tut es leid«, betonte er.

Sora blickte ihn dankbar an. Sie schüttelte leicht den Kopf. »Lassen wir uns nicht den Abend verderben. Noch bin ich ja hier. Wie wäre es, wenn wir diesen unbequemen Ort verlassen und draußen einen schönen Spaziergang machen. Vielleicht finden wir sogar einen Platz, wo wir uns ungestörter unterhalten können.«

»Gerne«, sagte Kylian nur. »Aber ich muss vorher noch meinen Freunden Bescheid sagen.«

»Ja, ich genauso.« Sora blickte sich kurz um. »Und lass mich vorher noch schnell auf Klo gehen. Wartest du hier?«

»Natürlich.« Er nickte ihr aufrichtig zu. Sora löste sich von seinen Händen und verschwand im Hintergrund, während Kylian ihr nachsah. Er hätte platzen können vor Glück. *Was passiert hier nur?*, dachte er und fast war ihm, als wäre er gerade aus einem Traum erwacht. Doch dies war die Realität. *Das ist unfassbar! Da leben wir jahrelang nebeneinander her und nun stellt sich plötzlich heraus, wir sind wie Seelenverwandte. Sora ist wie ich. Und sie scheint mich zu mögen.* Es war zu schön, um wahr zu sein. Von nun an würde alles anders sein und Kylian fühlte sich, als ob nichts in dieser Welt ihn noch aufhalten könnte. Er grinste weiter vor sich hin, betrachtete die Menge und wartete auf Soras Rückkehr.

Jemand nahm seinen Kopf und knallte ihn mit voller Wucht auf die Tischplatte.

Kylian spürte einen flimmernden Schmerz und sackte orientierungslos zu Boden. Doch er wurde aufgefangen und unsanft davongeschleppt. Von mehreren Personen. Nicht wissend, wo oben und unten war, stolperte er gegen Tische und Stühle, während man ihn herumschob. Plötzlich fühlte er die kühle Abendluft und seine Peiniger warfen ihn in den Dreck.

»Hat uns jemand gesehen?«, fragte eine grobe Stimme.

»Scheinbar nicht.« Eine Tür wurde wieder geschlossen. »Überlass mir den Rest.«

Die Straßengeräusche waren weit weg. Doch Kylian hörte ohnehin nur ein Piepen im Ohr. Er wand sich am Boden und erkannte, dass er in der Gasse lag. Offenbar am Nebenausgang der Bar. Blut rann an seiner Schläfe herab und tropfte auf das Kopfsteinpflaster. Kylian wandte sich um und sah drei Gestalten im Halbdunkeln. Direkt über ihm stand Rufus. Der griff ihm an den Kragen und zerrte ihn auf die Beine. Sein Mitschüler war einen ganzen Kopf größer und unglaublich kräftig. Diesen Kampf hatte Kylian längst verloren. Er betrachtete rasch die anderen beiden. Einer war unbekannt, der andere war Henry.

»D-du?«

»Tut mir leid, Kylian. Rufus hat mich erpresst, ich hatte keine andere Wahl, als ihn auf dich und Sora hinzuweisen.«

Henry sprach nüchtern, ohne jegliches Gefühl.

»Du wagst es, Hand an mein Mädchen zu legen?«, fragte Rufus und zwang Kylian, ihn anzusehen.

»*Dein* Mädchen?«, keuchte Kylian.

Rufus holte aus und versenkte seine Faust in Kylians Magen. Schlagartig krampfte sich alles in ihm zusammen und jegliche Luft wurde aus seiner Lunge gepresst. »Sie ist für mich bestimmt, du kleine Missgeburt!« Er schlug noch einmal zu und erwischte ihn in die Seite. »Das sind Angelegenheiten, von denen du nichts verstehst. Also lass deine Wichsgriffel von ihr!« Rufus hievte Kylian hoch und warf ihn von sich, sodass er stolpernd mit einigen Mülltonnen zu Boden ging.

Er konnte nicht atmen.

»Rufus, das reicht doch wohl langsam«, meinte Henry im Hintergrund.

Doch Rufus achtete gar nicht auf ihn und näherte sich wieder seinem Opfer. »Du wirst von hier verschwinden. Ich werde meinem Mädchen sagen, du hattest keine Lust mehr auf ihre langweilige Gesellschaft und bist nach Hause gegangen.« Er griff sich an den Gürtel und holte einen Gegenstand hervor.

Kylian sah ein Messer aufblitzen. Sein Herz machte einen Aussetzer und plötzlich fürchtete er um sein Leben. Die Welt stand still. Es gab nur noch ihn, verkrampft zwischen stinkendem Müll liegend, und Rufus, der über ihm aufragte.

»Du tust gut daran, Sora nie wieder anzusehen. Sonst könnte es sein, dass sich diese Klinge eines Tages zwischen deine Rippen verirrt. Und seien wir ehrlich, wer würde so eine Weichwurst wie dich schon vermissen? Sogar dein dicker Freund da drinnen hat Besseres zu tun, als sich nach deinem Wohlergehen zu erkundigen.« Rufus holte mit dem Fuß aus und trat Kylian mit voller Wucht in den Magen. Kylian stöhnte auf und es fühlte sich an, als ob sein Körper zerriss. Er würgte und erbrach auf sein Hemd. Dann blieb er reglos liegen. Rufus schien fast auf etwas zu warten, doch alles was Kylian noch zustandebringen konnte, war ein leichtes Nicken.

»Und nun verpiss dich. Wenn du in zehn Minuten noch hier bist, mache ich Hackfleisch aus dir.« Dann waren sie weg.

Kylians war fast dankbar für seinen schmerzenden Körper. Denn nur so war er vom wahren Ausmaß des Leids abgelenkt, welches seine Welt heimsuchte. Sein Glück war nur von kurzer Dauer gewesen. Alles hatte sich ins Entgegengesetzte gewandelt. Die Frau seiner Träume – nie war er ihr näher gewesen, doch jetzt würde sie aus seinem Leben verschwinden. Obendrein hatte ihn einer seiner ältesten Freunde verraten. Kylian genehmigte sich nur wenige Minuten, um weiter hier herumzuliegen. Als er wieder einigermaßen normal atmen konnte, stemmte er sich mit seiner verbliebenen Kraft nach oben. Dann begab er sich, ganz vorsichtig, auf den Weg nach Hause. Immer abseits der Lichter, damit niemand seine Pein mit ansehen musste.

# KAPITEL 3

*Samstag, 4. Juli, Zuhause in Berlin Mitte*

Kylian sah verschwommen auf seine Taschenuhr. Es war zehn Uhr vormittags. Er stöhnte auf, als er sich bewegte. Mit den Schmerzen in seinen Gliedern kamen die Erinnerungen an den Vorabend zurück. *Es war also kein Traum gewesen*, dachte er mit Bedauern. Langsam rappelte er sich auf. *Schmerz ist nur eine Illusion*, sagte er sich. Doch bei einer weiteren unangenehmen Bewegung stockte ihm der Atem. *Eine verdammt reale Illusion.*

Er hatte in seinen Klamotten geschlafen. Als er es in der Nacht wieder nach Hause geschafft hatte, war er ohne Umwege in sein Bett gefallen und bald darauf in einen tiefen Schlaf gesunken. Nun ging das Leben weiter.

Kylians kleines Zimmer war gewohnt unordentlich, überall lagen Dinge: Klamotten, Comics, aufgeschlagene Ordner ... Er warf einen Blick in seine Vitrine, welche er hingegen immer in Ordnung hielt. Darin befand sich sein ganzer Stolz: eine Sammlung Schildkrötenfiguren aus verschiedensten Materialien. »Ihr ward immer gut zu mir«, nuschelte er zu seinen Lieblingstieren und verließ das Zimmer.

Das zweite Zimmer der Zweiraumwohnung war das Wohnzimmer. Seine Mutter hatte immer auf der Couch geschlafen. Sie hatte als Ärztin ziemlich gut verdient und Vater überwies regelmäßig hohe Beträge auf ihr Bankkonto – dennoch führten sie hier ein äußerst bescheidenes Leben.

Immerhin gab es draußen im Flur einen Fahrstuhl, obwohl sich die Wohnung in einem Altbau befand. Ohne diesen hätte Kylian in der Nacht nie den vierten Stock erreicht und stattdessen unten auf einer Treppenstufe schlafen müssen.

Das Wohnzimmer war ordentlicher als sein Zimmer. Alle zwei Wochen tauchte seine Schwester Judith auf und sah nach dem Rechten. Bei der Gelegenheit putzte sie auch mal durch – jedoch nur das eine Zimmer, sowie Küche und Bad, denn Kylians eher zweckmäßiges Ordnungssystem missfiel ihr.

Kylian betrat Letzteres und nahm eine Dusche. Bei der Gelegenheit musterte er die vielen blauvioletten Flecken an seinem Körper. Im Spiegel betrachtete er die winzige Platzwunde an seiner Schläfe. Sie war bereits gut verheilt und er kämmte sein etwas längeres Haar darüber. *Zum Glück habe ich kein blaues Auge davongetragen.*

Nach längerem Suchen fand er sein Handy. Darauf befand sich eine Sprachnachricht von Edmond. Abgeschickt um drei Uhr morgens. War er solange unterwegs gewesen? Ernüchtert drückte Kylian die Playtaste.

»Hey Kumpel, echt schade, dass du früher nach Hause musstest. Du hast einiges verpasst. Haben getrunken und getanzt, Henrys Leute sind voll nett. Ich habe mich schon lange nicht mehr so amüsiert. Wow ...« Im Hintergrund war ein Poltern zu hören. »Mir ist schwindlig. Muss schlafen, wir hören uns, Alter. Sollten öfter mal sowas machen.«

Kylian warf das Handy auf den Couchtisch und ging zum Kühlschrank. »Viel Spaß dabei«, murmelte er. Natürlich hatte sein eigentlich bester Freund nichts mehr vom Ausflug zu den Steingruben gesagt – selbstverständlich hatte er in Wahrheit gar keine Lust darauf. Kylian machte sich ein Sandwich und eine Tasse grünen Tee. Er ließ sich auf die Couch sacken und blickte, verträumt vor sich hin kauend, aus dem Fenster. Irgendwie beeindruckte ihn seine eigene emotionale Härte in diesem Moment. Doch er wusste, es würde nicht mehr lange dauern und er würde in unendlichem Selbstmitleid ertrinken. Er hasste sich dafür.

*Wenn schon keine Fossiliensuche, dann sollte ich Mama besuchen gehen und ihr von meinem Zeugnis erzählen. Es weiter hinauszuzögern macht es nur schlimmer. Das Wochenende ist eh versaut. So kann es danach zumindest irgendwie wieder bergauf gehen.*

Doch genau das konnte er sich nicht vorstellen. Seine Noten waren zu schlecht, um von einer Uni aufgenommen zu werden und sein Traumfach zu studieren. Sein bester Freund würde zukünftig wohl lieber Feiern gehen, als mit ihm auf Fossiliensuche zu gehen oder Comics zu tauschen. Und sein anderer Freund hatte ihn gestern, ohne zu zögern, ans Messer geliefert. Dann war da noch Sora, seine große Liebe. Wie gerne hätte er sie heute noch einmal aufgesucht, um ihr alles zu erklären. Aber wahrscheinlich war ihr von Rufus und Henry eine Lügengeschichte aufgetischt worden und inzwischen war sie längst auf dem Weg zu ihren Eltern. *Nicht einmal ihre Nummer habe ich bekommen.* Selbst wenn er versucht hätte, alles wieder geradezubiegen – Rufus würde ihn eines Tages büßen lassen, das traute er ihm zu. Was blieb Kylian da noch?

Er schüttelte den Kopf. *Ich stecke tief in der Tinte,* dachte er. Er verbannte alle weiteren Gedanken in den Hintergrund und versuchte, sich auf das Jetzt zu konzentrieren. *Ich besuche Mama, damit kann ich nichts falsch machen.*

\*\*\*

Er betrat das Krankenhaus in Berlin Mitte und suchte das Zimmer 404 auf. Er atmete noch einmal tief durch, ehe er anklopfte und eintrat.

Marina Karb lag in ihrem Einzelzimmer im Krankenbett und las ein Buch über fernöstliche Medizin. Ihr sonst so trüber Blick hellte sich auf, als sie ihren Sohn sah. »Kylian, schön dich zu sehen«, sagte sie leise.

Kylian ging zu ihr, stellte einen Strauß Blumen auf den Beistelltisch und umarmte seine kranke Mutter. »Wie geht es dir?«, fragte er und nahm auf einem Stuhl Platz.

»Nun, ich habe hier meine Ruhe, viel Zeit zum Lesen und das Essen ... sagen wir mal, es ist bekömmlich.« Sie lächelte warmherzig.

»Weißt du schon, wann du wieder nach Hause kannst?«, fragte er.

Sie hielt den Kopf schräg. »Das kann ich nicht sagen. Demnächst stehen wichtige Untersuchungen an und erst danach wird entschieden, ob ich für eine Weile nach Hause kann.« Marina war schon über sechs Wochen am Stück im Krankenhaus – die bisher längste Zeitspanne. »Wieso fragst du? Muss jemand die Wohnung wieder in Schuss bringen?«

»Nicht doch. Ich komme klar, muss ja irgendwie. Und ab und zu kommt Judith vorbei, um mir einen Vortrag zu halten. Nebenher macht sie dann ein bisschen sauber.«

»Sei nett zu deiner großen Schwester«, ermahnte sie ihn.

»Natürlich, ich bin es nicht, der sich beschwert.« Er grinste. »Da fällt mir ein, ich habe dir noch etwas mitgebracht.« Kylian griff in seine Tasche und holte einen Stein heraus. In dem war ein perfekt erhaltenes Fossil eingebunden. Marina machte große Augen. »Das ist ein Ammonit, der größte, den ich bislang finden konnte. Eigentlich wäre er was fürs Museum, aber ich hätte es lieber, wenn er hier bei dir ist.«

Seine Mutter nahm die versteinerte Schnecke entgegen und wog sie in der Hand. »Ein schönes Stück«, sagte sie. Plötzlich schien ihr Blick auf etwas weit Entferntes gerichtet zu sein. »Dein Vater wäre stolz auf dich.«

Kylian antwortete nichts darauf.

»Danke, mein Guter.« Sie legte den Stein behutsam auf den Tisch. »Wie läuft es mit den Mädchen?«, fragte sie plötzlich.

Kylian erschrak, doch er versuchte, nicht verlegen dreinzuschauen. »Ach, das Übliche.«

»Was ist mit dieser einen, die du so sehr magst? Sarah?«

»Sora«, berichtigte er. »Ich habe mich einmal mit ihr unterhalten. Sie ist wirklich nett.« Er nickte vor sich hin, während die Erinnerung an den Flirt mit ihr zurückkehrte. Es war der Beginn eines Märchens gewesen, doch es endete wie in einem Thriller.

»Und? Wirst du sie bald wiedertreffen, um dich erneut mit ihr zu unterhalten?«, fragte sie neugierig.

Kylian zuckte mit den Schultern. »Wahrscheinlich.«

Marina lächelte müde. »Gib nicht auf, mein Junge. Lasse dich nicht von irgendwelchen Unsicherheiten täuschen. Frauen stehen auf Selbstvertrauen. Und wenn du auch nur halbwegs intelligent an die Sache herangehst, darf doch nichts mehr schiefgehen. Ganz besonders, wenn ihr einen guten Start hattet.«

»Ja.« Seine Mutter hatte natürlich recht. Aber sie kannte nicht die ganze Geschichte.

»Hast du schon die Uni angeschrieben?«

Kylian schluckte. »Noch nicht«, meinte er. »Das wollte ich in den nächsten Tagen machen. Ich muss noch das Anschreiben fertigstellen. Und bislang hat auch noch das Zeugnis gefehlt.« Er verlieh dem letzten Satz einen gewissen Unterton, aber Marina hatte es nicht bemerkt.

»Bald wirst du Studieren und Paläontologe werden. Es war immer dein Traum und nun wird er Wirklichkeit. Ich freue mich so sehr für dich, dass du dein Geld mit etwas verdienen wirst, dass dir Freude bereitet.« Sie lächelte ihn an, wie es nur eine stolze Mutter konnte. Ihr Blick, in dem dennoch die Schwäche ihres kranken Körpers lag, brachte Kylian fast zum Weinen. Sie war glücklich. Über eine Zukunft, die sie wahrscheinlich nicht miterleben würde.

»Ja, ich freue mich auch schon, Mama.«

Das Gespräch verlief auf ähnliche Weise weiter und

Kylian wusste nicht, wie viel Zeit er bei ihr verbracht hatte. Nachdem er sich verabschiedet hatte, trat er in den leeren Flur hinaus. Wieder wollte er tief durchatmen, doch beim ersten Luftholen wurde er unterbrochen.

»Hallo, Kylian.«

Er fuhr erschrocken zur Seite. Da sah er seine Schwester im Flur stehen. »Judith, du bist es. Kommst du auch, um Mama zu besuchen?«

»Ja, ich war zufällig in der Nähe und dachte, ich sag mal Hallo.« Sie trug ihre Bürouniform und war aufwändig frisiert. Im Gegensatz zu Kylian hatte seine zehn Jahre ältere Schwester es weit gebracht. Sie hatte immer gute Noten gehabt und nach der Schule Jura studiert. Jetzt war sie Anwältin, verdiente einen Haufen Geld und wohnte mit ihrem Mann außerhalb von Berlin. »Was schaust du denn so verdattert?«

»Ach nichts, ich mache mir nur Sorgen um unsere Mutter.«

»Und sie sich um dich.« Sie kam etwas näher, um ihn genauer zu betrachten. »Was ist wirklich los, Ärger in der Schule oder mit den Frauen? Du siehst ziemlich mitgenommen aus. Hast du etwa die Nacht durchgefeiert?«

Kylian war immer wieder schockiert, wie schnell sie ihn durchschauen konnte. Doch obwohl sie ihn gut zu kennen schien, war sie nie sonderlich nett zu ihm. »Ach quatsch, ich doch nicht«, erwiderte er.

»Mach mir nichts vor, kleiner Bruder. Es ist Ferienbeginn und du hast dein Zeugnis bekommen.« Sie nickte triumphierend, als sie seine Reaktion sah – war es nicht nur ein unscheinbares Zucken im Auge? »Ich habe dir doch gesagt, du sollst dich mehr dahinterklemmen, sonst wird aus dir nie irgendwas Nennenswertes. Du hast den Ruf einer angesehenen Familie zu verlieren, vergiss das nicht.«

»Es geht für dich wieder nur darum, was andere denken«, gab er zurück. Schon immer waren ihr Äußerlichkeiten wichtiger als innere Werte. Das sah man bereits an ihrer ganzen Aufmachung. »Du hast damals zu viel Zeit mit Vater verbracht.«

»Es ist eher bedauerlich, dass dir seine Erziehungsmaßnahmen verwehrt blieben.« Sie seufzte. »Tut mir leid. Am besten, du machst dich jetzt auf den Weg. Versuche geradezubiegen, was du wieder einmal vergeigt hast. Es wäre schön, wenn das Letzte, was Mama sieht, ihr Junge ist, der es doch noch zu etwas gebracht hat.« Judith wartete keine Antwort ab, ging an ihm vorbei und verschwand im Zimmer ihrer Mutter. Kylian blieb allein im Flur zurück.

Marina Karb hatte eine seltene Form von Krebs und niemand konnte sagen, wie lange sie noch leben würde. Daher wollte Kylian in Berlin studieren und nicht in einem anderen Bundesland. Er wollte sie nicht alleine lassen.

Kylian hielt inne und versuchte, seine Fassung zu wahren. *Auch ich habe etwas von Vater erhalten*, dachte er. *Mein Durchhaltevermögen.* Judith hatte in gewisser Hinsicht recht, er musste irgendwie alles wieder geradebiegen. Er holte die Taschenuhr aus der Hosentasche, eher um sie zu betrachten, als um zu sehen, wie spät es war. *Noch eine Sache, die ich von Vater bekommen habe ...* Er betrachtete die feinen Details der Schildkrötenform. Dorian hatte gewusst, dass sie das Lieblingstier seines Sohnes war. Die Uhr war das letzte Geschenk von ihm gewesen, ehe er aus Kylians Leben verschwand.

*Ich muss dafür sorgen, dass alles wieder gut wird.* Doch er hatte keine Ahnung, wie er all dies bewerkstelligen sollte.

# Kapitel 4

*Samstag, 4. Juli, Isla Isabela, Galapagosinseln*

Dorian Karb betrachtete den Bildschirm, der den womöglich größten Fund in der Geschichte der Menschheit zeigte. Noch immer lag er an der Stelle, an der er von seinem Bruder Landolf und Roxana gefunden worden war. Ringsherum war innerhalb kürzester Zeit alles freigelegt und ein Labor mit mehreren Räumlichkeiten errichtet worden. Es war zwar ein improvisiertes Labor aus Stangen und weißen Planen, jedoch so stabil und geschützt wie eine Festung. In ihrem Inneren lag der PAMO, jederzeit von mehreren Kameras bewacht und niemand durfte den Raum ohne Dorians Erlaubnis betreten.

*Und niemand außer uns weiß von diesem Ding*, dachte Dorian zufrieden. Ein eigenartiges Gefühl von Macht durchlief ihn und er wusste noch nicht recht, wie er damit umgehen sollte. Seine Vorgesetzten wussten lediglich, dass sie hier etwas von großem Wert vermuteten und daher diesen Aufwand betrieben, doch bisher hatte Dorian ihnen nicht mehr erzählt. Warum, wusste er selbst nicht so genau. Es war ein Geheimnis, dass er nur mit seinen engsten Verbündeten teilte. *Es ist unser Fund, und bevor ich den Ruhm dafür ernte, will ich wissen, womit wir es hier zu tun haben.*

»General, du scheinst dich ja regelrecht in dieses Tier verliebt zu haben, so lange wie du auf diesen Bildschirm starrst.« Roxana Olena, Doktor der Biochemie und langjährige gute Freundin, stellte sich neben ihn und verschränkte die Arme.

Dorian grinste und überlegte sich schnell eine passende Antwort. Diese überraschte ihn allerdings selbst: »Ach weißt du, unwillkürlich musste ich gerade an meinen Sohn denken. Was wir hier sehen, gehörte schon immer zu seinen Lieblingstieren.«

»Hm«, Roxana kratzte sich am Kinn. »Ein langweiligeres Tier hätte er sich wohl nicht aussuchen können.«

»Im Moment gibt es nichts Interessanteres auf dieser Welt«, verbesserte Dorian und blickte sie forsch an.

Roxana wedelte mit der Hand. »Wie du meinst. Ich wollte dich wissen lassen, dass dein langnasiger Freund mit der heiseren Stimme eingetroffen ist. Wie war sein Name noch gleich – Niemand?«

»Norman.« *Wieso weiß man nie genau, ob sie es ernst meint oder sich über alle lustig macht? Die Frau scheint ihr Leben als einziges Schauspiel zu betrachten und die Welt ist ihre Bühne.*

»Richtig, er redet nebenan mit Landolf.« Mit diesen Worten schlenderte sie weiter in Richtung der improvisierten Küche.

Dorian betrat kurz darauf das Büro seines Bruders und freute sich, seinen Freund Norman Graufurt wiederzusehen. Sie hatten sich vor sehr vielen Jahren in ihrer Studienzeit kennengelernt. Abseits der Universität haben sie zu viel gemeinsam erlebt, als dass sie später den Kontakt abgebrochen hätten. Heute bestand ihre Freundschaft eher aus abgehackten Nachrichten, weil keiner von ihnen Zeit für ein Treffen fand. Dies hatte sich jetzt geändert.

»Ich grüße dich, großer General«, sagte Norman und klopfte ihm auf die Schulter. »Muss ich also erst einen Befehl und Auftrag unseres Landes bekommen, damit wir uns wiedersehen, alter Hund!«

»Du bist mindestens genauso gealtert wie ich, wenn nicht

sogar mehr«, antwortete Dorian und erwiderte die Geste. »Der Befehl kam von mir persönlich und es geht hier lediglich um einen großen Dienst an der Wissenschaft.«

Norman hob eine Braue, dann schaute er zwischen Dorian und Landolf hin und her. »Ich habe mich schon immer gefragt, was die Aufgabe eures merkwürdigen Vereins ist. Immer diese Geheimnistuerei. Zwei Physiker, der eine ein Prof, der andere zusätzlich ein militärisches Genie. Vor was für einer Aufgabe steht ihr, dass ihr mich kleinen Mann hierher beordern musstet? Ich musste meine Arbeit in den USA niederlegen. Weißt du, was wir gerade ausgraben? Einen Tyrannosaurus, und zwar den größten, der bislang gefunden wurde! Mein Herzblut klebt an diesen Knochen, also sagt mir, warum ich eurer Meinung nach lieber hier sein sollte als dort.«

Landolf lehnte sich in seinem Stuhl zurück und zuckte mit den Schultern. »Ganz einfach, Norman: Wir haben etwas Besseres gefunden als deinen T-Rex. Und dafür brauchen wir die Geschicke eines Paläontologen.«

Norman machte große Augen. »Was habt ihr gefunden?«, fragte er ernst.

»Eine Schildkröte«, antwortete Dorian.

»Eine Schildkröte? Ihr verarscht mich ...«

»Was weißt du über Schildkröten, mein Freund?«, fragte Dorian bestimmt und begann, langsam mit auf dem Rücken verschränkten Armen durch den Raum zu wandern.

Normans Blicke verfolgten ihn. »Reptilien, erstmals vor mehr als 220 Millionen Jahren erschienen. Im Obertrias. Es gibt mehr als dreihundert Arten mit über zweihundert Unterarten.« Er seufzte und forschte weiter in seinen Gedanken. »Unvergleichliche Anatomie unter allen Wirbeltieren, wegen des Panzers, der einem Exoskelett gleicht. Sie sind nahezu Allesfresser. Einige Arten können mehr als hundert Jahre alt werden.«

»Das reicht«, meinte Dorian. »Ich wollte nur mal horchen, ob wir hier wirklich den richtigen Mann in die Sache involvieren.« Er nickte ihm aufmunternd zu. »Und gleichzeitig einen alten Freund wiedertreffen. Zwei Fliegen mit einer Klappe.«

Norman grinste schief. »Du warst schon immer ein praktisch denkender Mensch, Dorian.«

Dieser achtete nicht auf den ironischen Unterton und fuhr mit seinem Thema fort. »Landolf, zeig ihm jetzt den PAMO.«

Sein älterer Bruder nickte, tippte etwas auf seinem Laptop und drehte dann den Bildschirm zu Norman. Dieser sah nun, worauf die Kameras im Zentrum der geheimen Anlage gerichtet waren. Wahrscheinlich ahnte er, nun das Bild einer Schildkröte zu sehen oder zumindest das ihrer Knochen. Was er in Wirklichkeit zu sehen bekam, musste ihm – wie auch jeden Eingeweihten zuvor – die Sprache verschlagen. Fassungslos starrte er auf den Bildschirm, hielt den Kopf schräg und versuchte zu verstehen, was er da sah. Eine ganze Weile herrschte Stille im Raum und Norman rückte mehrfach seine Brille zurecht. Schließlich schüttelte er den Kopf.

»Ich sehe lediglich die Umrisse einer Schildkröte«, erklärte er fachlich nüchtern.

»Wir vermuten, dass es etwa fünfhunderttausend Jahre alt ist«, sagte Landolf. »An einigen Stellen sind die Knochen der Schildkröte sichtbar, oder besser gesagt, das, was nach all der Zeit davon übrig ist. Es ist deine Aufgabe, anhand dessen das Alter zu bestätigen. Außerdem interessieren wir uns für die genaue Schildkrötenart und deren Lebenswandel. Vielleicht kannst du uns sogar sagen, wie sie gestorben ist.«

Norman runzelte die Stirn. »Ich denke doch, das ist offensichtlich.«

Dorian ergriff das Wort: »Was mein Bruder eher meint: Ist sie gestorben bevor oder nachdem dies mit ihr geschah?« Er deutete auf den Bildschirm.

»Nun, das lässt sich an einem Bildschirm nur schwer erkennen«, bemerkte Norman.

»Natürlich. Roxana, Landolf und ich sind bislang die Einzigen, die von dem PAMO wissen. Die Soldaten draußen ahnen nichts von der Tragweite unseres tatsächlichen Funds. Wir haben bereits einige Untersuchungen durchgeführt. Mit mäßigen Erkenntnissen. Dieses Ding weiß seine Geheimnisse zu bewahren.« Dorian räusperte sich. »Du bist der vierte Eingeweihte, Norman. Wir wollen, dass du uns weitere Ergebnisse lieferst, und ich hoffe, wir erfahren mehr über das Warum. Als darauffolgenden Schritt planen wir, den Panzer aufzuschneiden.«

»Ihr wollt es zerstören?« Der Gedanke an eine solche Tat schien für den Paläontologen unfassbar.

»Wenn es notwendig ist, dann ja«, bestätigte Dorian. »Doch wir werden vorsichtig sein, denn keiner weiß etwas über eventuelle Konsequenzen. Das Ding könnte sogar explodieren – wer weiß das schon. Aus diesem Grunde wird noch eine fünfte Person zu uns stoßen. Meine Wahl ist auf Gregor von Pallas gefallen.«

»Von Pallas?« Norman grinste ihn von der Seite an. »Sicher, er wird sich auf das Ding werfen, ehe es explodiert und damit unser aller Leben retten.« Wieder blickte er auf den Bildschirm und schüttelte verständnislos den Kopf. »Aber wieso diese Geheimnistuerei? Wieso hast du Angst, jetzt schon der Regierung oder wem auch immer hiervon zu erzählen?«

Landolf schwieg und überließ weiterhin dem General das Wort. »Unsere Organisation existiert schon seit 75 Jahren und agiert stets im Geheimen. Wir jagten schon so einigen Mythen nach, was sich später als Zeitverschwendung erwies. Neben einigen wirklich wichtigen Entdeckungen für die Menschheit ist dies hier wohl eine der Bedeutendsten. Wir wollen sichergehen, dass dies auch wirklich so ist, und uns nicht blamieren. Außerdem frage ich mich – ich meine, wenn das wirklich das ist, wofür wir es halten: Sind die Menschen schon bereit dafür?«

Norman schaute nachdenklich drein. Ihm wurde sichtlich bewusst, dass er mittlerweile Teil einer Verschwörung geworden war. Dorians Worte waren voller Vorsicht und Fürsorge für die gesamte Menschheit. Doch es blieben nur Worte und der Paläontologe musste erkennen, dass sich ein Wunsch nach Ruhm und Macht hinter ihnen verbarg. Er stellte die einzig wichtige Frage: »Was erhofft ihr euch durch die Erforschung dieses *PAMOs*? Erkenntnis über das Wunder des Lebens oder etwa eine neue Waffentechnologie?«

»Das wissen wir erst, wenn wir unsere Forschung beenden.«

Norman seufzte und lehnte sich zurück. »Wie habt ihr das Ding gefunden?«

»Luraanstrahlung«, sagte Professor Landolf Karb.

»Bitte was?«

»Erkläre es ihm«, meinte Dorian. »Er muss auf den gleichen Wissensstand gebracht werden. Nur so können wir alles zu einem sinnvollen Ergebnis führen.«

»Also gut.« Landolf sortierte seine Gedanken, bevor er mit seinem Lieblingsthema loslegte. »Nach den neuesten Erkenntnissen der Quantenphysik wissen wir, dass nichts existieren würde, gäbe es nicht eine wahrnehmende geistige Instanz. Der Geist ist allumfassend und immer in Bewegung, und eine der bedeutendsten Fähigkeiten ist das Denkvermögen. Allein dadurch können wir Menschen unsere Realität bewusst erschaffen – wenn wir uns dieser Fähigkeit gewahrwerden. Gedanken sind somit eine Form von Energie, die sich wie alles andere auch in irgendeiner Weise fortbewegt. Ich habe unglaublich viele Jahre damit verbracht herauszufinden, wie man diese Energie messbar machen kann. Um aus ihr zu lesen.«

Norman nickte langsam. »Du wolltest also eine Möglichkeit finden, die Gedanken eines Menschen aufzufangen und sie zu entschlüsseln. Sprich, du willst Gedanken lesen.« Sein Blick wanderte wieder zum Bildschirm. »Fragt sich nur, was das alles mit dieser Schildkröte zu tun hat.«

»Die Geschichte geht weiter«, erklärte Landolf und holte ein Gerät hervor. »Dies ist der Sphärograph, das Resultat all meiner Forschungen. Mit dieser Maschine sollte es möglich sein, Gedankenwellen aufzuzeichnen. Doch leider ...« Er legte es behutsam auf den Tisch. »Leider funktionierte es nicht. Jedenfalls nicht so, wie beabsichtigt. Eines Tages, nach weiteren Verbesserungen, schlugen die Werte aus. Ich hatte gedacht, es endlich geschafft zu haben. Doch bald wurde ich eines Besseren belehrt. Es war ein unglaublicher Zufall, dass sich das Gerät regte, denn ausgerechnet an jenem Tag hatte mein Kollege die Probe eines seltenen Minerals erhalten. Der Sphärograph reagierte nicht auf Gedanken, sondern auf diese Probe.«

Landolf schaltete das Gerät an und Norman konnte sehen, wie die Anzeige ausschlug. »Bei dem Metall handelte es sich um Lurit. Es gibt nur wenige Gramm davon auf unserer Erde und diese sind eindeutig außerirdischen Ursprungs. Wir konnten nie viel mit dieser Substanz anfangen, doch seit diesem Vorfall wissen wir, dass es eine Art Strahlung besitzt. Diese nannten wir Luraan.«

»Also sollte es möglich sein, mit deinem Gerät fortan dieses Lurit auf unserer Welt aufzuspüren«, schloss Norman und blickte nervös auf den Sphärograph.

Landolf lächelte. »Ganz genau. Wir wussten damals nicht, was man mit dem Metall – wenn es überhaupt eines ist – bewerkstelligen kann. Wir wussten lediglich, dass es schon vor vielen Millionen Jahren irgendwie auf unseren Planeten gefallen sein muss. Vielleicht als Meteorit. Ich betrachtete diese Geschehnisse um meine zufällige Entdeckung als Vorsehung. Es musste einfach irgendwas zu bedeuten haben, daher wollte ich mithilfe meiner Erfindung mehr von dem Lurit finden.«

Norman verschränkte die Arme. »Verstehe, dafür gehen also unsere Steuergelder drauf – damit senile Männer einem bisschen Feenstaub hinterherrennen können.« Er verdrehte Augen.

Dorian mischte sich ein. »Du verstehst nicht, Norman. Zugegeben, ich war selbst skeptisch, weil Landolf mehr von etwas aufspüren wollte, von dem wir nicht einmal wussten, was wir damit anfangen können. Der Schlüssel sind die Luraanwerte selbst. Mein Bruder hat etwas gebaut, womit Gedankenenergien aufgefangen werden können. Doch stattdessen reagiert das Gerät einzig und allein auf die Strahlung dieser außerirdischen Materie.«

»Ihr vermutet einen Zusammenhang. Lurit und Gedanken.« Norman stand die plötzliche Erkenntnis ins Gesicht geschrieben. »Und dann habt ihr die Schildkröte gefunden, oder besser gesagt das, was ...«

»Wir haben erst einzelne Orte auf der Welt geprüft«, meinte Landolf. »Hier auf den Galapagosinseln hatten wir Erfolg. Lurit ist ein sonderbares Metall und was wir entdeckt haben, ist die Quelle sämtlicher Kleinbestandteile, die bislang auf der Erde gefunden wurden. Die Spur hat uns hierher geführt.«

»Der Sphärograph schlägt permanent aus«, sagte Dorian. »Sicherlich wegen des PAMO nebenan. Doch ebenso gut könnte sich ein weiterer da draußen befinden – tief im Sand versteckt. Oder vielleicht auch noch an ganz anderen Orten. Landolf ist bereits dabei, den Sphärograph zu verbessern, um die Strahlung aus größerer Entfernung wahrzunehmen. Und um ihre Strukturen besser zu verstehen.«

Die Plane zum Nebenbüro wurde aufgeschlagen und die drei Männer wandten sich überrascht um. Plötzlich war es still, als Roxana sie einen nach dem anderen fixierte. »Ich will eure Party nicht stören, Jungs. Doch der Chef muss ein Telefonat führen.«

Dorian wedelte mit der Hand. »Sag, ich rufe zurück.«

»Das solltest du dir nochmal überlegen.« Roxana hielt sein privates Handy vor sich. Dorian hatte es nebenan liegen lassen. Sie schüttelte den Kopf. »Tut mir leid, ich konnte den Klingelton einfach nicht mehr ertragen. Deine Frau ist am Telefon. Oder Ex-Frau. Sie sagt, es geht um deinen Sohn.«

Marina. Er hatte schon Ewigkeiten nichts mehr von ihr gehört. Fast war er sich sicher gewesen, der Krebs hätte sie längst dahingerafft. Was konnte sie nun von ihm wollen? Kylian ... Gerade vorhin hatte er an ihn gedacht. Und nun dieser Anruf. War das ein Zufall oder gab es doch so etwas wie diese Vorsehung, von der Landolf immer redete?

Die sekundenlange Stille wurde schließlich durch sein Seufzen unterbrochen. Er streckte die Hand aus und nahm Roxana das Handy ab.

# **Kapitel 5**

*Sonntag, 5. Juli, zuhause in Berlin Mitte*

Kylian saß am Computer und starrte erschrocken auf die E-Mail. Einen langen Moment vergaß er alles andere und fragte sich mehr als einmal, ob dies die Wirklichkeit war. Es musste sich um eine Verwechslung handeln. Doch nein, dort stand sein Name, sogar mit Geburtsdatum. Es war eindeutig. *Sie meinen mich.* Er schüttelte den Kopf und griff nach seinem Handy. Nur eine Person konnte jetzt Licht ins Dunkel bringen und er hoffte, sie würde ans Telefon gehen. Er wählte die Nummer seiner Mutter.

»Hallo Liebling«, nahm eine freudige, aber schwache Stimme den Anruf entgegen.

»Hallo Mama, sag mal, weißt du etwas über dieses Flugticket zu den Galapagosinseln, das ich bekommen habe?« Er schaute noch einmal mit gerunzelter Stirn auf den Absender. »Das kam per Mail von einer Frau Doktor Olena. Sie schreibt, ich bin herzlich eingeladen.«

»Oh, das sind gute Neuigkeiten«, rief Marina am anderen Ende der Leitung. »Ich dachte schon, es wären letztlich nur leere Worte gewesen.«

Diese Aussage verwirrte Kylian noch mehr. »Kennst du sie?«

»Ich glaube, sie ist eine Assistentin deines Vaters. Ich habe gerade gestern mit ihm telefoniert. Dorian freut sich, dass es dir gut geht.«

»Du hast mit Vater gesprochen?« *Und er freut sich darüber, dass es mir gut geht?* Eine Überraschung folgte der nächsten. Seine Mutter hatte schon jahrelang keinen Kontakt mehr zu Dorian gehabt. Kylian noch länger nicht, und beim letzten Treffen waren sie nicht gerade im Guten auseinandergegangen. Unwillkürlich musste er die Taschenuhr betrachten, die neben der Tastatur lag. »Was hat das zu bedeuten?«

»Wir haben schon so lange nichts mehr von ihm gehört. Was auch geschehen sein mag, er ist und bleibt dein Vater. Ich fand, er hat ein Recht darauf zu erfahren, wie es dir geht und dass du gerade erfolgreich die Schule beendet hast. Außerdem habe ich ihm gesagt, dass du bald anfangen wirst, Paläontologie zu studieren. Natürlich blieb er kühl wie immer, aber für seine Verhältnisse klang er über diese Nachrichten wirklich froh. Fast hätte ich meinen können, Stolz in seiner Stimme zu hören.«

Glücklicherweise konnte Marina nicht sehen, wie blass ihr Sohn gerade geworden ist. *Schule beendet? Erfolgreich?* Er hatte sie bei ihrem letzten Treffen nicht einmal angelogen. Lediglich einiges verschwiegen. Doch aus ihrer Interpretation war eine Katastrophe erwachsen. Dorian hasste jede Form von Versagen und man konnte ihn nur mit Leistung beeindrucken. Kylian war schon damals eher mittelmäßig in der Schule und sein Vater war alles andere als stolz auf ihn gewesen. Dachte Dorian jetzt etwa, sein Sohn hätte sich zum Besseren geändert? Wäre endlich zu dem Erben herangereift, den er sich gewünscht hatte? Intelligent, zielstrebig und erfolgreich? Das wäre eine Lüge. General Dorian Karb sollte man besser nicht belügen.

»Bist du noch dran?«, fragte Mama.

»Ja, klar. Ich kann es einfach immer noch nicht fassen, dass du mit Vater geredet hast. Nach so vielen Jahren.«

»Nun ja, ich dachte mir, wir haben bereits zu viel Zeit verloren.« Niemand wusste, wie lange Marina noch leben würde. Natürlich verspürte sie das Bedürfnis, keine zerbrochene Familie zurückzulassen. Vielleicht wollte sie noch alles ins Reine bringen. Und dachte, Kylian hätte mit Dorians Hilfe und seinen Kontakten möglicherweise bessere Zukunftschancen.

*Ich bin mir nicht sicher, ob dies ein guter Weg ist.* »Du hast recht, Mama ...«, sagte Kylian zögerlich. »Was macht er denn gerade so?«

»Das durfte er natürlich nicht sagen. Mal wieder irgendwas Geheimes. Aber er sagte, es habe zufällig mit Paläontologie zu tun und noch dazu mit Schildkröten. Ist das nicht witzig: genau deine Lieblingsthemen.« In ihrer Stimme war wirkliche Freude. »Bevor er mich abwimmeln konnte, erzählte ich ihm von deinen Ferien und fragte, ob es nicht schön wäre, wenn ihr beide euch wiedersehen könntet. Ich sagte, du könntest zu ihm und bei der Forschung helfen, vielleicht als eine Art Praktikant.«

»Praktikant? Mama, er arbeitet bei einer geheimen Organisation für die Regierung. Ich glaube nicht, dass die mal eben Schulpraktikanten aufnehmen.« Es auszusprechen, machte ihn in seiner Einstellung nur noch sicherer. Doch dann schwenkte sein Blick wieder zu dieser E-Mail.

»Du vergisst, dass er dort ein hohes Tier ist. Natürlich hat er sich etwas gesträubt, doch klang er trotzdem sehr nachdenklich. Vielleicht verspürte er plötzlich den väterlichen Wunsch, seinem Sohn unter die Arme zu greifen und dir beim Studieneinstieg zu helfen. Und vielleicht kann er dir noch ganz andere Chancen eröffnen, wer weiß? Es wäre schön zu wissen, dass ihr wieder zueinanderfindet und euch verträgt.«

Kylian seufzte. Er nahm die Taschenuhr in die freie Hand und strich mit dem Finger über den winzigen Schildkrötenpanzer. »Da könntest du recht haben.«

»Er sagte, er ist momentan auf den Galapagosinseln und meldet sich dann bei dir.«

»Isla Isabela, um genauer zu sein«, sagte Kylian nüchtern. »Und seine angebliche Assistentin hat sich gemeldet. Ich habe ein Flugticket und es soll noch heute losgehen.« Warum musste das so spontan sein?

»Dann solltest du schnell deine Sachen packen.«

»Mama, ich weiß nicht, ob ich das wirklich tun sollte.«

»Kylian, was soll schon passieren? Wenn ihr euch nicht versteht, wird er dich einfach wieder nach Hause schicken und alles ist wieder wie vorher. Oder aber ihr vertragt euch und könnt wieder Vater und Sohn sein. Völlig neue Perspektiven könnten sich eröffnen. Du musst zugeben, es gibt nichts zu verlieren.«

»Nichts zu verlieren ...« Wenn seine Mutter nur wüsste. Und wenn sein Vater nur wüsste. Auf ein Studium konnte er noch lange warten und Dorian würde ihn endgültig enterben, wenn er erfuhr, welch ein Versager sein Sohn war. Doch es gab bereits jetzt kein Zurück mehr. Kylian würde sich nicht herauswinden können, selbst wenn er Marina hier und jetzt die Wahrheit sagen würde. Dorian wartete bereits.

Aber was hatte er Besseres zu tun? Es waren Ferien. Die Liebe seines Lebens war verreist und hatte ihn wahrscheinlich gedanklich schon abgeschrieben. Sein bester Freund mutierte lieber zum Partygänger, anstatt mit ihm Karten zu spielen. Die Erlebnisse der letzten Tage lasteten auf ihm. Ja, vielleicht wäre so eine Reise an sich eine willkommene Abwechslung. Sie würde ihn ablenken und auf neue Gedanken bringen. Bei der Rückreise würde Kylian die Dinge vielleicht in einem anderen Licht sehen – egal, was Vater dann noch von ihm hielt. »Okay Mama, ich werde hinfliegen. Ist mal was anderes und vielleicht vertragen wir uns ja wirklich. Ich werde ihn von dir grüßen.«

»Tu das lieber nicht«, antwortete sie im Scherz. Es folgten noch einige Vorträge einer besorgten Mutter, die ihren Sohn auf alles hinwies, was er mitzunehmen hatte und worauf er achten sollte. Und natürlich musste er ihr hoch und heilig versprechen, auf sich aufzupassen und sich nach seiner Ankunft gleich zu melden.

Als das Telefonat beendet war, druckte Kylian das Ticket aus und packte eilig seine Sachen zusammen. Er wusste gar nicht, wie lange er dort bleiben würde, also legte er einfach so viele Klamotten in den Koffer, bis er voll war. Dann noch seinen Rucksack als Handgepäck. Dort verstaute er reichlich Proviant gegen den Hunger und Comics zur Unterhaltung. Außerdem sein neues Buch über Dinosaurier. Es würde eine lange Reise werden und wenn er dort ankam, wäre es gut, wenn er ein paar schlaue Sprüche auf Lager hätte, um die Forscher dort zu beeindrucken.

*Als Praktikant bei einer strenggeheimen Organisation – das wird sich später sicher gut im Lebenslauf machen,* dachte er schmunzelnd.

Er warf noch einen Blick aufs Handy. Schon wieder eine Nachricht von Edmond. Kylian öffnete sie. »Melde dich mal. Müssen noch die nächsten Tage planen. Bist du irgendwie sauer auf mich?« Es waren bereits einige dieser Nachrichten gekommen, aber Kylian hatte bislang nicht geantwortet. Nahm er die Sache vielleicht zu ernst? Edmond wusste ja noch nicht einmal, dass Henry ihn hintergangen hatte.

Kylian schrieb zurück: »Sorry, Kumpel, ich muss noch einiges verdauen. Brauche erstmal ein paar Tage für mich und verreise zu meinem Vater. Zum Abi-Ball werde ich auch nicht kommen können. Wir reden über alles, wenn ich wieder da bin. Lass es dir gut gehen.«

Er vergewisserte sich, dass die Wohnung in Ordnung war, und machte sich auf den Weg zum Flughafen Schönefeld.

# **KAPITEL 6**

*Dienstag, 7. Juli, Isla Isabela*

Vielleicht hätte Kylian es sich doch anders überlegt, wenn er gewusst hätte, auf was für eine Reise er sich da eingelassen hatte. Die Galapagosinseln lagen von Deutschland aus quasi am anderen Ende der Welt. Weil das Naturschutzgebiet zudem nicht gerade das beliebteste Ausflugsziel war, gab es keinen Direktflug. Kylian musste mehrere Zwischenstopps in ihm völlig unbekannten Städten einlegen, stundenlang auf die nächsten Flieger warten und dann erneut einen großen Teil der Erde unter sich vorbeiziehen lassen.

Es vergingen mehr als dreißig Stunden, ehe er sein Ziel erreichte.

Die Galapagosinseln sahen von oben winzig klein aus – nahezu verloren im endlosen Blau des Pazifiks. Kaum zu glauben, dass sie alle eigentlich Vulkane waren, die sich vor nicht einmal einer Million Jahren aus dem Meer erhoben hatten.

Als das Flugzeug zur Landung ansetzte, drängte Kylian sich ans Fenster, um mit seinen übermüdeten Augen so viel wie möglich zu sehen. Hier gab es kaum Städte, stattdessen ein riesiges naturbelassenes Land. Grüne Wiesen, malerische Gebirgsketten und wunderschöne Strände zierten das Weltnaturerbe. Diese Reise hatte sich bereits jetzt schon gelohnt. Wer weiß, ob er es sonst jemals geschafft hätte, dem Archipel einen Besuch abzustatten, um die einzigartige

Flora und Fauna zu bewundern. Für Normalsterbliche war es wohl schwierig, diese Inseln zu betreten. Kylian wusste, die Reise war teuer und es gab strenge Regeln für alle Touristen – entsprechend klein waren der Flieger und seine Besatzung. Durch Kylians Vater hingegen wurde das Unmögliche möglich.

*Ich hoffe, ich sehe eine Riesenschildkröte,* dachte Kylian vergnügt, als er sich zurücklehnte.

Das Flugzeug landete auf der kleineren Insel Baltra, wo sich ein Militärstützpunkt, die Küstenwache und Kasernen befanden. Als Kylian ausstieg, blinzelte er einer grellen Sommersonne entgegen. Der Geruch des Meeres war allgegenwärtig und ein angenehmer Wind wehte über den Archipel. Die Passagiere drängten zur Kofferausgabe am Flughafen und Kylian ließ sich mittreiben. Als er wiederbekommen hatte, was ihm gehörte, verließ er den Gebäudekomplex und sah sich um. Unwillkürlich blieb sein Blick an einem stattlichen Soldaten hängen, der grimmig dreinschaute und ein Schild mit folgenden Worten in den Händen hielt: Kylian K.

Kylian eilte zu ihm. Um sympathisch zu wirken, überspielte er seine Müdigkeit mit einem aufrichtigen Lächeln. »Hallo, ich schätze, Sie sind hier, um mich abzuholen. Ich bin Kylian Karb.« Er reichte ihm freundlich die Hand, kam sich aber dumm vor, als der Soldat nicht reagierte.

»Weisen Sie sich bitte aus«, sagte dieser stattdessen und verschränkte die muskulösen Arme. Wegen der Sonnenbrille war seine Mimik nicht zu deuten. Sein Gesicht war wie aus Stein gemeißelt.

Kylian zog zögernd die Hand zurück. »Okay, warten Sie ...« Er stöberte in seinem Rucksack und fand seinen Reisepass. »Bitte.«

Der Soldat nahm ihn entgegen, studierte die kleine Schrift und hob dann seine Brille, um das Foto besser vergleichen zu können. »Gut, du bist die Zielperson.« Er gab den Ausweis zurück und streckte dann erst seine Hand aus, der Kylian hastig entgegenkam. »Mein Name ist Gregor von Pallas. Dein Vater schickt mich, um dich zu ihm zu eskortieren. Bitte folge mir zum Schiff.« Er machte eine auffordernde Bewegung und wandte sich zum Gehen.

Kylian nahm hastig seinen Koffer auf und ließ die anderen Passagiere hinter sich. Er musste sich beeilen, um mit dem Mann Schritt zu halten. Sie verließen das weitläufige Gelände und stiegen in ein kleines offenes Fahrzeug, das sie über eine holprige Straße zum Hafen der Küstenwache brachte. Dort führte Gregor ihn weiter zu einem Speedboot.

»Bitte einsteigen, Junge«, befahl von Pallas und sprang selbst hinein. Er startete den Motor, band die Taue los und im Nu waren sie auf dem Ozean. Kylian hatte kaum Zeit gehabt, seine Sachen aufs Schiff zu werfen und sich selbst sicher auf der Bank zu platzieren.

*Jetzt weiß ich, an wen er mich erinnert. Kurzes Haar, markantes Kinn, Statur eines Kriegers ... Aber das ist es nicht. Eher die Art und Weise. Knappe und direkte Worte, alles im selben Tonfall.* Kylian nickte zustimmend, als er sich sicher war. *Er ist der Terminator, ohne Zweifel. Oder zumindest eifert er diesem nach.*

Das Schiff flog stabil über die Wellen und Kylian beschloss, seinen Reisegefährten besser kennenzulernen. Er gesellte sich zu ihm neben das Steuer. »Ist es noch weit nach Isla Isabela?«

»Wir werden noch eine Weile unterwegs sein. Am besten, du lehnst dich zurück und genießt die Fahrt.«

Er ignorierte die indirekte Anweisung. »Wo genau fahren wir hin? Ist es eine Art Forschungscamp? Vater erzählte, Sie haben hier irgendwas Bedeutsames gefunden.«

»Ich bin nicht befugt, dir Staatsgeheimnisse anzuvertrauen. Um ehrlich zu sein, ist es fraglich, wieso überhaupt jemand befugt ist. Ich weiß nicht, was Dorian sich dabei gedacht hat. Normalerweise trifft er keine leichtsinnigen

Entscheidungen. Du gehörst hier nicht her, Milchgesicht.«

*Na also, so langsam werden wir warm miteinander.* »Sie arbeiten schon lange mit meinen Vater zusammen, richtig?«

Gregor von Pallas behielt seinen monotonen Ausdruck bei allem, was er sagte, bei. Kurz schielte er den Jungen aus dem Augenwinkel heraus an. »Dorian hat mir damals von dir erzählt. Das war, als wir uns kennengelernt haben. Ist schon fünfzehn Jahre her. Er sagte, du seist ein nerviger kleiner Hosenscheißer.«

Kylian betrachtete die Wellen und die Galapagosinseln. »Das kann durchaus sein«, bestätigte er. Nun wandte der Soldat sogar den Kopf in seine Richtung. War er etwa über diese Aussage irritiert? »Vor fünfzehn Jahren war ich immerhin gerade mal drei Jahre alt.« Kylian zuckte die Schultern. »Aber ich glaube, ich weiß ebenfalls, wer Sie sind. Zumindest aus Erzählungen meines Vaters damals, als wir noch miteinander kommuniziert haben. Und den Namen Gregor von Pallas vergisst man nicht allzu schnell. Mein Vater hatte gerade seinen Doktor in Physik gemacht, als er Sie kennenlernte. Sie sind gute Freunde geworden. Ich glaube, Sie haben ihm seine militärische Laufbahn geebnet, weil Sie dort bereits einiges zu sagen hatten.«

Gregor nickte. »Gut aufgepasst, Junge. Jeder mag etwas anderes behaupten, aber dein Vater ist ein Genie. Er ist nicht nur unglaublich schlau, er besitzt zudem unendlichen Ehrgeiz und weist Führungsqualitäten auf. Er wurde in späteren Jahren weit mehr als nur mein Vorgesetzter. Aber das kann er dir ja selbst sagen.«

»Interessant.« So also lernte er den berühmten Gregor von Pallas kennen, einen Krieger wie er im Buche stand und zugleich einer der besten Freunde seines Vaters. »Ist das Ihr Boot?«

»Die Fragerunde ist vorbei, Milchgesicht. Setz dich wieder auf deinen Platz.«

»Aye, Käpt'n.« *Dabei haben wir gerade angefangen, uns*

*zu mögen.* Kylian setzte sich zurück auf die Bank und genoss die Fahrt.

Isla Isabela war die größte Insel des Galapagosarchipels. Gregor steuerte das Schiff einen schier endlosen Strand entlang. Eine Gruppe Galapagos-Seelöwen tummelte sich hier – eine der vielen einzigartigen Tierarten dieser abgelegenen kleinen Welt. Kylian fragte sich, ob er Gelegenheit haben würde, über die Insel zu wandern und auf eigene Faust – oder in Begleitung seines Vaters – die Tierwelt zu erkunden. Im Moment konnte er sich kaum etwas Schöneres vorstellen.

Sie umrundeten die Insel und irgendwann erkannte Kylian eine weiße Kuppel in der Ferne. Sie wirkte zu fremd, um hierher zu gehören. Das Objekt erinnerte entfernt an ein riesiges Iglu. Schnell wurde klar, dass Gregor genau darauf zuhielt. Der Motor wurde leiser und er steuerte das Schiff auf eine Sandbank.

»Wir sind da, Junge«, sagte er und warf einen Anker. Dann sprang er von Bord in das noch immer knietiefe Wasser.

Eine improvisierte Forschungseinrichtung. Kylian kannte so etwas aus Berichten oder Filmen. Meist verbargen sich höchst gefährliche Objekte hinter solchen Zeltwänden. Er hatte eher so etwas wie eine Ausgrabungsstätte erwartet. Als er sah, wie Gregor nicht auf ihn wartete, nahm er rasch sein Gepäck und sprang ebenfalls von Bord.

*Und natürlich habe ich nur ein einziges paar Schuhe dabei*, dachte er und watete hinter dem Soldaten her. Recht schwierig, dabei noch den Koffer zu tragen. Als er wieder festen Boden unter den Füßen hatte, gingen sie noch etwa zweihundert Meter über sandigen Strand. Dann standen sie vor dem Eingang.

Zwei vollbewaffnete Soldaten kontrollierten sie von Kopf bis Fuß, ehe sie die Plane wie einen Vorhang aufzogen und die Besucher einließen. Kylian traute seinen Augen nicht.

Überall hielten weitere Soldaten Wache und Forscher in Kittel liefen durch das Labyrinth aus weißen Zeltwänden umher. Gregor führte ihn an all diesen Leuten vorbei, hinein in einen größeren Raum. Der Durchgang hinter ihm wurde wieder verschlossen, von Pallas nahm Stellung ein und alles konzentrierte sich auf die Person im Zentrum des Raumes.

General Dorian Karb. »Willkommen, Sohn.«

# Kapitel 7

*Dienstag, 7. Juli, Isla Isabela, Forschungszelt*

»Hallo Vater.« Kylian war zwei Schritte vor ihm stehen geblieben und wusste nicht, wie er sich verhalten solle. Er hatte seinen Vater zehn Jahre lang nicht mehr gesehen. In diesem Moment kehrte ein Gefühl des Vertrauens zurück, das er aus seiner Kindheit kannte, doch gleichermaßen kam es ihm vor, als stünde ein völlig Fremder vor ihm.

Dorian strahlte absolute Erhabenheit aus und reichte seinem Sohn zur Begrüßung lediglich die Hand. Kylian erwiderte zögernd, doch dann zog Dorian ihn zur Umarmung an sich. »Es ist mir eine Freude, dich wiederzusehen, Kylian.« Er schob ihn an den Schultern wieder von sich weg und musterte ihn von oben bis unten, wobei sich Kylian in seinen Händen wie eine Puppe vorkam. »Wie sehr du dich verändert hast. Du bist auf dem besten Weg, ein richtiger Mann zu werden.«

»Ich freue mich auch, Vater.« Es war das einzig Sinnige, was Kylian sagen konnte, doch glaubte er seinen eigenen Worten nicht. Einen langen Moment schauten sie einander an, Dorian mit breitem Lächeln im Gesicht. *Schon damals hatte er nie gesehen, was in mir los war.*

Sein Vater deutete auf den stämmigen Soldaten, der Kylian hergebracht hatte. »Gregor von Pallas ist einer meiner ältesten Freunde. Es ist schön, dass ihr euch schon kennen gelernt habt.« Gregor reagierte mit einem knappen

Nicken. »Ich möchte dir auch die anderen Mitglieder unseres Teams vorstellen.«

»Gerne.«

Dorian führte ihn in den nächsten Raum, wo einige Leute an Schreibtischen mit Computern und seltsamen Gerätschaften arbeiteten. Sie alle blickten auf, als Vater und Sohn eintraten. Einen von ihnen erkannte Kylian sofort.

»Onkel Landolf!« Dieses Mal lächelte Kylian aufrichtig. Ebenso Landolf, der sofort aufsprang. Auch sie hatten sich etliche Jahre nicht gesehen, doch damals war sein Onkel immer nett zu ihm gewesen. Er hatte aufregende Geschichten erzählt und mit ihm herumgealbert.

»Kylian! Es ist schön, dass du wohlauf bist.« Auch er umarmte ihn. »Mensch, bist du groß geworden. Wie war die Reise? Wahrscheinlich überaus anstrengend.«

»Das kann man wohl so sagen«, meinte Kylian weit untertrieben.

»Wir haben bereits ein kleines Zimmer für dich abgeteilt, wo du dich ausruhen kannst. Ich zeige dir auch gleich die Küche.« Landolf war unendlich viel fürsorglicher als sein Bruder. Es hatte Kylian schon damals gewundert, weshalb sie dennoch so eng miteinander arbeiteten.

Die anderen im Raum erhoben sich ebenfalls. Eine Frau mittleren Alters kam schwungvollen Schrittes auf ihn zu. Sie sah eher wie ein Model aus als wie eine Wissenschaftlerin. Kylian war es fast schon unangenehm, sie zu lange anzuschauen.

»Ich bin Roxana Olena, Doktor der Biochemie. Von mir hast du die E-Mail mit dem Flugticket bekommen.« Sie reichte ihm ihre zierliche Hand.

Kylian erwiderte die Geste und war darauf bedacht, professionell zu wirken. »Oh, Sie waren das. Ich freue mich, Sie auch im echten Leben kennenzulernen.«

»Die Freude ist ganz auf meiner Seite.« Sie zwinkerte ihm zu und begab sich wieder auf ihren Platz.

Kylian musste sich zwingen, ihr nicht hinterher zu starren. *Hat sie mich gerade angemacht? Dabei ist sie doch bestimmt zwanzig Jahre älter als ich. Oder?*

»Das ist unser Paläontologe«, sagte Dorian und das Wort holte Kylian ins hier und jetzt zurück. Neben ihm stand ein hochgewachsener Mann mit Hakennase und friedfertigem Grinsen. Er erschien um die zehn Jahre jünger als Dorian. Vielleicht war er um die dreißig.

»Norman Graufurt. Ich habe schon von deiner zukünftigen Karriere gehört. Ich bin mir sicher, wir haben uns noch einiges zu erzählen.«

»Da freue ich mich jetzt schon drauf.« Kylians Neugier war geweckt, er hatte noch nie einen Paläontologen persönlich kennengelernt. Etwas übertrieben schüttelte er dessen Hand.

Dann nahm Dorian wieder das Wort an sich. »Es sind noch andere Wissenschaftler für diese Station zuständig und du wirst sie unweigerlich kennenlernen. Diese vier jedoch sind meine engsten Vertrauten. Wir haben viel zusammen erlebt und sind fast so etwas wie eine Familie. Halte dich an sie, wenn du Fragen hast.«

*Sozusagen die Familie, mit der du die Wirkliche ersetzt hast.*

»Wir unterhalten uns später, mein Sohn. Fürs Erste wird dein Onkel dir hier alles zeigen. Du siehst müde aus und solltest dich etwas ausruhen.« Mit einer beherrschten Handbewegung deutete er auf Landolf.

Kylian nickte. »Gut, dann reden wir später. Ich denke, wir haben so einige Vater-Sohn-Gespräche aus den vergangenen Jahren nachzuholen.« Er sagte es mit einem Lächeln, doch Dorian blieb sachlich und nickte.

»So ist es«, erwiderte er.

\*\*\*

Das Forschungszelt war kreisförmig angeordnet. Kylian wurde von seinem Onkel durch die verschiedenen Bereiche der ersten Hälfte geführt und er betrachtete alles ganz genau. Es gab Büroräume und Labore. Neben Dorians engeren Verbündeten arbeiteten hier etwa vier weitere Wissenschaftler. Soldaten befanden sich nur an den zwei Ausgängen und draußen. Kylian vermutete, dass es etwa fünfzehn bis zwanzig Personen waren – bis an die Zähne bewaffnet. Es gab nur eine einzige Tür, die in einen inneren Kreis führte, und die hatte sich in Dorians Büro befunden. So war es unmöglich zu erkennen, was sich im Zentrum der Einrichtung befand. Die andere Hälfte des riesigen Zeltes nahmen die Quartiere ein – winzige Räume für das Personal. Außerdem gab es Toiletten- und Waschräume, einen Aufenthaltsraum und eine große Küche. Beeindruckend, wie all dies an einen wilden Ort wie diesen gelangt war.

Nachdem Landolf ihm sein Schlafkämmerchen gezeigt hatte, fanden sie sich in der Küche wieder. »Wir bekommen alle paar Tage frische Lebensmittel, aber es ist immer genug da. Bediene dich am Kühlschrank und iss dich satt.« Sein Onkel setzte sich auf einen Barhocker an einen entsprechend hohen Tisch und beobachtete Kylian.

»Du bist alt geworden«, stellte sein Neffe fest und wühlte im Kühlschrank nach Essen, das er kannte. Alles war in weißen Plastik verpackt. *Offenbar ernähren sich Wissenschaftler nicht wie Normalsterbliche.*

»Und du bist immer noch so frech wie der kleine Junge von damals. Offenbar hast du keine gute Erziehung genossen. Ich werde mal ein paar Takte mit deiner Mutter sprechen müssen.« Landolf war umso vieles lockerer als Dorian. Aber Kylian fiel es schwer, in ihr spaßiges Miteinander von damals zurückzufallen.

»Tja, ohne Vater hatte ich offenbar nur eine halbe Erziehung«, antwortete er trocken. »Er hatte ja Besseres zu tun und ließ uns allein.« Kylian fiel es schwer, die so spontan geänderten Umstände zu realisieren. Alles erschien so unwirklich. Jahrelang hatte er nichts von diesem Teil seiner Familie gehört und plötzlich war er hier. So lange waren Mutter, Judith und er auf sich allein gestellt gewesen und auf einmal erwartete man, alles wäre wieder wie vorher? »Du warst damals immer nett zu mir, Onkel«, sagte er und hielt den Blick auf das Brot gerichtet, welches er sich schmierte. »Trotzdem bist du genauso verschwunden. Vor zehn Jahren.«

»Ich habe mich immer mal wieder bei deiner Mutter gemeldet«, stellte Landolf richtig.

»Ja, bei Mama. Gesehen haben wir dich aber nie. Ich zumindest nicht.« Er schnitt eine Tomate und merkte dabei, wie angespannt er plötzlich war.

Landolf seufzte. »Das tut mir alles furchtbar leid, Kylian. Dein Vater wurde damals zu meinem Vorgesetzten und wir waren in aller Welt unterwegs. Wir hatten gar kein richtiges Zuhause mehr und mussten unsere Arbeit im Verborgenen erledigen. Wir waren alle dazu gezwungen, eine Familie zurücklassen. Ein Opfer, das jeder von uns bringen musste, um unserem Land oder mehr noch – der ganzen Welt – dienen zu können. Ich weiß, natürlich kann all dies nicht wirklich rechtfertigen, weshalb ein Vater seine Frau und seine Kinder zurücklässt.«

»Du redest immer von Müssen. Ich aber denke, niemand muss etwas. Vater hat sich damals entschieden. So wie du dich entschieden hast, ihm zu folgen.«

Landolf senkte den Blick. »Wenn es doch nur so einfach wäre ...«

Kylian blickte ihn mit harten Augen an. Er wollte nachlegen, doch irgendwie erkannte er, dass seinem Onkel all dies tatsächlich sehr leid tat. Stattdessen biss er in sein belegtes Vollkornbrot.

»Dorian hat seine Eigenarten, das stimmt. Er nimmt seine Arbeit sehr ernst – manchmal ist das sogar etwas beängstigend. Aber ich denke auch, es gab wirkliche Differenzen zwischen ihm und deiner Mutter.« Landolf faltete die Hände vor sich und sah ihn mitfühlend an.

»Sie haben sich oft gestritten«, gab Kylian zu. Schon damals war Vater nur selten zuhause gewesen. Wenn er da war, wurde meistens gezankt und das wurde mit den Jahren immer schlimmer. Kylian war zu jung gewesen, um die Gründe für den Streit zu verstehen. Doch er hatte gespürt, wie sie als Familie auseinanderfielen. Judith hatte ihn oft mit auf ihr Zimmer genommen. Sie spielten mit Puppen und taten so, als ob sie ihre Eltern nicht hörten. Durchaus gab es eine Zeit, in der sie alle glücklich gewesen waren. Aber diese Zeit lag weit zurück in seiner frühesten Kindheit. Diese fragmentartigen Erinnerungen schienen aus einer anderen Welt zu stammen. Einer schönen Welt.

Kylian blinzelte eine Träne weg. »Vielleicht war es besser, dass er weg war«, stammelte er und ließ sich beim Kauen auf den Plastikfußboden herabsinken, den Rücken gegen den Schrank gelehnt.

Landolf stand von seinen Platz auf und kam langsam um den Tisch herum. Schließlich setzte er sich neben seinen Neffen auf den Boden. »Dein Vater ist kein schlechter Mensch. Er ist nur anders als deine Mutter. Vielleicht sogar anders als wir alle. Doch er tut wichtige Dinge und beschützt damit nicht nur dich, sondern auch unser Land. Auch ihr werdet weiterhin eure Differenzen haben, ohne Zweifel. Und es erwartet auch niemand, dass du ihm verzeihst oder ihr die besten Freunde werdet. Ich sage dir einfach eines: Nutze die Chance und lerne ein paar wichtige Dinge von ihm.«

Kylian nickte nur und aß den letzten Bissen. Danach griff er nach oben und holte sich das Glas Wasser, das er sich zuvor eingegossen hatte. »Wahrscheinlich hast du recht. Wie immer.«

»Natürlich habe ich recht, ich bin Wissenschaftler.« Er

lächelte und Kylian konnte nicht anders, als zurückzulächeln.

»Warum bin ich hier?«, fragte Kylian schließlich. »Und was macht ihr hier überhaupt? Die Leute schauen mich an wie etwas, das auf gar keinen Fall hierher gehört.«

»Um ehrlich zu sein, weiß ich nicht, weshalb du hier bist. Doch vielleicht ist dies deinem Vater gutzusprechen. Möglicherweise nagte die Vergangenheit mehr an ihm, als er es je zugegeben hätte. Die Streitereien und so viele Jahre ohne Nachricht müssen ihm sehr leid tun. Ich vermute, er wollte dich wirklich wiedersehen. Er will wissen, wer du geworden bist und will einiges wiedergutmachen. Vielleicht will er dir auch neue Chancen im Leben eröffnen.«

»Ja … Und die zweite Frage?«

Landolf überlegte. »Wir haben hier wahrscheinlich eine außerirdische Lebensform entdeckt.«

Kylian machte große Augen. *Wie war das gerade?* Ihm stockte der Atem und beinahe verschluckte er sich am Wasser. »Ich dachte, es geht um Paläontologie und Schildkröten.«

»All dies werde ich dir morgen erklären. Bitte gedulde dich noch etwas. Im Grunde finde ich, genug erzählt zu haben. Jetzt bist du dran, mir von deiner Schulzeit zu berichten. Was machst du denn sonst so den lieben langen Tag?«

***

Dorian saß in seinem Büro und blickte auf ein Dokument, geschrieben vom deutschen Präsidenten. Weil es offenbar seit Wochen keine nennenswerten Ergebnisse dieser Forschungseinrichtung gab, wünschte der Präsident, dass die Mission abgebrochen wurde und das Team an einem anderen Projekt weiterarbeitete. Er glaubte immer noch, Dorian und seine Forscher suchten hier nach Geistern, die sie sich einbildeten.

*Wir müssen uns beeilen*, dachte Dorian. *Wenn wir weiter hierbleiben wollen, wird er den Oberbefehlshaber womöglich dazu bringen, uns zusätzliches Personal zu schicken. Teils um uns zu unterstützen, teils um uns mehr zu überwachen.* Die Zeit lief davon und Dorian würde die Existenz des PAMO nicht mehr lange geheim halten können.

*Glücklicherweise wird es schon morgen endgültige Erkenntnisse zu dieser Kreatur geben.*

Es klopfte an der Tür und auf ein Zeichen betrat sein Sohn den Raum. »Kylian, ich hatte gedacht, du würdest gleich bis morgen durchschlafen.« Er stand auf und stellte ihm einen Stuhl zurecht.

»Ich bin erschöpft, aber nicht so sehr, dass ich fünfzehn Stunden am Stück schlafen könnte.« Er sagte es mit einem fast vorwurfsvollen Unterton. Beide setzten sie sich an den Schreibtisch. »Außerdem wollten wir uns noch unterhalten.«

»Gewiss.« Dorian legte die Dokumente von eben in den Schrank. »Ich bin mir sicher, du hast viele Fragen.«

Kylian saß in seinen Stuhl und sah nicht mehr so aufgeregt aus, wie kurz nach seiner Ankunft. Im Gegenteil, er war nahezu entspannt und hatte sich zurückgelehnt. Er machte eine ruhige Handbewegung und holte damit einen Gegenstand aus der Hosentasche. Es war die kleine Taschenuhr in Form einer Schildkröte. Bedeutungsschwer legte Kylian sie auf den Tisch. »Es ist zehn Jahre her. Ich frage mich, welche Art von Arbeit so wichtig sein kann, dass du dafür den Kontakt zu deiner Familie nahezu abbrichst.«

*Ich glaube, ich habe dich etwas unterschätzt.* Als Dorian seinen Sohn am Nachmittag wiedergesehen hatte, war er sich sicher, den gleichen Nichtsnutz von damals vor sich zu haben. Den kleinen unbegabten Jungen, nur älter. Aber diese plötzliche Sicherheit in seiner Ausstrahlung beeindruckte ihn. »Also gut«, begann er und legte sich gedanklich die Worte zurecht. »Schon während ich meinen Doktor in

Physik absolvierte, war ich der Bundeswehr beigetreten. Denn ich hatte den Wunsch, meine Talente für unser Land einzusetzen. Dort habe ich es sehr viel weiter gebracht als beabsichtigt. Meinen Führungsqualitäten, meinen planerischen Fähigkeiten und dem Verständnis physikalischer Abläufe war es zu verdanken, dass alle meine Missionen von Erfolg gekrönt waren. Irgendwann standen mir weitere Wege offen. So hätte ich sogar in die Politik gehen können. Doch dann wurde mir ein überaus interessantes Angebot gemacht.«

Kylian hob eine Braue, sagte aber nichts dazwischen.

»Ich erhielt eine direkte Einladung vom Bundespräsidenten. Dem Treffen in den Gewölben des Reichstags wohnten auch andere Persönlichkeiten bei – Menschen, von deren großen Taten ich nur gehört hatte und andere, die mir völlig fremd waren oder von der Öffentlichkeit sogar für tot erklärt worden waren. Bereits dort wusste ich, dass ich eigentlich keine andere Wahl habe. Der Präsident wollte, dass ich eine Abteilung der Organisation RAGNARÖK anführe.«

»Ragnarök?« Kylian runzelte die Stirn.

Dorian erzählte weiter. »RAGNARÖK ist eine streng geheime Organisation, die vor fast einhundert Jahren von den Nazis gegründet wurde. Sie besteht gleichermaßen aus den besten Soldaten des Reiches und den klügsten Wissenschaftlern. Nach Ende des Zweiten Weltkriegs blieb die Organisation am Leben und nur wenige hochrangige Regierungsangestellte wissen um ihre Existenz und geben ihr Aufträge.«

»Welche Art von Aufträgen?«, fragte Kylian zögerlich.

»Das ist die wichtigste Frage, mein Sohn. RAGNARÖK beschäftigt sich mit übernatürlichen Phänomenen, alten Mythen und Prophezeiungen. Wir wurden auf die Suche nach dem Heiligen Gral geschickt, untersuchten geisterhafte Erscheinungen oder hinterfragten Weltuntergangsszenarien.

Dies und noch so vieles mehr, darunter Dinge, die ein normaler Mensch als Märchen abtun würde. Doch den Regierenden ist es zu riskant, gewisse Dinge unerforscht zu lassen. Denn dahinter könnten sich Gefahren für unsere Welt verbergen oder sogar neue Technologien, welche die Menschheit weiter voranbringen könnten.«

»Oder die Regierenden noch mächtiger machen könnten«, ergänzte Kylian ungefragt. »Ich denke, so ein Heiliger Gral, der Unsterblichkeit verspricht, ist für einen großen Anführer äußerst interessant. Habt ihr das Teil denn gefunden?«

Dorian musterte seinen Sohn eindringlich. Dieser hielt seinem bohrenden Blick stand. »Das mit dem Gral war nur ein Beispiel. Ich darf dir leider nichts über die Ergebnisse der Organisation verraten. Aber was deinen Einwand angeht: Ja, natürlich sind die Mächtigen daran interessiert, ihre Macht zu behalten. Das wird sich leider auch niemals ändern, denn der Mensch ist und bleibt ein Raubtier. Daher ist es zumindest besser, wenn man eine große Macht in den eigenen Händen weiß, statt in denen des Feindes. Man muss sie ja nicht benutzen. Sie gibt lediglich ein Gefühl von Sicherheit.« Dorian nickte, um seine eigenen Worte zu bestärken, und lehnte sich zurück.

»Wie die Atombombe«, sinnierte Kylian demonstrativ im Selbstgespräch.

Dorian ging nicht darauf ein. »Landolf ist Professor der Physik und ebenfalls ein angesehenes Mitglied von RAGNARÖK. Roxana Olena und Gregor von Pallas gehören auch dazu und Norman Graufurt ist auf dem besten Weg, einer von uns zu werden. Alle anderen in dieser Station sind ausgewählte Wissenschaftler, die meiner direkten Kontrolle unterstehen. Ebenso die Soldaten. Niemand darf diese Station ohne meine Erlaubnis verlassen oder Kontakt zur Außenwelt aufnehmen. Auch ich muss mich streng zurücknehmen. Aus diesem Grunde war ich gezwungen, jahrelang den Kontakt zu dir, deiner Schwester und deiner Mutter zu unterbinden.«

»Judith hat vor drei Jahren geheiratet«, platzte Kylian heraus.

Dorian nickte. »Das freut mich.«

»Wieso hast du sie nicht hergeholt? Deine Tochter ist Anwältin und ziemlich clever. Wahrscheinlich kommt sie eher nach dir als ich.« Die Miene seines Sohnes blieb gelassen.

»Du unterschätzt deinen Wert, Kylian. Judith hat ihr Leben gewählt und ist stark darin verwurzelt. Sie würde vieles nicht wahrhaben wollen, was hier geschieht. Du hingegen hast ein abstraktes Vorstellungsvermögen, welches dir völlig neue Welten eröffnen kann, wenn du es zulässt.«

*Kannst du meinen Behauptungen gerecht werden, Sohn?*

Kylian verzog einen Mundwinkel. »Ich hoffe, das war jetzt ein Kompliment«, sagte er. »Aber was bedeutet es nun, dass du mich in deine Geheimnisse einweihst? Willst du etwa, dass ich auch einer von euch werde? Habe ich überhaupt noch eine Wahl?« Mit gespielt paranoidem Blick sah er sich im Raum um. »Wirst du mich umlegen, wenn ich Nein sage?«

Dorian breitete die Hände aus. »Ich möchte nur keine Geheimnisse mehr vor meinem Sohn haben. Natürlich darfst du nichts von alldem da draußen erzählen, aber du sollst wissen, welche Möglichkeiten du im Leben haben wirst. Die Familie Karb ist seit Jahrhunderten schon reich und mächtig. Natürlich bin ich darin bestrebt, dass dies auch so bleibt. Wir sind einflussreich und können bis zu einem gewissen Grad das Schicksal unserer Welt mitbestimmen. Du bist die nächste Generation. Ich bin stolz auf deine schulischen Leistungen und wenn du das Studium der Paläontologie absolviert hast, werden wir uns wiedersehen. Und dann erst werde ich dir die Chance geben, einer von uns zu werden. Du hast ein paar Jahre Zeit, dich mit den neuen Optionen für dein Leben vertraut zu machen.« Dorian bemerkte ein seltsames Zucken in den Augen seines Sohnes. Inzwischen hatte ihn mindestens eine der Informationen aus der Fassung gebracht. Doch zumindest dürfte er erleichtert sein, jederzeit wieder von hier verschwinden zu können.

»Ich werde darüber nachdenken, Vater«, sagte er nur. Unverkennbar schossen ihm unzählige Gedanken durch den Kopf.

»Gut so, dein Großvater wäre stolz auf dich.«

Kylian nickte bedächtig bei der Erinnerung an seinen verschollenen Opa, der einst Ruhm und Ehre ohne Grenzen angehäuft hatte: Ludwig Karb – der Vater von Dorian und Landolf.

Dorian nahm die Taschenuhr vom Tisch und sah sie sich genauer an. »Einst gehörte diese Uhr ihm. Er liebte Schildkröten genauso sehr wie du, mein Sohn.«

Bei diesen Worten machte Kylian große Augen. Dies hatte er ihm nie gesagt. »Wirklich?«

»Er hat die Taschenuhr extra anfertigen lassen. Sie war sein liebstes Stück und irgendwann überreichte er sie mir. Und schließlich habe ich sie dir gegeben. Du warst zwar erst acht Jahre alt, aber schon damals glaubte ich an dich. Auf dass auch du ein großer Karb werden wirst.« *Auf dass du vielleicht doch kein Nichtsnutz bist.* Er gab ihm das Artefakt zurück und Kylian nahm es ehrfürchtig entgegen. »Bitte, halte das Familienerbstück weiter in Ehren.«

Die Taschenuhr samt Kette verschwand wieder in Kylians Tasche. »Nun wird es vielleicht Zeit, über Aktuelles zu sprechen«, sagte er und deutete auf die Tür in Richtung Zentrum der Einrichtung. »Landolf sagt, ihr habt einen Außerirdischen gefunden.«

Dorian lachte. »Landolf übertreibt womöglich. Aber um genau zu sein: Wir sind uns noch nicht sicher. Dein Onkel hat ein überaus interessantes Skelett einer Schildkröte entdeckt. Im Laufe der Nacht wird der weltbekannte Mediziner

Professor Doktor Faust hier eintreffen. Morgen Vormittag werden wir dann einen lange geplanten Schritt einleiten und die Schildkröte genauestens untersuchen. Die Erkenntnisse, die wir dadurch erlangen werden, könnten die Menschheit auf eine neue Stufe bringen. Ich möchte, dass du daran teilnimmst.«

»Wow, das klingt wirklich unfassbar. Um was für eine Art außerirdisches Leben könnte es sich denn handeln, wenn ihr eigentlich nur ein Schildkrötenskelett gefunden habt?«, fragte Kylian neugierig.

Dorian kniff die Augen zusammen und sprach leiser. »Wir vermuten eine Art Parasit. Genaueres erfährst du morgen.«

# KAPITEL 8

*Mittwoch, 8. Juli, Isla Isabela, Forschungszelt*

In dieser Nacht fiel Kylian in einen unruhigen Schlaf. Er wälzte sich in seinem Bett, schwitzte und träumte wirre Geschichten. In einer davon war er im Körper einer Schildkröte, die durch das weite Meer dahinglitt. Er spürte regelrecht das kühle Nass auf seiner Haut und wie die Strömungen seinen Weg beeinflussten. Dann jedoch durchstieß eine heftige Erschütterung den Ozean. Das Wasser vibrierte und in seinem Kopf begann es zu dröhnen. Etwas bemächtigte sich seines Körpers und Geistes, nichts konnte er dagegen unternehmen. Plötzlich war alles finster und er war schwer wie ein Stein. Nur mit Mühe bewegte er sich weiter durch das Wasser, aber dann versagten seine Kräfte.
Er wurde in die Tiefe gezogen.

\*\*\*

Kylian saß im Aufenthaltsraum und schlürfte einen angeblich nahrhaften Brei, den die Leute hier Frühstück nannten. Mit am großen Tisch saßen fünf Wissenschaftler, die sich rege unterhielten und den Jüngeren gar nicht beachteten. Zum Glück, denn Kylian wollte einfach nur seine Ruhe haben. Dennoch war es einigermaßen unterhaltsam, diesen Neunmalklugen zuzuhören.
Einer von ihnen war der weltbekannte Prof. Dr. Alfred

Faust. Wie sein Vater prophezeit hatte, war der ältere Mann mitten in der Nacht im Forschungszelt eingetroffen. Die anderen vier Doktoren, zwei Frauen und zwei Männer, redeten sehr aufgeregt in Gegenwart einer solchen Medizinerlegende. Nacheinander versuchten sie, neueste Forschungsergebnisse abzugleichen oder einfach nur irgendwie in die Gunst dieses Mannes zu gelangen. Unweigerlich ging es auch um den Grund, weshalb Dr. Faust überhaupt hier war. Dieser war an die Einzelheiten des großen Fundes interessiert. Leider war er schon vollends eingeweiht worden, bevor Kylian hier hereinkam. Dadurch blieb er wieder der Unwissende und mit den Details – ausgedrückt im reinsten Fachjargon – konnte er wenig anfangen.

»Junge, du siehst aus wie nach einer durchzechten Nacht. Ich wusste gar nicht, dass es hier auf der Insel einen Club gibt.«

Müde blickte Kylian zur Seite und sah Norman Graufurt, der ihn angrinste. »Guten Morgen«, nuschelte er.

Der Paläontologe trank schwarzen Kaffee aus einer Tasse mit der Aufschrift *Weltbester Fossilienbuddler*. Kylian beschloss, zuhause im Internet nach genau so einer Tasse zu suchen. »Ich weiß, wie man sich nach einem so langen Flug fühlt, aber nun könnte man meinen, du seist noch einmal dreißig Stunden um die Welt geflogen!«

»Offenbar habe ich vergessen, mich beim Schlafen zu erholen«, erwiderte Kylian und aß den letzten Happen seines widerwärtigen Frühstücks. Diesen spülte er mit reichlich Tee herunter.

»Oder kommt dein Zustand von dem guten Essen hier? Als jemand, der ständig in aller Welt unterwegs ist, gebe ich dir einen wertvollen Tipp, angehender Paläontologe.« Norman hob mahnend den Finger und Kylian horchte halbinteressiert auf. »Nimm immer dein eigenes Essen mit.«

»Danke für den Rat.« Kylian stand auf und brachte sein Geschirr in die Küche. Er hatte hier zwar noch kein Reinigungspersonal gesehen, aber sicherlich würde schon irgendjemand die Spüle benutzen.

»Landolf schickt mich, um dich zu holen«, sagte Norman. »Die lokale Untersuchung wird bald beginnen und er will dir einiges über das gefundene Fossil erzählen, bevor es losgeht.«

Mit einem Mal waren Kylians Sinne wieder beisammen. Fast war es, als hätte er mehr als nur drei Stunden am Stück geschlafen. Fast. »Super, ich komme gleich mit.«

»Genau das wollte ich hören.« Norman grinste schief und gemeinsam ließen sie die schwatzenden Doktoren zurück und durchquerten den Flur zu Dorians Büro.

Kylians Vater war nicht da, stattdessen saß Onkel Landolf vor einem separaten Bildschirm, ebenfalls Kaffee schlürfend. »Ah, einen wunderschönen guten Morgen, Kylian«, begrüßte er ihn herzlich.

»Hallo, Onkel. Ist es wirklich solch ein Morgen? Hättet ihr ein paar echte Fenster, könnte man das besser beurteilen.« Kylian und Norman gingen zu ihm und nahmen am Bildschirm Platz.

»Alles zum Wohle der Sicherheit«, murmelte Landolf und klickte sich durch seine Dateien.

»Klar.«

»Hast du gut gefrühstückt.«

»Mehr oder weniger.«

»Gut, dann kann es ja losgehen.« Er griff auf die Überwachungskamera im Zentrum der Forschungseinrichtung zu und öffnete die Bildübertragung. Endlich sah Kylian, worum es sich bei dem geheimnisvollen Fund handelte. Dem Fossil. Das angeblich außerirdische Lebewesen. Die Schildkröte.

Kylian kniff die Augen zusammen und rückte näher an den Bildschirm. Das Bild zeigte, dass Dorian und sein Team die Erde um den Fund abgetragen hatten, sodass dieser nun wie auf einem Podest dalag. Von allen Seiten sichtbar, außer von unten. Landolf klickte und eine andere Kamera wurde benutzt, wodurch Kylian es aus mehreren Perspektiven bestaunen konnte. Worum genau handelte es sich?

Kylian erkannte die Form einer Schildkröte. Doch sie sah aus wie eine abstrakte Maschine, metallisch und mit kantigen Details. An verschiedenen Stellen ragten Knochen aus ihr hervor.

»Sein ursprünglicher Name war Lurit«, begann Landolf zu erklären. »Denn diesen Namen hatten wir für das Metall gewählt, das wir erwartet hatten, hier zu finden. Als klar wurde, dass dies weit mehr als außerirdisches Metall ist, fand dein Vater eine bessere Bezeichnung. Wir nennen ihn den PAMO.«

Kylian schaffte es, den Blick wieder vom Bild abzuwenden, runzelte aber immer noch die Stirn. »PAMO?«

»Parasitärer außerirdischer mechanischer Organismus. Nach dem derzeitigen Stand der Erkenntnisse immer noch die treffendste Bezeichnung.«

Norman mischte sich ein. »Ich hatte bereits eine neue Idee für einen Namen, doch leider wurde sie nicht gut aufgenommen.« Der Mann ließ eine gespannte Stille nach dem Gesagten zurück.

Kylian blieb gar nichts anderes übrig, als genauer nachzufragen. »Und der wäre?«

»Turtle Tank.« Norman grinste beim Klang dieser Worte. »Ehrlich, jeder Liebhaber von Science Fiction wird doch wohl erkennen, dass dies eine Kriegsmaschine in Form einer Schildkröte ist.«

»Nur sind wir hier nicht in einem Science Fiction-Film, Norman«, erklärte Landolf und rollte mit den Augen. »Sag ihm lieber, was du über den PAMO herausgefunden hast.«

Norman seufzte. »Nicht sonderlich viel, muss ich leider zugeben. Klar ist, dieses mechanische Ding ist eine Art Außenhülle. Dazu kann ich nicht viel sagen, aber im Innern befindet sich tatsächlich das Skelett einer Wasserschildkröte.

Sie ist vor rund fünfhunderttausend Jahren gestorben, womöglich weil dieses Ding sie umschlossen hatte. Die Knochen, die aus der Außenhülle hervorragen, sind nach so langer Zeit verwittert. Die inneren jedoch nur zum Teil. Noch weiter drinnen sind die Knochen sogar nahezu vollständig erhalten – zusammen mit einigen anderen körperlichen Bestandteilen. Dieses metallische Ding hat das Tier quasi ein Stück weit konserviert.«

Landolf nahm den Faden auf, während Kylian weiter den Bildschirm fixierte. »Die Außenhülle ist der eigentliche PAMO. Er umschließt die Schildkröte seither wie eine Art Rüstung. Die Entdeckung haben wir gemacht, weil wir die Quelle der sogenannten Luraanstrahlung aufspüren wollten, die wir schon vorher nachweisen konnten. Diese einzigartige Strahlung ist außerirdischer Natur und stammt von diesem Ding. Doch das Allermerkwürdigste daran ist die Tatsache, dass die Luraanwerte *pulsieren*.«

»Und was bedeutet das?«, fragte Kylian.

Norman antwortete für den Professor: »Es bedeutet, dass es irgendeine Form von Leben sein muss. Aus dem Weltraum.«

Kylian nickte bedächtig.

»Nun, was das angeht, sind wir uns noch nicht sicher«, verbesserte Landolf. »Das Pulsieren ist schwach, aber gleichmäßig. Wir fragen uns natürlich, welchen Ursprung dieses Ding hat. Es erscheint unwahrscheinlich, dass in geraumer Vorzeit ein hochentwickelter Alien auf die Erde herabgestiegen ist, um einer Schildkröte eine mechanische Hülle zu verpassen. Dies unterstützt die Theorie, dass die Hülle eher selbst das Alien ist.«

Kylian betrachtete die Schildkröte. Die äußere Schicht sah wirklich wie etwas Mechanisches aus, jedoch hatte sie etwas Unwirkliches an sich, dass er nicht benennen konnte. Irgendwie wusste er, dass sie unmöglich von Menschenhand geschaffen sein konnte.

Er blinzelte, als ihm genau in diesem Moment der Traum von letzter Nacht wieder einfiel. Die Schildkröte im Meer. Die Erschütterung. Das schwere Gewicht und die Finsternis. Nun, wo er das vor Jahrtausenden verendete Tier ansah, bemerkte er Parallelen. Konnte dies ein unglaublicher Zufall sein?

»Was ist?«, fragte Landolf.

»Ach nichts«, antwortete Kylian. »Wie kommt ihr darauf, dass es auch organisch ist?«

»Zwischen den Segmenten der einzelnen Panzerplatten aus uns unbekanntem Metall sind feinste Sehnen und Strukturen, deren Aufbau eher auf einen biologischen Ursprung schließen lässt. Man könnte also fast sagen, dieses Wesen könnte halb Maschine und halb Tier sein – völlig abgesehen von der darunter liegenden Schildkröte.«

»Und es ist ein Parasit«, erinnerte sich Kylian.

»Wahrscheinlich ja. Es scheint, als hätte sich dieses Wesen einst an einen Wirt gehängt. Vielleicht um ihn auszusaugen. Eines ist jedoch klar: Der PAMO und die Schildkröte sind nahezu untrennbar miteinander verbunden.«

Kylian überlegte. Die Theorien hatten teils überaus absurde Aspekte. »Du meinst also, damals ist ein Parasitenalien auf unsere Welt herabgestiegen, der zufällig die Form einer Schildkröte hatte. Nur um sich dann an eine Schildkröte zu heften, deren Form zu seiner passt? Sorry, aber irgendwie klingt das alles ziemlich weit hergeholt.«

»Das sehe ich ähnlich«, stimmte Norman zu. »Vielleicht sollten wir eher davon ausgehen, dass alle Schildkröten in Wahrheit Außerirdische sind.« Er zuckte mit den Schultern.

Kylian starrte ihn mit großen Augen an. Meinte er das etwa ernst?

Aber Landolf hatte für alles eine Erklärung. »Wir glauben eher, das Wesen ist in der Lage, sein Äußeres dem Wirt anzupassen.«

Eine wahrlich erschreckende Aussage. Kylian betrachtete

den PAMO aus einem neuen Blickwinkel. War es also möglich, dass dieses Alien sich um irgendein anderes Lebewesen legte und dessen Körperbau nach außen übernahm? Der PAMO auf dem Bild sah aus wie eine massiv mit Metall gepanzerte Schildkröte. Hatte er zuvor vielleicht ein ganz anderes Erscheinungsbild gehabt? Weitere Fragen schossen Kylian durch den Kopf. So vieles war noch unklar und es fiel ihm schwer, all das zu verstehen. »Was hat es mit dieser Luraanstrahlung auf sich?«

Landolf setzte gerade neu an, als die Beantwortung unterbrochen wurde. Die Planen-Tür öffnete sich und Dorian kam herein, das gesamte Team dieser Station im Schlepptau.

»Guten Morgen, mein Sohn«, begrüßte sein Vater ihn knapp. Darauf gab er den Leuten weitere Anweisungen. »Hier geht es lang«, sagte er heiter und öffnete den mittleren Durchgang – den einzigen Zugang zum Inneren der Station. Die Wissenschaftler, allen voran Doktor Faust, trugen unterschiedlich große Koffer mit sich, in denen sich höchstwahrscheinlich spezielle Werkzeuge befanden.

Gregor von Pallas und Roxana Olena traten ebenfalls ein.

Landolf schloss die Dateien auf seinem Bildschirm und fuhr den Computer herunter. »Nun denn, ich glaube, die Vorstellung ist vorbei.« Er stand auf und streckte sich. »Und es wird Zeit für die nächste.«

Dorian lächelte seinen Sohn an. »Kylian, wir werden nun versuchen, die Hülle des PAMOs zu öffnen. So werden wir mehr über seine Zusammensetzung und seinen Ursprung erfahren. Prof. Dr. Faust persönlich wird diesen entscheidenden Schritt durchführen. Du bist herzlich eingeladen, daran teilzuhaben.« Er wies mit der Handfläche zur Tür.

Kylian schluckte. Er erhob sich langsam von seinem Platz und zusammen mit den anderen betrat er das Zentrum der Forschungsanlage.

# KAPITEL 9

*Mittwoch, 8. Juli, Isla Isabela, Forschungszelt*

Hinter ihnen wurde die schwere Zeltwand verschlossen und Kylian fand sich in einem langen, gewundenen Flur wieder, der sich um das eigentliche Zentrum der Anlage legte. Er war zunächst etwas irritiert, nicht sogleich vor dem geheimnisvollen Fund zu stehen. Doch es war nur logisch, dass diese Leute bei einem außerirdischen Wesen auf Nummer sicher gingen.

»Das ist die Schutzzone«, flüsterte Landolf ihm zu, ehe er sich mit den anderen Wissenschaftlern unterhielt. Niemand achtete mehr auf den Pseudo-Praktikanten und Kylian schlich durch den Flur, weg von den vielen Stimmen. Eine Fensterfront zog sich entlang der kompletten Innenwand, welche im Gegensatz zur restlichen Anlage aus Stahl bestand. Kylian kam sich vor wie in einem Museum. Als hätte man ein Stück Strand künstlich mit einem tiefen Loch versehen, Ausgrabungswerkzeuge an die Böschung gelehnt und in der Mitte das Fossil platziert. Fehlte nur noch das Schildchen mit der Aufschrift »Szene einer Fossilienausgrabung.« Nur war dies kein Präparat und das Fossil war vermutlich in eine Art Alien eingehüllt. Kylian hatte es zwar schon auf dem Computer gesehen, doch jetzt, wo er es in natura sah, konnte er wieder nur staunen. Er ging dicht ans Fenster und berührte das Panzerglas. Sein Blick war wie hypnotisiert. Er konnte sich einfach nicht mehr abwenden.

Er sah ihm in die Augen. Ja, dieser metallische Panzer um das Fossil hatte auch Augen nachgebildet. Sie starrten mit dem Blick eines Cyborgs ins Leere. Kylian musterte die Details auf den günlichen Metallelementen, soweit er sie erkennen konnte. Sie waren unglaublich fein – wie Fältchen auf der Haut. Die einzelnen Körperteile schienen grob voneinander abgegliedert zu sein. An den markanten Stellen starr, an den Übergängen hingegen waren Strukturen, die an Muskelgewebe erinnerten. An einigen Bereichen schauten die Überreste der Knochen des Fossils hervor. Norman Graufurt hatte recht, es sah aus wie eine Schildkröte im Kampfanzug, der eher einer Kriegsmaschine glich.

Ein Turtle Tank.

Ein Surren kappte Kylians Gedanken und brachte sie zum Stillstand. Plötzlich war ihm schwindelig und er musste sich abwenden. Als ihm halb schwarz vor Augen wurde, beugte er sich vorn über. Die Welt um ihn herum verschwamm und plötzlich spürte er eine grenzenlose Leere.

Er war sich nicht mehr sicher, wo er überhaupt war.

»Alles in Ordnung?« Eine Hand berührte seine Schulter und mit einem Mal war der Anfall so schnell weg, wie er gekommen war. Kylian richtete sich wieder auf und sah in die besorgten Augen von Landolf. Dieser musterte seinen Neffen auf der Suche nach Symptomen.

»Es geht schon wieder. Mir war nur kurz schwindlig.« Er zwang sich zu einem Lächeln, damit Landolf von ihm abließ.

»Wir haben hier keine Stühle. Am besten, du bleibst in der Nähe des Ausgangs.« Sein Onkel wies auf den Durchgang. Genau gegenüber befand sich der Eingang zum Inneren. Er stand offen. Sämtliche Beteiligte waren eingetreten, um den PAMO noch einmal aus der Nähe zu begutachten. Vater sprach mit Dr. Faust, aber sie redeten in einer anderen Sprache und Kylian verstand kein einziges Wort. Schließlich verließ Dorian wieder das Innere und es blieben einzig der

Doktor und seine vier Wissenschaftler in Weiß zurück. Die Tür wurde geschlossen. Dorian drehte den Schlüssel herum. Als er sich umdrehte, stand er direkt vor Kylian.

»Nur eine Sicherheitsmaßnahme«, sagte er und deutete durch die Glasscheibe. »Es sollten nicht mehr Leute als nötig in unmittelbarer Nähe stehen, während der PAMO aufgeschnitten wird. Wir wissen nicht, ob bei dem Vorgang noch mehr Strahlung austritt. Außerdem ...« Er runzelte die Stirn. »Geht es dir gut, Kylian? Du bist verdammt blass.«

Kylian winkte ab. »Alles gut. Mir war nur kurz übel. Diese vielen Kittelträger erinnern mich zu sehr ans Krankenhaus.«

»Aha ...« Dorian war gedanklich schon wieder beim Experiment. Offenbar lag ihm unglaublich viel an dessen Ergebnis. Immerhin war es der Fund seines Lebens. »Bleib hier, Junge.« Er ließ Kylian stehen und ging zu seinen Verbündeten.

Roxana Olena kaute Kaugummi und betrachtete nüchtern das Geschehen, während Norman Graufurt neben ihr stand und versuchte, sie mit intelligenten Sprüchen zu beeindrucken. Gregor von Pallas lehnte an der Außenwand und hielt die kräftigen Arme verschränkt. Er war nicht der einzige Soldat in der Schutzzone. Außer ihm hatten sich noch zehn von ihnen hier verteilt, um Wache zu halten. Dorian hielt sich an seinen Bruder. Er und Landolf flüsterten.

Kylian war es recht, wieder halbwegs alleine zu sein. Der Anfall eben war zu merkwürdig gewesen und ihm war schon wieder etwas mulmig im Magen. Etwa seitlich von den Türen war ein kleiner Tisch, auf dem Landolf vorhin ein Gerät abgelegt hatte. Kylian stützte sich leicht daran ab und hoffte, dass niemand seine Schwäche bemerkte. Nichts wäre schlimmer gewesen, als jetzt vom Experiment ausgeschlossen zu werden.

Wahrlich interessiert schaute er wieder durch das Fenster. Die fünf Wissenschaftler hatten sich Schutzmasken aufgesetzt und gingen in Position. Drei von ihnen bereiteten irgendwelche Instrumente vor, Dr. Faust und eine Frau bewegten unhörbar die Lippen, als sie den PAMO genauer betrachteten. Sie trugen kleine Clips an den Ohren, genau wie Dorian und die anderen. So konnten sie sich verständigen.

*Also wird das für mich ein Stummfilm,* dachte Kylian bedauernd. Doch egal, neugierig beobachtete er sie weiter. Sein Blick wurde immer wieder vom PAMO eingefangen. Von seiner Position aus sah er das Wesen nun von der Seite. Der Panzer der Schildkröte musste einen Durchmesser von etwa einem Meter haben, mächtige Krallen lugten an allen Seiten hervor und das Metall außerirdischen Ursprungs glänzte. Wahrlich ein beeindruckender Anblick.

*Wie lange bist du wohl schon hier?*, fragte Kylian in Gedanken. *Landolf sagte was von fünfhunderttausend Jahren, doch was war davor? Ist diese Rüstung um dich wirklich ein Parasit? Was war vor dem Tod, wie seid ihr euch begegnet? Durch welche Umstände? Und woher kommt der Parasit, den sie PAMO nennen?*

Ein Prickeln auf der Haut, ein Surren in seinem Kopf, Kylian starrte mit Tunnelblick auf das Geschöpf und stützte sich mehr auf den Tisch. *Was ist das?* Er blinzelte. Seine Augen waren fixiert und es schien unmöglich sich umzusehen, um festzustellen, ob andere seinen merkwürdigen Zustand bemerkten. *Was soll das?* Eine Schweißperle rann von seiner Stirn. Dann bemerkte er Doktor Faust.

Der alte Mann ließ sich einen Winkelschleifer reichen. Er startete das Gerät und die Scheibe daran begann zu rotieren. Dann setzte er an, um den Körper des PAMOs aufzuschneiden.

*Nein ...*

\*\*\*

Dorian beobachtete gebannt, wie sich die fähigsten Wissenschaftler Europas um den großartigsten Fund aller Zeiten reihten. Um *seinen* Fund. *Hier wird Geschichte geschrieben,* dachte er zufrieden. *Meine Geschichte. Mit deiner Hilfe wird RAGNARÖK aus dem Schatten der Regierung heraustreten und der Welt endlich seine wahre Macht zeigen.* Er betätigte sein Mikro. »Mit Skalpellen werdet ihr nicht weit kommen. Dieser Panzer ist nicht grundlos so massiv und kann auch nur mit entsprechenden Mitteln geknackt werden.«

»Verstanden, General«, antwortete Faust knapp. Dorian hatte sich mit dem alten Mann längst auf die Stelle geeinigt, an welcher der PAMO aufgeschnitten werden sollte: am rechten Vorderfuß. Erst danach würden sie herausfinden, inwieweit der Parasit den Schildkrötenpanzer imitiert und ausgeprägt hatte.

Dorian sah, wie Doktor Faust den Winkelschleifer an sich nahm. und hörte durch seinen Ohrclip, wie die Maschine gestartet wurde. Als sich der Wissenschaftler dem PAMO näherte, bekam Dorian jedoch ein sehr ungutes Gefühl im Magen. In seiner jahrelangen Ausbildung hatte er gelernt, seinen Instinkten zu vertrauen, und in diesem Moment wusste er, dass irgendetwas nicht stimmte.

Jemand schrie auf. Dorian blickte zur Seite und sah entsetzt, wie sich sein Sohn schmerzerfüllt den Kopf hielt. Kylian verzog das Gesicht zu einer Fratze und schwankte stolpernd umher. Er brüllte, doch dies war nicht das einzige Geräusch. Ein lautes Piepen drang durch den Gang der Schutzzone und Dorian konnte es nicht deuten.

Landolf machte große Augen und zeigte auf den Sphärographen, den er bei Kylian auf den Tisch abgelegt hatte. Das Gerät schlug bis zum Maximum aus und war die Quelle des Piepsignals. »Die Luraanstrahlung wird immer stärker!«, rief sein Bruder aufgeregt.

Dorian schaute wieder zum PAMO. Der Doktor hatte die

Maschine noch nicht angesetzt. War die Zeit stehen geblieben? Nein, der alte Mann war einfach nur erstarrt, genau wie die anderen vier im Zentrum. Auch sie mussten etwas gemerkt haben.

Eine zittrige Stimme drang in sein Ohr. »General, hier stimmt etwas nicht.«

»Nein!«, schrie jemand neben ihm – es war Landolf. »Junge, was machst du da?«

Dann sah Dorian, wie Kylian, der mit dem Brüllen aufgehört hatte, die Schlüssel an der inneren Tür herumdrehte und den Zugang öffnete. Sein Sohn handelte schnell und sicher, doch sein Gesicht war immer noch schmerzverzehrt und zeigte einen abwesenden Blick. Kylian sprang ins Innere und dann geschah das Unfassbare: Der PAMO erhob sich langsam von seinem sandigen Podest und die Gebeine der Schildkröte fielen nach und nach aus seinem Inneren heraus. Der Schädelknochen trennte sich von dem Kopf des Parasiten und klapperte über den Boden. Übrig blieb eine sich bewegende Außenhülle, die auf ihre Art zierlich wirkte. Unsicher bewegte es seine Gliedmaßen und legte den Kopf schräg, als es die Anwesenden im Raum betrachtete. Die Wissenschaftler waren paralysiert beim Anblick des unirdischen Wesens.

Nur Kylian ging langsam auf ihn zu.

»Verdammt!« Der Moment schien ewig lange anzudauern, doch all dies hatte sich in wenigen Sekunden ereignet. Sekunden, in denen Dorian untätig geblieben war. Er eilte los, vorbei an dem piependen Sphärographen und blieb am Eingang zum inneren Zentrum stehen. »Kylian, was machst du?« Doch er blickte an seinem Sohn vorbei und starrte den PAMO nun direkt an. Das Wesen betrachtete ihn. Und dann seinen Sohn.

Es sprang auf Kylian zu und riss ihn zu Boden. Dorian schreckte zurück und konnte nichts anderes tun, als zuzusehen, wie sein Sohn und der PAMO am Boden rangen und dabei Unmengen Sand aufwirbelten. Doch so schnell es begonnen hatte, war es auch wieder vorbei. Dorian blieb fast das Herz stehen und er vergaß zu atmen.

Kylian stand langsam wieder auf. Doch um ihn herum hatte sich das Exoskelett des PAMOs gelegt, das immer noch die Form einer Schildkröte hatte. Um seinen Rumpf und Oberkörper hatte ihn der massive metallische Panzer eingehüllt und der Kopf behielt die längliche Form des Reptils bei. Arme und Beine waren wuchtig, jedoch gab es viele freie Zwischenbereiche, da Kylians Gliedmaßen viel länger waren als die der Schildkröte. Doch der PAMO war noch nicht fertig.

Dorian musste mit ansehen, wie sich feine Sehnen über die freien Stellen zogen, um sie zu schließen. Zweifelsohne würde auch dort bald eine schützende Panzerung entstehen, mit der der Parasit seinen neuen Wirt zu schützen gedachte. Auf diese Weise besserte der PAMO seine neue Form aus – höchstwahrscheinlich auch im Inneren der Panzerung, denn Kylian war unter dem Geschöpf weit schlanker als sein Vorgänger, die Schildkröte.

Und doch behielt der PAMO die groben Details des Reptils bei.

»Kylian ...« Dorian suchte nach seiner Stimme. »Kylian, wenn du dich noch unter Kontrolle hast, dann antworte mir.«

Der PAMO legte den Kopf schräg.

Etwas bewegte sich neben ihm. Doktor Faust hatte sich langsam in Richtung Tür bewegt, um zu fliehen. Der PAMO merkte es und fixierte den Mann mit einer sichelförmigen Pupille. Dann fuhr er die Krallen aus, fünf an jeder Klaue und jede so lang wie ein Unterarm. Der PAMO machte zwei schwere Schritte auf den Doktor zu, rammte ihm die Krallen von unten in den Brustkorb, sodass sie am Rücken wieder zum Vorschein kamen, und hievte den alten Mann in die Höhe. Doktor Faust stöhnte und spuckte Blut. Dann wurde er in die Mitte des Raumes geworfen und das Podest, auf dem die Überreste des Schildkrötenfossils lagen, wurde zerschmettert.

Dorian trat zurück in die Schutzzone. »Vernichtet dieses Ding!«, befahl er und die Soldaten machten sich auf den Weg. Sie zogen ihre Maschinengewehre und stürmten das Innere der Forschungszentrale. »Du nicht!«, sagte Dorian und hielt Gregor auf. Sein Freund blickte ihn irritiert an, die Pistole schon in der Hand. Doch Dorian sagte nichts weiter und stieß die Panzertür zu. Dann schloss er sie ab. Die Soldaten und übrigen Wissenschaftler waren im Kern der Anlage mit dem Außerirdischen gefangen.

»Was tust du da?«, fauchte Gregor von Pallas.

»Nur das einzig Richtige.« Dorian steckte den Schlüssel ein und marschierte den Flur entlang. Norman, Roxana und Landolf starrten schockiert ihren Vorgesetzten an. Der aber hatte nur Augen für den PAMO, der eben Besitz von seinem Sohn ergriffen hatte.

Maschinengewehre feuerten auf das Geschöpf. Der PAMO wich vielen der Kugel aus und noch mehr prallten von seinem Panzer ab. Dann überfiel er die Angreifer. Einen Soldaten schlug er so stark zurück, dass dessen Brustkorb einfach zerschmettert wurde. Dann sprang er durch den halben Raum – mit einer Geschwindigkeit, die nicht im Entferntesten an eine Schildkröte erinnerte – und griff sich den nächsten. Der Mann schrie vor Schmerzen, als er einfach auseinandergerissen wurde. Die verbliebenden Wissenschaftler klopften flehend an der einzigen Tür, während die übrigen Soldaten um ihr Leben kämpften. Doch sie alle waren dem Geschöpf ausgeliefert und Dorian beobachtete fasziniert, wie es mit ihnen kurzen Prozess machte. Die Männer und Frauen wurden von Krallen durchbohrt oder ihre Körper von Schlägen und Tritten verstümmelt. Ein wahres Blutbad. Schließlich ergriff der PAMO den Letzten von ihnen und schmetterte ihn mit ungeheurer Kraft genau auf Dorian zu. Der Körper des Soldaten krachte so stark gegen die Scheibe, dass das Panzerglas Risse bekam. An seinem eigenen Blutfleck rutschte der Leichnam dann zu Boden.

»Allmächtiger«, raunte Landolf mit zittriger Stimme. »Was geschieht hier?« Er nahm den Sphärograph vom Tisch und stellte das Gerät aus – alles im Zeitlupentempo, um bloß keine Aufmerksamkeit auf sich zu lenken.

»Wieso sind wir noch hier?«, fragte Roxana erschreckend ruhig. »Wir sollten schleunigst verschwinden.«

Norman starrte auf den PAMO. Auch Gregor beobachtete nur.

Dorian grinste als Einziger. Er aktivierte sein Mikro und hoffte, das Wesen würde es da drinnen durch eines der verstreuten Ohrclips hören. »Du gehörst mir, Bestie. Dies ist dein Gefängnis und du wirst es bis auf Weiteres nicht verlassen. Zumindest nicht, bevor du gelernt hast, mir zu gehorchen.«

Der PAMO legte wieder den Kopf schräg. Dann wandte er sich um und musterte den Raum. Sein Blick fiel auf die Lichtkuppel. Diese war zwar nicht aus Panzerglas, aber dennoch hart genug, um ...

Das Wesen sprang weit in die Luft und durchstieß die Kuppel. Scherben fielen herunter und in der Ferne war lediglich noch ein Poltern zu hören. Dann war es still.

Dorian fing an, aus vollem Halse zu lachen. Eine ganze Weile lang beherrschte seine fragwürdige Freude dieses Schlachtfeld voll Blut und Chaos. Als sein Lachen abebbte, lauschte er dem sanften Echo in der Stille.

Landolf ergriff das Wort. »Was gibt es da zu lachen, Dorian? Was gerade passiert ist, ist unverzeihlich. Wir haben den PAMO verloren. Deinen Sohn. Und all diese Menschen sind tot. Gott weiß, was dieses Ding da draußen anrichten wird.

»Gar nichts wird es tun«, sagte Dorian. »Wir sind auf den

Galapagosinseln, also wo soll es schon hin? Wir werden es einfach wieder einfangen. Immerhin haben wir doch dein wundersames Gerät.« Er deutete auf den Sphärograph. »Gregor, hol unsere verbliebenen Leute hierher. Es gibt einiges zu besprechen.«

# KAPITEL 10

*Donnerstag, 9. Juli, Isla Isabela*

Licht. Kylian blinzelte, als eine vernebelte Morgensonne am Horizont des weiten Ozeans aufging und ihn blendete. Sie wärmte, doch von unten spürte er eine unangenehme Nässe. Wasser plätscherte. Er hörte die Wellen rauschen und über ihm kreischten ein paar Vögel.

Er fühlte sich unglaublich schwer.

Doch ebenso verspürte er eine eigenartige Leichtigkeit. Kylian lag an einem Strand, an einem fernen Ort, wo es keine Probleme gab. Keine Menschen, denen gegenüber er sich behaupten musste oder irgendein System, in dem es sich zu bewähren galt. Hier gab es nur ihn, die Natur und die Gegenwart. Oder?

Sein Verstand kehrte allmählich zurück. Er wusste zwar, wer er war, doch nicht, wie er hierhergekommen war. *Was ist passiert?*, überlegte er und bemühte sich, seine Gedanken zu sammeln. Er versuchte, sich an die letzten Momente zu erinnern, doch da war nichts. Das Einzige, was er noch wusste, schien unglaublich lange her zu sein. Nämlich wie er in der Schutzzone des Forschungszeltes gestanden und beobachtet hatte, wie der PAMO aufgeschnitten werden sollte.

*Da waren diese Anfälle*, kam es ihm in den Sinn. *Schwindel, Übelkeit, Schwärze ... Dieses unerträgliche Surren in meinen Kopf.* Er durchwanderte gedanklich seinen Körper, auf der Suche, ob noch Überbleibsel dieser Symptome vorhanden waren. Nein, alles fühlte sich klar an. Aber noch lag er hier im Sand, während ihn die Wellen des Meeres umspülten. *Ich muss aufstehen.*

Sein Körper gehorchte ihm nur mit Verzögerung. Irgendwas war anders. Er stemmte sich in den Vierfüßlerstand und kam auf die Knie. Seine Gliedmaßen schienen allesamt überaus schwerfällig, doch gleichzeitig besaß er die Kraft, dies auszugleichen. Es war, als wäre er in einem fremden Körper.

Kylian erstarrte, als ihn in diesen Moment die Erkenntnis überkam. Er blickte an sich herab und sah einen stählernen Körper aus Metallplatten. Seine Hände waren massive Pranken mit messerscharfen Krallen. Er wandte sich um zum Wasser und versuchte, in dessen Bewegung ein Spiegelbild zu erkennen. Das Wenige, was er sah, genügte. Er hatte diesen Kopf schon einmal gesehen.

Es war der des PAMOs.

Er fiel zurück auf den Hintern. »Das darf nicht sein. Was soll das? Wie ist das möglich?«, fragte er und erschrak vor dem blechernen Klang seiner Stimme. Als hätte er einen Eimer auf dem Kopf. *Das muss ein Traum sein.* Doch dazu war sein Kopf viel zu klar und er sah alles ganz deutlich vor sich – irgendwie mit den Augen des Parasiten, der ihn umschlungen haben musste. *Der PAMO war nicht tot gewesen,* erkannte er.

*Ich habe nur geschlafen.*

Kylian wandte sich um, aber da war niemand. »Wer hat das gesagt?«, fragte er, obwohl ihm das zwecklos erschien. *Verliere ich nun doch noch den Verstand?*

*Nein.*

Schon wieder. Eine weibliche Stimme. Sie war direkt in seinem Kopf. »Wer sagt das?«, fragte er laut, doch es schien ihm, dass es offenbar genügte, die Worte zu denken.

*Deine Freundin*, antwortete sie.

*Ich habe keine Freundin. Leider. Bist du etwa dieses Ding aus dem Forschungszelt, was hier irgendwie zu mir spricht?*
*Mag sein.*
War der PAMO etwa eine Lebensform, die über eine hohe Intelligenz verfügte und in der Lage war, mithilfe von Gedankenübertragung zu kommunizieren?
*Nein,* antwortete die Stimme, obwohl Kylian die Gedanken nicht wirklich in Worte gefasst hatte. *Zumindest nicht in dem Ausmaß, wie du jetzt denkst. Es ist lediglich eine Tatsache, dass wir uns ein und denselben Körper teilen. Mitsamt deinem Gehirn.*
Gott ... Was meinte diese Kreatur damit?
*Dass, was ich gerade gesagt habe.*
Kylian versuchte, seine Gedanken ruhig zu halten, obgleich sie sich gerade überschlagen wollten. Zu viele Fragen schwirrten ihm durch den Sinn, doch sollte stimmen, was der PAMO da äußerte, würde er keinen einzigen privaten Gedanken mehr haben.
*Bitte nenn mich nicht immer so.*
*Mist, ich habe schon wieder gedacht,* erkannte Kylian und bedauerte es, sich nicht mehr mit Meditation beschäftigt zu haben, wie Judith ihn immer nahegelegt hatte. *Also gut.* Er versuchte, sich zu konzentrieren. Jetzt die Nerven zu verlieren, würde einfach keinen Sinn ergeben.
*Das ist sehr weise,* kommentierte die Stimme.
*Was bist du?,* fragte Kylian.
*Deine Spezies nennt mich Außerirdischer, Parasit, Alien oder dieses merkwürdige Wort. Sie wissen es nicht besser, doch um genau zu sein, bin ich mir selbst nicht sicher. Ich habe, wie du es sagst, den Verstand verloren.* Kylian lauschte, wie die Stimme in seinem Kopf widerhallte. Es fühlte sich falsch an, wenn diese völlig fremden Gedanken durch sein Gehirn flossen. *Auch ich bin auf der Suche nach Antworten.*

*Du meinst, du kannst dich nicht erinnern, was du bist? So wie ich mich nicht erinnern kann, wie ich an diesen Strand gekommen bin – mit dir.*

*So ist es.*

Kylian schüttelte den Kopf. »Woher kennst du meine Sprache«, flüsterte er.

*Ich habe viel über euch gelernt, während du geschlafen hast, mein Wirt. Allerdings scheint mir dein Wissen über dich und diese Welt überaus beschränkt zu sein.*

Mein Wirt? *Was soll das? Nenn mich nicht so, das klingt ja widerlich. Heißt das, während meines Komas hast du nach Herzenslust in meinem Hirn herumgekramt und hältst mir jetzt auch noch vor, dass ich nicht allwissend bin?* Kylian konnte es nicht glauben.

*Das ist richtig.*

*Super, zumindest bist du ehrlich. Wenn ich also ein offenes Buch für dich bin, wo genau finde ich dann deine ganzen Erinnerungen?*

*Sie sind tief in meinen eigenen Körper verborgen. Geschützt.*

»Was?« *Jetzt hast du auf einmal doch einen eigenen Körper? Ich bin mir sicher, du meinst dieses Blechding, das mich umwickelt hat. Okay, hör zu: Ich möchte jetzt, dass du das bitte wieder entfernst und wir beide unsere eigenen Wege gehen. Mit eigenen Gedanken und so weiter.*

*Leider ist das nicht möglich.*

»Warum ist das nicht möglich?«, fragte Kylian bissig und stand auf.

*Weil wir einander brauchen, du und ich. Du spendest mir Energie, während ich dich mit meiner Hülle beschütze. Ihr Menschen nennt das Symbiose.*

*Und wenn ich keine Symbiose möchte?*

*Für eine Trennung müssten wir uns beide einig sein. Zurzeit liegt dies jedoch nicht in meinem Interesse.*

Kylian verdrehte die Augen. *Also bin ich dein Gefange-*

*ner?*

*Nein.*

*Wieso hast du ausgerechnet mich ausgewählt? Es waren doch zig Wissenschaftler immer wieder in deiner Nähe. Stattdessen schnappst du dir den Schuljungen, der noch sein ganzes Leben vor sich hat.*

*Du hast mit mir sympathisiert,* erklärte die Stimme sachlich.

*Bitte?*

*Ich spürte, dass du mich mochtest. Daher habe ich dich erwählt und meine Gedanken nach dir ausgestreckt.*

Das Surren und der Anfall, ohne Zweifel war das der Einfluss des PAMOs gewesen, der seinen Willen auf ihn gerichtet hatte. *Dich mochte?* Einzelne Erinnerungen kamen wieder. Wie er das Fossil betrachtet hatte. *Ah, jetzt verstehe ich. Nein, das ist ein Missverständnis. Ich mochte die Schildkröte! Weil es mein Lieblingstier ist und ich hatte Mitleid mit ihr, weil du vor geraumer Zeit offenbar sonst was mit ihr gemacht hattest.*

Plötzlich blieb die Stimme still. Hatte Kylian etwa ihre Gefühle verletzt? *Was denke ich da, scheiß auf ihre Gefühle.* Er nutzte die Pause, um sich umzusehen. Um ihn herum war der Strand, landeinwärts begann ein dichter Mangrovenwald.

*Ich habe die Form deines Lieblingstiers zu einem großen Teil beibehalten. Das müsste dich doch erfreuen.*

Kylian seufzte. *Ich mag Schildkröten. Das heißt nicht, dass ich eine sein will. Das ist doch krank! Jetzt entferne dich von meinen Körper, PAMO!*

*Das geht nicht. Ich sagte bereits, wir brauchen einander. Und was ich außerdem sagte: Bitte nenn mich nicht so.*

*Wie soll ich dich sonst nennen?*

*Der Zugang zu meinen Erinnerungen ist blockiert. Es wäre am einfachsten, wenn du mir einen neuen Namen gibst.*

*Verstehe, bist du etwa eher sowas wie mein neues Haustier? Mir fallen sicher ein paar Namen ein. Warte ... Wie wäre es mit Gedankenparasit? Hirnkäfer? Oder Nervenkitzler?*

*Diese Namen gefallen mir nicht, doch ich werde dir helfen, einen besseren zu finden.*

Dann begann wieder das Surren und Kylian verkrampfte sich. Das Wesen drang wieder in sein Gedächtnis ein und suchte unsanft nach Informationen. Er konnte nichts dagegen tun, die Willenskraft des Parasiten war unermesslich. »Hör auf!«, keuchte er.

Das Surren brach ab und die Stimme meldete sich wieder. *Ein passender Name für mich wäre Tura. Beschwere dich nicht, denn er kommt von dir. Ich habe dir geholfen, diese Idee schneller hervorzubringen, als du es ohne mich geschafft hättest.*

*Interessanter Ansatz, um sich durchzusetzen,* meinte Kylian. *Nun gut, Tura, von mir aus. Wie also geht es jetzt weiter mit uns? Dir ist doch hoffentlich klar, dass ich mich mit dir anderen Menschen unmöglich zeigen kann. Andererseits finde ich unter ihnen vielleicht Hilfe. Gehen wir zum Forschungszelt zurück. Mein Vater wird schon wissen, was zu tun ist.* Sicher würde er einen Weg finden, Kylian von dem Parasiten zu trennen.

Obwohl Kylian sich in eine unbestimmte Richtung aufmachte, blockierten plötzlich alle Körperteile. Er stand still und war bewegungsunfähig. *Ich befürchte, du kannst nicht zurück,* sagte Tura. *Die halbe Einrichtung ist zerstört. Du warst bewusstlos und hast nicht mitbekommen, was geschah. Als sich unsere Körper vereinten, zeigte dein Vater keine Skrupel, uns gemeinsam in den Tod zu schicken.* Die Worte verstummten und stattdessen tauchten lebhafte Bilder in Kylians Kopf auf. Er sah seinen Vater, wie er mit einer Waffe auf ihn zielte. »Vernichtet ihn«, brüllte er. Dann verschwand das Bild.

*Wie kann das sein?* Kylian war entsetzt.

*Es ist, wie es ist*, beharrte Tura und gab die Gliedmaßen wieder frei. *Wir müssen woanders hin. Ich vermute, sie suchen bereits nach uns. Wir sollten uns beeilen, sonst nehmen wir ein schlimmes Ende.* Wieder tauchte kurz ein Bild auf. Dieses Mal von bestausgebildeten Soldaten mit schweren Waffen, angeführt von Gregor von Pallas. Keiner von ihnen würde zögern und mit allen Mitteln versuchen, Kylian mitzunehmen. Tot oder lebendig.

Er fragte sich, inwieweit der Parasit wirkliche Erinnerungen benutzte oder diese nur mit Worten dramatisierte. *Dann gehen wir woanders hin. Ich will nach Hause. Aber dazu müssen wir fliegen. Ich glaube nicht, dass man hier als Außerirdischer einen Flug buchen kann.* Er kam ja nicht mal an sein Handy, das sich unter der versiegelten Panzerung befand, genau wie seine Kleidung. Er hoffte, Tura würde ihm zumindest die Möglichkeit lassen, zu essen und sich zu erleichtern.

*Das bekommen wir schon hin*, meinte sie. *Wenn dein Zuhause sicher ist, dann finden wir einen Weg dorthin.*

*Wir müssen zur Insel Baltra, dort ist der Flughafen*, sagte Kylian. *Doch ich bezweifle, dass wir in dieser Gestalt fliegen können. Vielleicht finden wir am Schiffshafen noch eine andere Möglichkeit zur Heimkehr. Die Insel ist weit weg und ich bin mir nicht sicher, wo wir genau lang müssen.* Er überlegte kurz, ehe ihm einfiel, dass er ja nicht einmal wusste, wie er vom Forschungszelt zu diesem Teil des Strandes gekommen war.

*Überlasse mir die Orientierung. Du übernimmst die Bewegung. Wir sollten uns umsehen, um uns besser zurechtzufinden. Vielleicht erst einmal hoch zu den Hügeln?*

Kylian hielt inne. *Moment mal. Wenn wir es wirklich irgendwie bis nach Deutschland schaffen sollten – auch wenn ich kein Plan habe, wie das gehen soll – was ist dann? Trennen sich wieder unsere Wege?*

Wieder dauerte es, bis Tura antwortete. Sie konnte ihre ureigenen Gedanken viel besser vor ihm verbergen als umgekehrt. *Ja, wenn du es dann noch unbedingt wünschst. Ich verspreche es.*

*Sicher werde ich es mir wünschen ...* Das Verhalten von Tura war etwas merkwürdig. Sie hätte ihn mit ihren Methoden doch genauso gut zwingen können, stattdessen ließ sie sich auf einen Handel ein. Offenbar war es ihr ungeheuer wichtig, von diesen Inseln zu verschwinden. Und da war noch etwas.

Tura sagte die Wahrheit, Kylian spürte es und verlor jeden Gedanken an böse Aliens aus den Filmen, die er gesehen hatte. Oder war dies vielleicht nur ein Geistestrick des Parasiten? Er musste vorsichtig sein.

*Laufen wir zunächst ein paar Schritte*, empfahl Tura ruhig.

Kylian setzte sich in Bewegung und stapfte den Strand entlang. Es war beeindruckend, wie seine Bewegungen von Tura übernommen wurden. Fließend gingen sie ineinander über, so als gäbe es keine Grenze zwischen ihren Körpern. Kylian musste sich lediglich daran gewöhnen, dass alles nun etwas größer und wuchtiger war.

Vor dem ersten Hügel blieb er stehen. Normalerweise würde es Mühe kosten, die Schräge zu erklimmen. Wie war es mit diesem Körper? Kylian ging sofort aufs Ganze und stieß sich ab. Er sprang weiter als beabsichtigt und rannte den Hügel innerhalb kürzester Zeit hinauf. Oben angekommen war er weder nennenswert erschöpft noch aus der Puste. *Wie ist das möglich?*, dachte er verblüfft und schaute an sich herunter.

*Dein Körper ist schwach, Kylian. Doch der meine ist sehr stark. Im Gegenzug ist deine Lebensenergie der meinen weit überlegen. Es kostet mich die größte Anstrengung, meinen Körper selbst zu bewegen. Daher brauche ich dich als meinen Wirt. Im Gegenzug erhältst du Schutz und Stärke.*

»Das ist faszinierend«, sagte Kylian und betastete die metallischen Gliedmaßen. Äußerlich waren sie extrem hart, doch er spürte die Flexibilität der unteren Schichten. Diese wurden immer weicher und konnten sich somit perfekt an seinen darunter liegenden Körper anpassen. *Womit vertreibt sich ein Parasit wie du denn den Tag?*, fragte er frech. *Etwa mit dem Beobachten und Kommentieren des Gefangenen?*

*Sei nicht albern*, antwortete Tura. *Ich kann nahezu jedes Lebewesen als Wirt benutzen, doch sie alle besitzen eine unterschiedliche Lebenskraft, die an ihr Bewusstsein gekoppelt ist. Ein Wesen mit niederem Bewusstsein kann ich steuern. Bei euch Menschen ist es anders. Dein Geist ist mir sozusagen im Weg. Nur als du bewusstlos warst, hatte ich volle Macht über dich, wodurch ich die Flucht durchführen konnte.*

*Oh, das tut mir leid für dich*, erwiderte Kylian, während er sich umsah. Die Landschaft dieser Insel war atemberaubend. Dies war ein Ort, den er immer schon besuchen wollte: unberührte Natur mit einzigartiger Flora und Fauna.

*Meine Bedürfnisse sind bescheiden*, erklärte sie. *Und ein stärkeres Bewusstsein bedeutet auch mehr Stärke für mich. Wir könnten eine lange und schöne Zeit zusammen haben, mein Freund. Alles was ich will, ist, am Leben zu bleiben. Und wenn ich deinen Geist schon nicht überwältigen kann, so gebe ich zumindest ein paar Tipps.*

*Das ist ja reizend.* Kylian bekam große Lust, diesen Körper noch weiter auszuprobieren. Wenn es stimmte, was Tura sagte, dann hatte er nur einen Bruchteil seiner Stärke erlebt. Er wählte nach Gefühl die Richtung und sprintete los. Als es wieder bergab ging, sprang er mit größter Kraft. Er brüllte, als sich ein Hochgefühl mit etwas Angst in ihm vermischte. Er taumelte in der Luft und raste dem Erdboden entgegen. Unsanft prallte er auf und rollte etliche Meter den Hügel herunter, ohne Schmerz zu spüren. Im richtigen Moment stieß er sich wieder ab, sprang Stück für Stück weiter und ging zum Rennen über. Er schlug Haken, spurtete kreuz und quer über das Buschland und tauchte anschließend im naheliegenden Wald ab. Mit einem Satz sprang er meterweit über die knorrigen Mangrovenwurzeln und hielt sich an einem Baum fest. Vögel krächzten auf und flogen in alle Richtungen davon. Mühelos kletterte Kylian bis in die Baumkrone, nur um sich dann wieder fallen zu lassen. Mit einem Beben krachten seine mächtigen Füße auf den Boden und er spürte, wie ein ungeheurer Druck den Körper von Tura durchlief und kompensiert wurde.

*Das ist ja wie in meinen kühnsten Superheldenfantasien*, behauptete Kylian. Sein Körpergefühl hatte sich inzwischen angepasst und er spürte, was möglich war. Er rannte weiter, verließ wieder den Wald und sprang mit großen Schritten durch das Hügelland – immer stetig bergauf.

*Vorsicht, halt!*, sagte Tura ungewohnt energisch.

Kylian blieb sofort stehen und löste dabei eine Staubwolke aus. Er wandte sich um und sah sofort, was Tura bemerkt hatte. Zwei Soldaten in Schwarz, wie sie an Dorians Forschungszelt patrouilliert hatten. Sie lagen auf der Lauer und hatten Kylian offenbar schon vom Weiten gesehen. Nur hatten sie nicht damit gerechnet, dass er sich ihnen so schnell nähern und sie auch noch entdecken würde. Sie standen auf und richteten ihre Sturmgewehre auf ihn.

»Stehenbleiben!«, befahl der eine. »Eine falsche Bewegung und ich werde schießen!«

*Zögere nicht*, riet Tura.

Kylian machte einen Schritt auf den Soldaten zu. Dieser drückte ab und ein Kugelhagel schlug ihm gegen die Brust. Der Druck war heftig und er wich zurück. Beinahe glaubte er, jetzt wäre es um ihn geschehen, doch dann spürte er, wie die Kugeln vom Panzer abfielen und ins Gras plumpsten. Kylian hatte den Angriff überlebt und der Soldat blickte irritiert drein.

*Die Körperform der Schildkröte weißt einige interessante*

*Vorteile auf*, erklärte Tura beiläufig.

Kylian sprang vor, griff nach dem Gewehr und riss es dem Soldaten aus der Hand, bevor er damit noch mehr Krach machte. Der Schwung war so groß, dass er den Mann aus dem Gleichgewicht brachte. Kylian bildete eine Faust und schlug sie dem Soldaten in den Magen. Doch er verwendete mehr Kraft als beabsichtigt. Der Jäger, der zum Opfer geworden war, stöhnte kurz auf, als alle Luft aus seinem Körper gepresst wurde. Irgendetwas in ihm brach und er flog etliche Schritte weit zurück, landete im Dreck und blieb regungslos liegen.

*Gott ...* Kylian starrte auf den erschlagenen Soldaten, dann auf seine Faust. *Das war zu viel.*

*Vergiss nicht den anderen.*

Kylian wandte sich um und sah, wie der übrige Soldat bereits sein Funktelefon gezogen hatte. Schnell sprang er zu ihm und trat ihm das Gerät aus der Hand. Der Soldat schrie auf und zog seinen Arm dicht an sich, sicherlich war mindestens ein Gelenk gebrochen worden. Mit der verbliebenen Hand zog er eine Pistole aus seinem Waffengurt.

*Töte ihn, sonst wird er die anderen hierher rufen.*

*Töten?* Kylian war entsetzt, hoffte er doch immer noch, dass dem anderen Soldaten nicht allzu viel passiert war. *Ich will niemanden töten, der Kerl hat sicherlich eine Familie zuhause.*

*Manchmal bleibt einem nichts anderes übrig, um das eigene Leben und die eigenen Überzeugungen zu schützen.* Tura konzentrierte sich und Kylian sah, wie sich die Krallen an einer seiner Hände auf einen halben Meter verlängerten.

Kylian staunte. *Das stammt eindeutig nicht von einer Schildkröte*, blaffte er.

*Ich hatte mehr als nur einen Wirt, Kylian. Von allen speichere ich die besten Formen und kann sie miteinander kombinieren.*

*Verstehe, deswegen sehen wir immer noch aus wie eine*

*Schildkröte.* Kylian konzentrierte sich nun selbst und schaffte es, die Krallen wieder in ihre ursprüngliche Größe zurückzufahren. Der Soldat vor ihm war genauso sprachlos wie er selbst. »Diese Krallen bleiben unser kleines Geheimnis«, sagte Kylian zu niemand Bestimmten. Dann schlug er wieder mit der Faust zu, dieses Mal kurz und nicht allzu kräftig gegen den Kopf des Soldaten. Der Mann war auf der Stelle bewusstlos.

*Du bist zu zaghaft. Sowas kann dich das Leben kosten.*

*Vielleicht in der Welt, aus der du kommst*, meinte Kylian. *Wieso laufen wir eigentlich davon? Selbst wenn mein Vater uns wirklich feindlich gesinnt ist, im Ernstfall sollten wir mit diesen Kräften locker entkommen können.*

*Du unterschätzt deinen Vater. Ich habe mitbekommen, dass du ihn jahrelang nicht mehr gesehen hast. Du weißt nichts über ihn und er hat dir lediglich einen winzigen Teil über seine Organisation erzählt. Ich habe in seine Augen geblickt. Er hatte keine Angst vor meiner Macht. Das ist es, was mir Angst macht.*

Kylian erinnerte sich, wie Vater über RAGNARÖK erzählt hatte und dass sie Legenden und Mythen auf den Grund gingen. Tura hatte womöglich recht, wer wusste schon, was Dorian in all den Jahren wirklich getrieben hatte? Welche Geheimnisse er aufgedeckt und welche Möglichkeiten er dadurch gewonnen hatte?

Kylian wurde vom Proviantkästchen des Soldaten abgelenkt. *Habe ich dir schon gesagt, dass ich noch kein anständiges Frühstück hatte?*

*Nein.*

*Leider ist Frühstück eng mit meiner sogenannten Lebenskraft verbunden. Ich befürchte, du müsstest mich mal freigeben, damit ich essen kann.* Er brauchte nicht lange zu warten. Energien verlagerten sich spürbar und der helmartige Kopf von Tura teilte sich und zog sich zurück. Kylian blinzelte, als er die Welt wieder mit eigenen Augen sah.

*Besser als nichts,* dachte er und bückte sich, um die Soldaten seines Vaters zu bestehlen. Gierig aß er die Kraftriegel aus ihren Taschen und nahm mehrere Schluck Wasser aus einer Trinkflasche. Bei der Gelegenheit warf er einen Blick auf die Landkarte der Soldaten. *Na also, geht doch. Doch wir sind noch nicht fertig, liebe Tura. Als Nächstes muss ich pinkeln.*

Einige Momente später und um eine seltsame Erfahrung reicher schloss Tura wieder den Panzer um Kylian. Sie blickten sich um. Von ihrem jetzigen Standpunkt aus konnten sie über das Meer blicken und die anderen Inseln erkennen. Dank der Karte konnte sich Tura im Gegensatz zu Kylian nun bestens orientieren.

*Dort entlang,* sagte sie und schaffte es, Kylians Blick in eine bestimmte Richtung zu ziehen.

*Also gut, ich hoffe, du kannst schwimmen.*

*Wie ich erfahren habe, befand ich mich Tausende von Jahren an dem Körper einer Wasserschildkröte. Das dürfte ausreichen.*

Dass Tura Sinn für Humor hatte, war mehr als merkwürdig, doch Kylian nahm es gelassen hin. Zumindest würde es während der Reise nicht langweilig werden.

Sie machten sich auf den Weg. Noch ein großes Stück Land zwischen zwei riesigen Vulkanen galt es zu durchqueren, ehe sie wieder das Meer erreichten. Neben einigen Baumkakteen blieben sie jedoch erneut stehen. Kylian betrachtete fasziniert eine ausgewachsene Galapagos-Schildkröte, die sich ihren Weg durch das Buschland suchte. Friedlich stapfte sie dahin und blieb ebenfalls stehen, als sie den Besucher bemerkte. Mit der Ruhe eines Mönches betrachtete sie Kylian, der die Gestalt einer futuristischen Variante ihrer selbst angenommen hatte. Doch die riesige Schildkröte interessierte das herzlich wenig. Genügsam trottete sie weiter.

*Auf die Langsamkeit dieser Spezies musste ich verzich-*

*ten*, bemerkte Tura überflüssigerweise.

Kylian schaute immer noch verträumt der Schildkröte hinter her. *Jetzt hat sich der Ausflug hierher wirklich gelohnt*, sagte er glücklich.

*Du meinst, die Begegnung sowie körperliche und geistige Verschmelzung mit einer Alienrasse hat nicht genügt? Abgesehen von dem Wiedersehen mit deinem verschollen geglaubten Vater und der Enthüllung seiner wahren Berufung bei einer fragwürdigen Geheimorganisation?*

*Ja, genau das meine ich.*

Sie erreichten nach weiteren Stunden den Strand und sprangen ohne Umschweife ins Meer. Kylian schwamm mit großer Kraft gegen die Wellen an und war schneller als jeder Spitzensportler. Er holte regelmäßig tief Luft und kam bei jedem Abstoßen mehrere Längen nach vorn. Zwischendurch tauchte er ab und es war, als könnte er fliegen. Bei dieser permanenten Anstrengung spürte er, wie sein eigener Körper dann doch an Kraft verlor. Tura mochte seine Energien irgendwie umwandeln, um weitaus mehr aus ihnen herauszuholen. Doch unendliche Reserven hatte er trotzdem nicht und irgendwann musste jedes Lebewesen schlafen.

Es wurde schon dunkel, als sie sich der Insel Baltra näherten. Segelschiffe lagen vor der westlichen Bucht vor Anker und Kylian machte einen großen Bogen um sie. Unbemerkt verließen sie das Wasser an einem einsamen Strand. Weit und breit war keine Menschenseele zu erkennen.

*Und wie geht es jetzt weiter?*, fragte Tura.

*Der Flughafen liegt weiter landeinwärts, der Schiffshafen wiederum auf der anderen Seite der Insel,* antwortete Kylian. Bei seiner Ankunft vor nur wenigen Tagen hatte er die Insel von oben betrachtet, weshalb er sich einigermaßen orientieren konnte. *Wir müssen aufpassen, die Küstenwache ist in der Nähe und auch sonst gibt es einige Siedlungen, denen wir ausweichen sollten.*

Er machte sich auf den Weg, immer weiter mit kräftigen und schnellen Schritten. An einer Straße fuhr ein altes Auto, das nicht so richtig in die Landschaft passte. Sowie es außer Sicht war, verließen Kylian und Tura ihre Deckung und eilten weiter. Der Mond stand hoch am Himmel, als sie das Flughafengelände erreichten. Doch wie schon befürchtet, war solch ein Ort selbst auf den Galapagosinseln zu gut gesichert. Ein blinder Passagier in Form einer Metallschildkröte konnte sich unmöglich dort einschleichen. Sie mussten auf das Fliegen verzichten und einen anderen Weg in Kauf nehmen. Einen sehr viel längeren Weg.

Sie ließen das Gelände hinter sich und gelangten einige Zeit später zum Hafen. Hier trennte sie nur ein einfacher Maschendrahtzaun von ihrem Ziel. Mithilfe der scharfen Krallen knipste Kylian ein Loch hinein und sie schlüpften unbemerkt hindurch.

*Jetzt beginnt der interessantere Teil*, sagte Kylian gedanklich. Nur wenige Gestalten bewegten sich zu dieser Uhrzeit entlang der Kaianlage. Unzählige Schiffe lagen an den Anlegern, darunter ein größerer Frachter, wie sie zwischen dem Archipel und Ecuador hin und her fuhren, um Güter zu transportieren. *Das wird unsere erste Reisegelegenheit sein. Erstmal rüber zum Festland. Von dort aus schmuggeln wir uns in ein größeres Containerschiff und fahren zusammen mit ein paar Bananenkisten nach Deutschland.* Kylian blickte sich prüfend um – er fühlte sich wie ein Agent auf geheimer Mission. *Schleichen wir uns an den Wachen vorbei.* Er duckte sich und begann, sich auf allen vieren weiterzubewegen. Er spürte Turas Irritation.

*Jetzt versuchst du, uns als echte Schildkröte zu tarnen*, schloss sie aus seinem Verhalten.

*Bilde dir nichts ein, deine Imitation ist nicht einmal annähernd perfekt. Es gibt keine Schildkröten, die im Mondlicht metallisch glänzen. Ich will unser Versteckspiel nur solange wie möglich aufrechterhalten.*

Es war ein Leichtes, sich an den Gebäuden und vereinzelten Leuten vorbeizumogeln und wieder ins Wasser abzutauchen. An geeigneter Stelle kletterte Kylian dann an dem stählernen Schiff empor.

*Wir könnten diesen Frachter kapern*, sagte Tura.

*Dummerweise fehlen mir der passende Führerschein und die Kunst der Hochseenavigation.*

*Dann zwingen wir diese Leute, uns direkt zu deinem Zuhause zu transportieren.*

Kylian seufzte. *Das wäre der erste Schritt für meine Karriere als Terrorist. Wenn du keine besseren Vorschläge hast, machen wir es auf meine Weise. Auch wenn das dann etwas länger dauern wird.*

Sie schlichen in das Schiffsinnere und fanden ein gutes Versteck in einer Nische zwischen einem Durcheinander an Kisten. *Perfekt*, dachte Kylian. *Fast schon gemütlich.*

*Und jetzt?*, fragte Tura.

*Jetzt werden wir auf diese Art und Weise ein bisschen durch die Welt reisen. Wir warten geduldig, bis sich dieser rostige Kahn in Bewegung setzt und wieder nach Ecuador fährt. Dort steigen wir um. Hin und wieder sollten wir vielleicht etwas zu Futtern auftreiben.*

*Klingt, als hätten wir viel Zeit, um uns besser kennenzulernen*, überlegte Tura.

*Ja, verdammt viel Zeit. Nehmen wir uns auch hier ein Beispiel an den Schildkröten. Seien wir genügsam und tun mal so, als hätten wir alle Zeit der Welt.*

# KAPITEL 11

*Sonntag, 12. Juli, Isla Isabela, Forschungszelt*

Dorian Karb saß zurückgelehnt an seinem Schreibtisch und schlürfte Yogi-Tee, während er sein klingelndes Telefon betrachtete. Er ließ den Anrufer eine ganze Weile warten, ehe er gemächlich die Tasse abstellte und das Gespräch entgegennahm.

»Ich grüße Sie, Oberbefehlshaber Luthar. Was verschafft mir die Ehre?«

Alexander Luthar war der Führer der Organisation RAGNARÖK und Dorians direkter Vorgesetzter. Die nächsthöhere Instanz war der Staat selbst. Luthar war es gewesen, der ihn damals rekrutiert und in die geheimen Machenschaften von RAGNARÖK eingeweiht hatte. »Ich warte immer noch auf einen Bericht, Karb«, sagte er ohne Umschweife. »Und der Präsident ebenfalls. Was machen Sie auf dieser Insel? Bekommen wir bald Ergebnisse zu sehen, oder ist das alles nur ein Vorwand, um Urlaub zu machen?« Luthar war nur selten so ungeduldig, doch dieses Mal hatte er einen triftigen Grund dazu.

»Ich hatte bereits angefangen, den Bericht zu schreiben, doch wir waren noch mitten in unseren Untersuchungen«, sagte Dorian. »Inzwischen haben wir das Loch vollständig ausgehoben, um der Anomalie auf den Grund zu gehen. Offenbar verbirgt sich eine Gasblase unter der Erde, was der Grund für die ermittelten Werte ist. Landolf Karbs Messgerät funktioniert nicht richtig. Es reagiert auf die sonderbarsten Dinge und hat uns in die Irre geführt.« Dorian seufzte, ehe er fortfuhr. »Das ist alles sehr bedauerlich, ich war mir sicher, dieses Mal seien wir etwas wirklich Großem auf der Spur. Wir werden in den nächsten Tagen das Lager abbrechen und zurückkehren.«

»Gut, zumindest ist das ein genaues Ergebnis. Eine zügige Rückreise ist euch angeraten, denn ich habe hier jede Menge Arbeit für Sie und Ihre Abteilung.«

»Wir werden uns beeilen, Luthar, das verspreche ich.«

»Sehr gut.« Das Gespräch endete und Dorian legte das Telefon wieder auf den Tisch. Dann fixierte er seinen Bruder.

Landolf hatte ihm die ganze Zeit gegenübergesessen und zugehört. Nach einer gekünstelten Stille ergriff er das Wort und hob eine Braue. »In die Irre geführt?«

»Schluck deinen Stolz runter, es wird sich auszahlen.« Er drückte einen Knopf, der den anderen als Zeichen diente, sein Büro zu betreten. Die Tür öffnete sich und Roxana, Norman und Gregor kamen herein. »Was gibt es?«

Gregor von Pallas räusperte sich. »Die Soldaten sind alle zurückgekehrt. Nur zwei von ihnen sind dem PAMO begegnet, wurden allerdings in einen Kampf verwickelt. Einer liegt immer noch im Koma. Sämtliche innere Organe sind beschädigt, mehrere Knochen gebrochen. Er muss weit durch die Luft geflogen sein, bevor er sehr ungünstig landete. Der andere ist heute aus seiner Bewusstlosigkeit aufgewacht und hat lediglich eine leichte Gehirnerschütterung.«

»Seltsam, dass sie nicht genauso skrupellos getötet wurden wie unsere Freunde in der Zentralzone. Was hat er zu berichten?«, fragte Dorian.

»Der PAMO hatte sich weitaus weniger aggressiv verhalten als noch beim Ausbruch. Der Soldat sagte, dass ihn dies leicht irritierte. Das Wesen habe sich ruhig verhalten, schien beinahe in sich gekehrt gewesen – wie in Gedanken versunken. Erst recht nachdem der erste Soldat von ihm ausgeschaltet wurde. Weiterhin hat er seine übermenschliche Stärke bestätigt. Der PAMO hat innerhalb kürzester Zeit eine riesige Strecke zurückgelegt. Er rennt schnell und kann springen wie kein anderes Wesen auf dieser Welt.«

»In Gedanken versunken also ...«

»Die anderen Soldaten haben die gesamte Insel abgesucht. Die benachbarten Inseln haben sie nur grob in Augenschein genommen. Wir haben nicht genug Männer, um sie gründlicher zu überprüfen.«

»Es fehlt also jede Spur von dem Geschöpf«, schloss Dorian. »Was ist mit dem Sphärograph, war er keine Hilfe?«

»Es gibt nur dieses eine Gerät«, sagte Gregor mit Bedauern. »Und es zeigte überall die gleichen Werte an, mit nur wenigen Abweichungen.« Er holte Landolfs Erfindung aus seiner Tasche und legte sie dem Wissenschaftler auf dem Tisch. »Selbst jetzt zeigt es etwas an.«

Landolf runzelte die Stirn, als er es in den Augenschein nahm. Er tippte darauf herum, um die Messungen auszuwerten.

Dorian hielt sich den Kopf. »Das ergibt doch alles keinen Sinn.«

»Dorian, Verehrtester«, begann Roxana. »Wir sollten uns darüber Gedanken machen, was so ein freilaufendes Alien jetzt wohl vorhat. Ich bezweifle ja irgendwie, dass es sich anderen Schildkröten angeschlossen hat, um auf dieser Insel zu vegetieren.«

»Ganz meiner Meinung«, sagte Norman. »In erster Linie ist es ein Lebewesen. Es muss essen, trinken und scheißen. Aber wenn es damit fertig ist, muss es irgendetwas vorhaben. Vielleicht beginnt es, sich ein Territorium zu erschließen?«

»Es besitzt Intelligenz«, sagte Dorian. »Ich stand vor ihm und sah ihm in die Augen. Es versuchte zu verstehen, was ich sagte. So ein Wesen muss andere Ziele haben, als nur ein

Territorium zu erschließen. Außerdem wissen wir fast nichts über seine Anatomie. Es ist ein Parasit. Wer weiß schon, *was* es isst, trinkt oder neben der Strahlung noch so alles absondert?«, fauchte er. »Wahrscheinlich verdaut er derzeit einfach nur meinen Sohn.«

»Eine weitere Frage: Wieso hat es den armen Kylian ausgewählt?«, fragte Norman schulterzuckend.

»Der Sphärograph hatte ausgeschlagen wie nie zuvor«, überlegte Dorian und betrachtete das Gerät, das gerade von Landolf geprüft wurde. »Kylian war nicht mehr bei Verstand. Er schrie und hielt sich den Kopf. Anschließend hat er die Tür aufgeschlossen und ist zum PAMO gegangen, um bereitwillig sein neuer Wirt zu werden. Ich weiß nicht, warum gerade er und nicht einer der Forscher. Doch die Funktion des Sphärograph erscheint mir fragwürdig. Es war geschaffen, um Gedanken aufzufangen, stattdessen konnte es Luraanstrahlung messen.«

Landolf blickte auf.

»Was, wenn die Luraanstrahlung in Wahrheit so etwas wie Gedanken sind? Nur eben eine besondere Form von Gedankenenergie? Der PAMO hatte sie gleichmäßig ausgesendet. Vielleicht so eine Art Tastsinn? Das ist ein Außerirdischer und wir müssen Dinge in Betracht ziehen, die es auf diesem Planeten nicht gibt.« Dorian dachte nach und nickte überzeugt. »In jenem Moment muss der PAMO diese Gedankenenergie verstärkt haben, um sich des Verstandes meines Sohnes zu bemächtigen. Ja, er hat ihn regelrecht angelockt – vielleicht gehört genau das zur Jagdstrategie dieser Kreatur. Und wenn sie ihre Beute ausgesaugt hat, sucht sie sich die nächste.«

»Fragt sich nur, was sie saugt«, gab Norman zu bedenken.

Alle überlegten. »Wir wissen einfach zu wenig, um Ergebnisse aufzuführen«, entschied Roxana. »Das sind alles nur Mutmaßungen. Fakt ist, wir müssen den Burschen finden. Vielleicht ist er ja gar nicht mehr hier? Er könnte zum Festland geschwommen sein oder einen Flieger genommen haben.«

Norman verdrehte die Augen. »Ein außerirdischer Tourist«, blaffte er.

*Denke in Abstraktionen*, hatte Dorians Vater einmal gesagt. *Gregor meinte, der PAMO hätte sich in Gegenwart der Soldaten sehr viel ruhiger verhalten, als noch bei seinem Ausbruch. Der Kreatur muss klar gewesen sein, dass sie verfolgt wird. Ebenso hätte sie mit übermenschlicher Kraft zurückschlagen können, doch stattdessen verschwindet sie spurlos. Und lässt zwei Soldaten lebend zurück.* »Ich denke, der PAMO ist nicht mehr auf dieser Insel«, sagte er schließlich.

»Wie kommst du darauf?«, erwiderte Roxana.

»Nur so ein Gefühl.«

»Wie erklärt sich dann aber die Luraanstrahlung, die der Sphärograph immer noch misst?«, fragte Landolf. »Ich sehe auf dem Bildschirm, wie sich die Soldaten bewegt haben, und die Werte wurden jedes Mal geringfügig höher, wenn sie sich der westlichen Insel Fernandina näherten.«

»Dann muss er sich dort verstecken«, sagte Gregor. »Ich werde meine Jungs hinschicken.«

»Entweder das oder auf diesem Archipel befindet sich noch mindestens ein weiterer PAMO«, sprach Dorian. Augenblicklich kehrte Stille ein. »Ist es nicht möglich, dass wir von unserem Fund zu sehr abgelenkt waren, um unsere Fühler weiter auszustrecken? Es wurden Fragmente mit Luraanstrahlung überall in der Welt gefunden, die meisten in Südamerika. Deswegen haben wir dort angefangen zu suchen und der Sphärograph hat uns bis hierher geführt. Doch es ist dumm, nicht auch die kleineren Funde als Wegweiser anzuerkennen. Inzwischen wissen wir, mit welcher Macht wir es zu tun haben. Wir wissen, dass es von unschätzbarem Wert ist, dieser Macht nachzujagen und sie uns zu Eigen zu machen.«

Landolf lächelte. »Ich arbeite seit Längerem an weiteren Sphärographen mit besseren Funktionen und sie sind fast fertig. Wir könnten also bald mit einer neuen Suche beginnen.«

»Und das werden wir«, bekräftigte Dorian.

»Dummerweise wird Luthar das nicht gutheißen«, gab Landolf jedoch zu bedenken. »Es sei denn, wir weihen ihn letztlich doch in alles ein.«

Dorian schüttelte den Kopf. »Niemals. Das ist der wichtigste Fund seit der Gründung von RAGNARÖK. Wenn Luthar davon erfährt, wird er uns nicht nur die Leitung dieses Projekts abnehmen, sondern auch alle Macht für sich beanspruchen. Doch dieses Mal wird es anders laufen.«

»Das habe ich mir schon gedacht«, sagte Landolf ruhig.

Dorian blickte sich vielsagend um. »Alles was wir brauchen, haben wir hier. Eine Forschungsstation, ausgestattet mit der besten Technik. Wir haben uns als Verbündete und einen restlichen Bestand aus Soldaten. Natürlich könnte es mehr sein, aber es wird genügen, um unser Ziel zu erreichen.«

»Unser Ziel?«, fragte Norman skeptisch. »Ich dachte, du wolltest mich zu einem Mitglied von RAGNARÖK machen. Stattdessen hört es sich für mich so an, als wäre ich nun ein Komplize bei einem Verrat.« Er schaute sich fragend um und erschrak, als Gregor ihm seine mächtige Pranke auf die Schulter legte.

»Nenn es, wie du willst, Paläontologe«, sagte er. »Unser kleiner Kreis strebt schon lange nach weitaus Höherem als nur dem Aufspüren von Legenden.«

»Wir werden selbst zur Legende«, meinte Roxana, tippte ihm an die Brust und zwinkerte. »Aber natürlich musst du bei der Aktion keineswegs mitmachen.«

»Unser Land hat seine einstige Macht schon lange verloren«, erklärte Dorian. »An der Spitze sitzen alte Säcke, die monatelang diskutieren und am Ende doch keine für das Volk wertvolle Einigung finden. Stattdessen verliert sich alles in endloser Bürokratie, übertriebener Nächstenliebe gegenüber finanziell schwächeren Ausländern und in der Verweichlichung unserer Armeen. Ein Prozess, der vor so vielen Jahren begann und sich nicht mehr stoppen lässt. Wir werden es zerschlagen.« Er fixierte seinen Freund Norman. Bei all ihren Treffen hatten sie sich über die Politik unterhalten und waren jedes Mal auf denselben Nenner gekommen. Doch Norman hätte sicher nie damit gerechnet, dass Dorian einen derartigen Schritt zu gehen gedachte.

Aber bislang hatte er auch nicht um dessen Möglichkeiten gewusst.

Norman nickte. »Bin dabei«, sagte er grinsend.

»Was genau werden wir jetzt also tun?«, fragte Landolf. »Ich vermute mal, du hast Luthar nicht grundlos etwas von einer Gasblase erzählt, die wir gefunden haben sollen.«

»So ist es«, sagte Dorian. »Vorerst werden wir uns von RAGNARÖK lösen und unseren eigenen Weg gehen. Wir nehmen alles mit und errichten woanders ein neues Lager auf Dauer. Anschließend werden wir dieses Forschungszelt in die Luft jagen. Mit ihm wird Landolf alle Peilsender in allen Geräten und Fahrzeugen außer Kraft setzen. Wenn Mitglieder der Organisation hier vorbeikommen, um zu sehen, was passiert ist, wird nichts von all dem mehr zu gebrauchen sein. Sie werden die Leichen finden, die dann kaum noch zu identifizieren sind. Wir werden für sie nicht mehr existieren.«

»Interessant«, kommentierte Norman. »Bei der Gelegenheit könnte man sich gleich eine neue Identität zulegen.«

»Ich habe noch einige Vertraute bei RAGNARÖK, die uns mit Informationen und speziellen Vorrichtungen unterstützen werden. Und mit den Zugangscodes können wir trotzdem weitere Soldaten befehligen. Bevor Luthar bemerkt, dass irgendetwas nicht stimmt, werden wir längst haben, was wir wollen.«

»Dorian, ich will dir ja nicht deinen Plan vermiesen, aber du wirfst unser Leben hier in eine Waagschale«, sagte Roxana. »All dies setzt voraus, dass wir nicht nur diesen und vielleicht sogar weitere PAMOs finden, sondern dass wir sie auch noch unter Kontrolle bringen. Was wenn wir scheitern? Immerhin haben wir gerade erkannt, dass wir über dieses Wesen nur spekulieren können.«

»Die Gute hat recht. Was macht dich so sicher, dass alles funktioniert?« Norman kassierte ein Augenrollen von Seiten Roxanas, bei der er sich eindeutig einzuschleimen versuchte.

Gregor hingegen zeigte ein zuversichtliches Lächeln.

»Freunde, vertraut mir.« Dorian bleckte die Zähne.

Roxana hob eine Braue. Sie kannte Dorian zu gut und hatte in all den gemeinsamen Jahren nie gesehen, dass er sich einmal irrte, wenn er sich einer Sache sicher war. Allein die Selbstsicherheit, mit der er sich dem PAMO entgegengestellt hatte, sprach Bände. Dieser Mann war der geborene Anführer, der wusste, was er wollte, und es in der Regel auch bekam. Sie nickte knapp. Als Norman ihre Reaktion beobachtete, sagte auch er nichts mehr.

»Nun gut«, brach Landolf das kurze Schweigen. Er saß immer noch seinem Bruder gegenüber im Stuhl. »Also setzen wir nach Insel Fernandina über und suchen den PAMO. Entweder versteckt er sich dort oder wir finden mindestens ein weiteres Exemplar.«

»Fast«, erwiderte Dorian. »Gregor und ich werden das tun, zusammen mit den verbliebenen Soldaten. Du, Roxana und Norman, ihr werdet den Helikopter nehmen und mithilfe deiner neuen Sphärographen sofort damit beginnen, weitere dieser Geschöpfe auf unserem Planeten zu suchen. Sollte es welche geben, werdet ihr sie finden. Wenn nicht, dann haben wir zumindest die Gewissheit, dass es keine weiteren gibt.«

»Nun, das ist ein Wort«, sagte Landolf anerkennend. »Ich denke mal, bis morgen werden wir alle Vorbereitungen getroffen haben. Dann werden sich unsere Wege fürs Erste trennen. Ich hoffe, diese Suche wird nicht Jahre in Anspruch nehmen. Aber vielleicht finden wir auch prinzipiell mehr über den PAMO heraus. Es wäre interessant zu wissen, weshalb er überhaupt vor so langer Zeit hier gelandet ist.«

»So soll es sein«, raunte Dorian. »Wir fünf werden diese Welt in ein neues Licht rücken. Gregor, bereite deine Soldaten vor. Wir werden heute noch nach Fernandina übersetzen und herausfinden, was sich auf dieser Insel versteckt.«

# TEIL II

# **Kapitel 12**

*Montag, 27. Juli, auf dem Weg nach Berlin Mitte*

*Wusstest du, dass es auf der Erde mehr Hühner als Menschen gibt?*, fragte Kylian in Gedanken.
*Nein*, antwortete Tura. *Aber ich danke dir, dass du meine Kenntnisse über eure Welt nun um einen weiteren wichtigen Baustein vervollständigt hast.*
Ihnen gingen die Gesprächsthemen aus. Zumindest unter allen Themen, die Kylian wagte, gegenüber einem parasitären Alien auszusprechen. Mit seinen privaten Angelegenheiten hatte er sich zurückgehalten. Nach so langer Zeit ihrer Verbundenheit bekam er allmählich ein Gefühl dafür, wie Tura seine Gedanken lesen konnte. Sie erkannte nur klare Worte und Bilder. Charaktereigene Überzeugungen oder Impulse konnte sie nicht wahrnehmen, Gefühlslagen hingegen schon – allerdings wusste sie sie nicht immer vollständig zu deuten. Möglicherweise wunderte sie sich manchmal über das kurze Aufblitzen bestimmter Emotionen – wie etwa die Verknüpfungen mit Sora. Bis jetzt hatte sie das aber nicht kommentiert.
*Wahrscheinlich deine Freundin. Scheint süß zu sein.*
Kylian seufzte. Nun hatte er doch noch zu aktiv daran gedacht. Unweigerlich erinnerte er sich an die wirren Worte seiner Schwester vor sehr vielen Jahren: »Wenn du denkst, du denkst, dann denkst du nur, dass du denkst.« *Das kann einen fertigmachen.*

Sie wussten nicht, wie lange sie bereits unterwegs waren. Allein die Reise auf dem riesigen Containerschiff war eine neue Odyssee. Die Suche nach dem richtigen Frachter auf Ecuador war eine Tortur gewesen. Sie hatten ahnungslose Packer beschattet oder es riskiert, einen Blick auf eine Anzeigetafel zu erhaschen. Überall waren Kameras und Menschen, denen sie ausweichen mussten – glücklicherweise sah Tura im Augenwinkel eher wie ein Gegenstand aus als wie ein lebendes Wesen. Oder besaß sie irgendwelche Tarnvorrichtungen, von denen sie ihm nichts erzählte? Auf jeden Fall waren sie unscheinbarer als befürchtet. Letztlich war es ihnen gelungen, sich auf das richtige Schiff in Richtung Kiel zu schmuggeln. Doch auch während der langen Reise ging das Abenteuer weiter. Sie mussten ständig ihr Versteck wechseln und der Besatzung die Verpflegung mopsen. Erst kurz vor ihrem Ziel, dem Kieler Hafen, schlichen sie sich in einen ausgewählten Container und versteckten sich zwischen den Bananenkisten. Dieser wurde auf einen Lkw gesetzt und so gelangten sie geradewegs nach Berlin. Kylian konnte kaum fassen, welch unverschämtes Glück sie hatten.

Geduld – Kylian hatte weit mehr davon bewiesen, als er je für möglich gehalten hätte.

Nach der Reise mit dem holprigen Fahrzeug und einigen Zwischenstopps schien es, als hätten sie ihr Ziel endgültig erreicht. Es war finster und still. Sie überlegten, ob ein günstiger Moment zur Flucht vielleicht gekommen war, da wurde plötzlich die Containertür geöffnet und das gleißende Licht einer Lagerhallenbeleuchtung blendete sie.

Eine kleine chinesische Frau runzelte die Stirn und sagte etwas Unverständliches.

*Oh, verdammt. Sind wir etwa doch nicht in Berlin?*, dachte Kylian schockiert.

Doch neben ihr befand sich ein eindeutig deutscher Kraftfahrer, der einfach nur seine Lieferung loswerden wollte. Als er noch einmal zum Führerhaus ging, um irgendwelche Dokumente zu prüfen, war die Chance zur Flucht gekommen. Kylian erhob sich aus dem Versteck und Bananenstauden fielen überall aus den Kisten. Die Chinesin sah sie an und wich erschrocken zurück, während Kylian aus dem Container sprang und sich umschaute. Außer der Frau war gerade niemand zu sehen. Nur viele weitere Kisten und der Lkw mit der Aufschrift »EDEKA – wir lieben Lebensmittel.« Hinter dem Fahrzeug unterhielten sich der Fahrer und noch ein anderer Lagerarbeiter in wütender Tonlage.

*Und?*, fragte Tura. *Kommt dir das bekannt vor?*

*Ja, wir sind am Ziel.* Sie verließen das Gebäude durch das offene Tor, verfolgt von den großen Augen einer verwirrten Chinesin. Es war spätabends und der Supermarkt neben der Lagerhalle erstrahlte noch im hellen Licht. Große Gebäude und der rege Verkehr einer naheliegenden Hauptstraße ließen erkennen, dass sie sich in Berlin Mitte befanden.

Sie zogen sich vom Trubel zurück und bewegten sich durch weniger gut beleuchtete Straßen. Kylian musste sich orientieren, um den richtigen Weg nach Hause zu finden. In diesem Viertel hielt er sich nur selten auf.

Sie liefen durch eine stinkende Gasse, als sie plötzlich innehalten und sofort Schutz hinter einem Müllcontainer suchen mussten. Auf ihrem Weg tauchten zwei Menschen auf. Kylian lugte aus ihrer Deckung hervor, um festzustellen, ob die beiden in ihre Richtung liefen. Nein, sie blieben an Ort und Stelle. *Wir nehmen die nächste Gasse,* begann Kylian, doch dann sah er genauer, was da los war.

Es waren zwei Männer. Der eine wurde von dem anderen gerade zusammengeschlagen. »Da war wohl jemand zu unachtsam«, blaffte der Überlegene in abgewetzter Kleidung. »Ich hab doch gesagt, es macht keinen Sinn, sich zu verstecken. Ich finde dich immer wieder!« Er rammte dem anderen die Faust in den Magen, worauf sich dieser vor

Schmerzen krümmte und zu Boden ging. »Jetzt raus mit der Kohle!«

»Bitte«, flehte der Unterlegene. Er trug einen Anzug, der mittlerweile verdreckt war. »Ich habe eine Frau und einen kleinen Sohn.« Er stöhnte, als er um Luft rang.

»Schnauze!« Der Angreifer trat ihm in den Bauch. »Und ich habe zu wenig Geld und bin auf Leute wie dich angewiesen.«

Unwillkürlich erinnerte sich Kylian an seine eigene Erfahrung dieser Art. Es war in der Zwischenzeit viel passiert, doch eigentlich war es noch gar nicht so lange her, dass Rufus ihn so verprügelt hatte. Schrecklich, wie sich unweit einer belebten Straße so viel Gewalt abspielte. Die Bilder in Kylians Kopf flammten auf und Tura betrachtete sie.

*Wir sollten etwas unternehmen*, empfahl sie.

*Da hast du recht.* Kylian verließ die Deckung und nach wenigen schnellen Sprüngen landete er genau vor den beiden Männern. Der Boden erbebte und der angreifende Mann stolperte erschrocken zurück.

»W-was soll das?«, fragte er unsicher, gewann aber schnell seine Fassung zurück. »Was soll dieser Aufzug?« Er war erstaunlich mutig.

»Du wirst diesen Mann künftig in Ruhe lassen«, sagte Kylian mit blecherner Stimme. Der Angegriffene blickte ungläubig zu ihm auf.

Doch der Schläger lachte nur. »Hast dir ein paar Autoteile umgeschnürt und spielst den Transformer, was? Hältst dich für den Retter des kleinen Mannes?« Er grinste höhnisch und zog ein Messer. »Du weißt nichts von dem Leben auf den Straßen. Ich bin das wahre Opfer, während sich diese Gauner die ganzen Taschen vollstopfen.« Er deutete mit der Klinge auf den anderen.

»Das ist mir egal«, sagte Kylian so bestimmt, dass es ihm selbst überraschte. »Alles was ich sehe, ist Gewalt.«

»Ha, ich zeige dir, was Gewalt bedeutet. Danach wirst du dich meiner Meinung anschließen, sofern du dann noch in der Lage dazu bist!« Der Schläger spuckte aus und stürzte sich ohne zu zögern auf Kylian.

Etwas unsicher im Angesicht des Messers hob Kylian reflexartig die Hand und fing die Klinge auf. Er hielt sie fest, die Schneide konnte Turas Metall nichts anhaben. Der Angreifer versuchte, seine Waffe loszureißen, schaffte es aber einfach nicht. Nach einem weiteren Ruck rutschte er ab und taumelte nach hinten. »Das gibst doch nicht.«

»Oh, doch.« Kylian ließ das Messer fallen, ging auf den Schläger zu und verpasste ihm einen Stoß gegen die Brust, der alle Luft aus seinen Lungen drückte. Der Mann flog rücklings gegen ein abgestelltes Fahrrad und machte einen Überschlag. Es verging ein Moment, ehe er sich benommen halbwegs wieder aufrichtete.

»W-was bist du?«, keuchte er. »Ein verdammtes Monster?« Er musterte Kylian mit angestrengtem Blick. Es schien, als bemerke er erst jetzt die vielen Details an Turas Körper: das grünschimmernde Metall, die flexiblen Sehnen dazwischen und die scharfen Krallen an den Gliedmaßen. Augen, die in der Dunkelheit leicht rötlich glühten. Nur ein Idiot hätte geglaubt, es handle sich um ein billiges Kostüm.

»Ich bin lediglich ein Held«, sagte Kylian, ohne groß zu überlegen. »Ich tue das Notwendige, zu welchem andere nicht in der Lage sind.«

*Held?*, fragte Tura skeptisch.

Der Schläger spuckte aus und rappelte sich auf die Beine. Dann hob er doch tatsächlich die Fäuste. »Also dann, Held. Bringen wir es zu Ende.« Wieder rannte er auf Kylian zu und verpasste ihm eine Rechte genau ins Schildkrötengesicht. Es war lediglich eine kleine Erschütterung zu spüren. Der Schläger zog vor Schmerzen eine Grimasse, möglicherweise hatte er sich soeben einen Knöchel gebrochen. Kylian packte ihn an der ausgefransten Jacke, wandte sich um und schleuderte den aufbrausenden Mann durch die gesamte Gasse. Er prallte über das Pflaster und rollte noch mehrere Meter, bevor er ächzend liegen blieb.

»Ich hoffe, das wird ihm eine Lehre sein«, sagte Kylian.

Neben ihm hatte sich der Anzugträger vorsichtig erhoben. »D-danke«, sagte er zögernd.

»Keine Ursache«, erwiderte Kylian und überlegte. Am Ende der Gasse war auf der Hauptstraße mehr los als gedacht, also sprang er einfach an die Wand und hielt sich mithilfe seiner Krallen daran fest. Dann sprang er immer weiter nach oben, bis er das Dach erreichte. Er hielt inne und betrachtete die Stadt unter dem Abendhimmel.

»Das ist die Idee, Tura«, sagte er. *Wir werden zu einem Superhelden und beschützen diese Stadt vor dem Bösen.* Es wäre wie ein wahrgewordener Comic-Traum. Mit ganz eigenen Superkräften die Schwachen beschützen und für Ruhe und Gerechtigkeit sorgen. Kylian ging zum Rand des Daches und nahm eine erhabene Pose ein.

Tura schien irritiert. *Was redest du da für einen Blödsinn? Du hast mir auf unserer Reise erzählt, eure Welt wird von Polizisten beschützt.*

*Und trotzdem gibt es an jeder Straßenecke Gewalt,* erwiderte Kylian.

*Du übertreibst doch. Es war reiner Zufall, dass wir denen begegnet sind.*

*Es gibt keine Zufälle,* zitierte Kylian aus irgendeinem Film und versuchte, dabei weise zu klingen.

Tura ging nicht darauf ein. *Gehen wir weiter,* sagte sie.

\*\*\*

Auf ihrem Weg gab es keinen weiteren dieser Zwischenfälle. Leider, obwohl das doch eigentlich hätte gut sein sollen. Kylian genoss es, sich unerschöpflich den Weg durch die Stadt zu bahnen. Sie sprinteten durch zwielichtige Straßen, sprangen über Mauern und kletterten riesige Gebäude hinauf. Weite Sprünge brachten sie von Dach zu Dach und Kylian verlängerte absichtlich ihren Weg bis zu ihm nach Hause. Auch wenn es keine weiteren Heldentaten zu erledigen gab: Das Gefühl der Bewegung war berauschend genug und die Ausblicke über die Stadt einmalig.

Letztendlich erreichten sie den Wohnblock, in dem Kylian lebte. Sie standen im Hinterhof und schauten daran empor. *Ein anständiger Palast*, meinte Tura.

*So ist es*, sagte Kylian nur. *Jetzt wird es Zeit, die Schlüssel rauszurücken.* Tura öffnete den Panzer so weit, dass er an seine Hosentasche herankam. Mit dem Schlüsselbund öffnete er die Tür. Der Flur war menschenleer, also hasteten sie schnell die Treppe hinauf und bald waren sie an Kylians Wohnung angekommen.

Mit mächtigen Pranken zog er die Vorhänge der Wohnzimmerfenster zu und schaltete das Licht an. »Jetzt wird es Zeit, das Versprechen einzulösen«, sagte er laut.

Tura war überrascht. *Heißt das, du willst immer noch, dass wir uns trennen? Ich dachte, wir hatten so viel Spaß zusammen. Und was ist mit dieser Superheldensache? Nun, wenn ich so darüber nachdenke, erscheint mir das doch eine sehr gute Idee zu sein.* Sie wirkte fast schon nervös.

Kylian musste lächeln. *Nicht doch, meine Liebe. Es ist nur so, dass ich viele Dinge nur als ich selbst erledigen kann. Einkaufen, Freunde treffen, meine Mutter besuchen ... Nun ja, ab und zu können wir uns dann wieder vereinigen und durch die Stadt ziehen. Nur so kann das funktionieren. Ansonsten musst du dir einen Anderen suchen.* Doch bei dem Gedanken, so jemand wie dieser Schläger in der Gasse könnte Tura besitzen, wurde ihm übel.

Tura überlegte. *Es schien mir, wir kommen gut miteinander aus.*

*Du kannst ruhig offen sagen, dass du mich gerne hast.*

Tura überging diese Worte. *Ich kann nicht allzu lange*

*ohne die Lebensenergie eines anderen Wesens bei Verstand bleiben. Meine Reserven sind schnell erschöpft und dann verfalle ich wieder in einen Schlaf.*

*Wie viel Zeit hast du, ehe deine Reserven aufgebraucht sind?*, fragte Kylian.

*Das hängt davon ab, wie viel ich mich ohne Wirt bewege. Ein bisschen Energie muss zudem immer übrig bleiben, um einen neuen Wirt zu ergreifen. Also ich weiß nicht, vielleicht zwei oder drei Tage? Ich habe noch zu wenig Erfahrung mit eurem Planeten gemacht, um es besser einschätzen zu können.*

*Dann finden wir es heraus*, sagte Kylian aufmunternd. *Ich verspreche dir, dass es niemals soweit kommen wird, dass du dich aus Gründen des Energiemangels in einen tiefen Schlaf versetzen musst.*

*Gut, das wäre meine Bedingung.*

*Dann sind wir uns einig?*

*Ja*, sprach Tura und schien mehr als zufrieden.

Kylian spürte, wie sich Turas Panzer an sämtlichen Stellen öffnete. Die Sehnen gingen auseinander und gaben seinen Körper frei, während sie von ihm abfiel. Turas Körper war eine halboffene Hülle und sah mehr als abstrakt aus. Geschmeidig nahm sie auf dem Teppich Platz wie ein gehöriger Hund.

Kylian schaute an sich herab, um zu prüfen, ob noch alles da war. Er trug noch immer die Kleidung, die er am Tag im Forschungszelt anhatte. Er zog seine Uhr hervor, die immer noch funktionierte. Sein Körper fühlte sich bei jeder Bewegung merkwürdig an. Irgendwie schwer, obwohl er doch die wahre Schwere gerade abgelegt hatte. Nein, seine Glieder fühlten sich ohne Tura einfach nur schwach an – als hätte er irgendeine Behinderung davongetragen. Unwillkürlich sehnte er sich schon jetzt wieder nach der Verbindung mit ihr. *Ob das zur Sucht werden kann?*, fragte er sich. *Hey, Tura, können wir auch so kommunizieren?*

*Ja*, antwortete sie etwas verzögert und ihre Stimme klang weiter entfernt – wie beim Telefonieren mit schlechtem Empfang. *Aber auch das verbraucht viel von der Lebenskraft, die ich von dir gespeichert habe. Besser, wir halten uns damit zurück und du äußerst deine Fragen laut.*

»Okay«, sagte er und ging zum Kühlschrank. Es wurde Zeit, endlich wieder eine anständige, warme Mahlzeit zwischen die Zähne zu bekommen. Doch er war zu lange weg gewesen und es ließ sich nichts Brauchbares finden. »Das mit dem Einkaufen steht als Erstes auf der Liste«, murmelte er. Zum Glück gab es unten an der Ecke einen Laden, der auch nachts aufhatte. Er griff nach seinem Handy, um sich darin eine Einkaufsliste zu erstellen. Doch auch das Gerät war tagelang unter dem Panzer von Tura versiegelt gewesen. Längst war der Akku leer und Kylian musste das Handy erst aufladen, um es anschalten zu können. Viel hatte sich getan: zig Anrufe in Abwesenheit und Nachrichten. Von seiner Mutter, die sich wahrscheinlich Sorgen machte, von Judith, die mal wieder irgendwas zu meckern hatte, und von Edmond. Seinem besten Freund, den er vernachlässigt hatte. Er tippte auf eine Sprachnachricht von ihm, die vorgestern angekommen war, und hörte sie sich an.

»Hi Kumpel, habe schon so oft versucht, dich anzurufen. Okay, du sagtest, du bist verreist. Doch es ist dringend. Ich weiß nicht, was ich tun soll, und brauche deinen Rat. Bitte melde dich.«

# Kapitel 13

*Dienstag, 28. Juli, auf dem Weg zum Bistro 33 in Berlin Mitte*

Kylian hatte Edmond am Abend nicht mehr erreicht und auf die Nachricht, dass sie sich treffen sollten, kam keine Antwort. Obwohl er sich große Sorgen um seinen Freund machte, war er sehr schnell weggedämmert und hatte zehn Stunden durchgeschlafen. Die Vereinigung mit Tura hatte offenbar Spuren hinterlassen und ihn erschöpft. Sein Körper musste sich erholen.

Inzwischen war er jedoch hellwach und bei bester Laune. Zwar hatte Edmond nicht geantwortet, doch Kylian begab sich trotzdem zum vorgeschlagenen Treffpunkt: 13.00 Uhr im Bistro 33 zum Mittagessen.

Auf dem Weg dorthin beobachtete er aufmerksam die Menschen. Büroangestellte legten in ihrer Mittagspause einen Spaziergang ein, Bauarbeiter riefen sich an der Baustelle grenzwertige Bemerkungen zu und in den Läden gingen Kunden ein und aus. Der Gemüsehändler wünschte allen einen guten Tag, die Sonne schien und nichts deutete auf irgendein Verbrechen hin.

*Tura hat wohl recht*, dachte er. *Diese Stadt braucht gar keinen Superhelden.* Doch er ließ sich nicht die Laune vermiesen und erreichte bald sein Ziel, ihr Stammlokal. Es war Punkt 13.00 Uhr, als er eintrat, und eigentlich hatte er gar nicht damit gerechnet – doch da saß Edmond bereits an ihrem Lieblingstisch. Er trank eine Cola und war in eine BILD-Zeitung vertieft.

Kylian klopfte ihm auf die Schulter, bevor er sich ihm gegenüber setzte. »Hi Ed, lange nicht gesehen«, begrüßte er ihn.

Edmond schaute auf und lächelte zurück, so schlecht wie erwartet sah er gar nicht aus. »Oh. Hallo Kylian. Sorry, ich habe deine Nachricht erst vorhin bekommen. Wollte sowieso hierher, um zu essen.«

»Na, dann passt es ja«, sagte Kylian. »Tut mir leid, dass ich mich nicht gemeldet habe. Ich war doch bei meinem Vater auf den Galapagosinseln. Mein Handy funktionierte die ganze Zeit über nicht, weil ich vergessen hatte, den Tarif für das Ausland anzupassen.«

Eine junge Kellnerin mit charmantem Lächeln kam und nahm die Bestellung auf. Auch Kylian wählte eine Cola und beide suchten sich den Cheeseburger zum Mittagessen aus. »Wo ist denn Henry?«, fragte er, während er nebenbei der die Kellnerin beim Weggehen hinterherschaute.

»Der hat wohl Urlaub«, sagte Edmond trocken und blätterte in der Zeitung. Dann schaute er stirnrunzelnd auf und fragte doch noch nach: »Galapagosinseln?«

»Lange Geschichte. Mein Vater ist Physiker und die forschten da an etwas herum. Da wir uns so lange nicht gesehen hatten, lud er mich ein. Ziemlich schön dort.« Er zuckte mit den Schultern.

»Hast du Fotos gemacht?«

»Hm, hab ich vergessen ...«

Ed war irritiert. »Du warst auf den Galapagosinseln und hast *vergessen*, Fotos zu machen?« Er schüttelte den Kopf. »Typisch Kylian Karb. Na ja, wenigstens hast du mal was Neues gesehen.«

Kylian hoffte, das Thema wäre damit erledigt, und kam zum eigentlichen Anliegen. »Ed, sorry, dass ich einfach so verschwunden bin.«

»Ist schon gut«, erwiderte sein Freund, aber es waren nur Worte. »Ich war ja auch nicht besser. Wollte lieber Party machen, als mit dir auf Fossiliensuche zu gehen. Der eine Abend war noch ziemlich lustig gewesen. Wir haben getrunken, mit Mädels gequatscht und ich war sogar auf der Tanzfläche. Henry ist ziemlich abgedreht.«

»Findest du auch, dass er sich verändert hat?«, fragte Kylian bei seiner Erwähnung.

Edmond nickte. »Und wie. Er ist kaum mehr wiederzuerkennen. Er hat angefangen zu rauchen und scheint ständig bis nachts unterwegs zu sein. Er trifft sich mit skurrilen Leuten und verbringt viel Zeit mit seinem Cousin Rufus.«

*Rufus ...* »Und was hast du so gemacht?«

Edmond guckte mit treuen Hundeaugen auf, als bedaure er den Inhalt seiner kommenden Worte. »Ich war ein paar Mal mit ihnen mit. Ja, es war oft unterhaltsam, aber irgendwie nicht mehr so lustig wie am ersten Abend. Sie gehen nicht nur Party machen, sondern streunen einfach so durch die Gegend. Ich war dabei, als sie ein Schaufenster mit Graffiti beschmierten, und habe einmal gesehen, wie einer aus der Gruppe etwas aus einem Laden geklaut hat. Irgendwann wurde mir das zu bunt. Hab dann die letzten beiden Tage wieder Abstand gehalten.« Er seufzte schwermütig und nahm einen Schluck Cola. »Doch Henry schickt mir immer wieder Nachrichten und fragt, wann ich wieder dabei bin. Ich weiß nicht, was ich tun soll. Einerseits ist Henry unser Freund und einige von den anderen sind auch ganz nett. Anderseits tun diese Leute Unrecht.«

Kylian bekam sein Getränk und bedankte sich beiläufig. »Weißt du, was mit Sora an jenem Abend war?«

Edmond überlegte. »Rufus steht auf sie und er hat sich an sie rangemacht. Aber ich glaube, sie fühlte sich nur genervt und hat dann die Veranstaltung verlassen. Hab sie seither nicht mehr gesehen.«

»Sie ist zu ihren Eltern nach Flensburg gereist«, erinnerte

sich Kylian.

»Ihr hattet euch gut unterhalten, bevor du weg warst, richtig?« Jetzt grinste Ed aufrichtig. »Ich verstehe nicht, warum du so schnell nach Hause gegangen bist. Okay, dir war wohl schlecht, aber ... Sora Meyer – quasi deine Traumfrau. Das hätte sich doch noch entwickeln können.«

Kylian unterbrach ihn mit einem Handzeichen. »Ed, ich bin nicht nach Hause, weil mir schlecht war.« Sein Freund glotzte ihn an. »Rufus hat Blödsinn erzählt. Er hat mir aufgelauert, als Sora auf dem Klo war. Ich wurde nach draußen geschleppt und nach allen Regeln der Kunst von ihm verprügelt. Und weißt du, wer tatenlos zugesehen hat? Henry.«

»Henry?«

»Ich vermute, er hat seinem Cousin sogar erzählt, dass ich in Sora verliebt bin. Henry wusste ja, dass auch Rufus Interesse an ihr hat. Er hatte zwar Mitleid, aber ganz offensichtlich war ihm sein Cousin wichtiger als unsere Freundschaft.«

Edmond war fassungslos. »Das hättest du mir früher erzählen müssen.«

Kylian nippte an seiner Cola. »Wollte dir nicht den Abend versauen. Das und die Sache mit dem schlechten Zeugnis hat mich fertiggemacht. Diese Reise zu meinem Vater kam dann wie gerufen, um einfach mal abzuschalten.«

Edmond atmete erleichtert aus. »Ich hätte meinem Instinkt vertrauen sollen und mich schon früher von denen fernhalten sollen. *Du* bist mein bester Freund, Kylian. Henry nicht, er hat sich gegen uns gewandt. Hat sogar versucht, mich gegen dich aufzuhetzen. Er wusste, dass du nicht so sein willst wie er und seine Truppe. Ich war viel anfälliger.« Die Scham über seine Erkenntnis stand ihm ins Gesicht geschrieben. »Ich war ja so dumm.«

»Sei nicht so streng mit dir selbst, Ed. Es hätte schlimmer kommen können. Zumindest wurdest du nicht in irgendwas Schlimmeres verwickelt.« Kylian nickte ihm aufmunternd zu.

»Da hast du wohl recht.«

In diesem Moment wurden die Burger serviert. »Lasst es euch schmecken, Jungs«, sagte die Kellnerin und verschwand elegant hinter den Tresen.

Sie verschlangen ihre fettige Mahlzeit und Edmond klopfte sich zufrieden auf seinen wohlgenährten Bauch. »Das war gut«, sagte er und spülte die letzten Bestandteile des Burgers mit Cola runter. »Was ist mit Sora?«, fragte er dann. »Versuchst du es weiter bei ihr?«

Kylian hob den Daumen. »Na, logisch. Wenn sie wieder da ist.«

»Rufus wird das nicht gefallen.«

Kylian zuckte selbstbewusst die Schultern. »Er wird lernen, damit zu leben.« *Wenn er Stress macht, bekommt er es mit mir und Tura zu tun,* dachte er zufrieden.

Edmond war sichtlich beeindruckt über diese tollkühnen Worte.

»Ist noch irgendwas vorgefallen, während ich weg war?«, fragte Kylian.

»Alles wie immer.«

»Hab gehört, irgendeine Art Superheld sei in der Stadt aufgetaucht«, sagte er wie beiläufig. »Soll an eine Schildkröte erinnern.«

Edmond runzelte die Stirn. »Was für ein Blödsinn«, spottete er.

Also waren die Geschehnisse vom Vorabend noch nicht in aller Munde. Schade, aber es war ja auch noch nicht so lange her. »Das hatte ich bloß beim Einkaufen aufgeschnappt.«

»Du hast zu viele Superhelden-Comics gelesen«, blaffte Ed.

»Mag sein, aber vielleicht steht ja was darüber in der Zeitung.« Er deutete auf die BILD, die immer noch vor Ed lag. Eine Zeitung mit diesem Niveau lechzte doch nur nach

Themen wie Auseinandersetzung zwischen Held und Schläger in einer Gasse.

Kylian schaute erwartungsvoll auf die Tageszeitung, während Edmond halbherzig darin rumblätterte und die Überschriften überflog. »Hier steht etwas«, sagte er auf einmal und Kylians Herz schlug sogleich höher. »Chinesin entdeckt Riesenschildkröte zwischen Bananenkisten«, las Edmond den Titel vor. Er ging den kurzen Text durch und schmunzelte dabei. »Niemand sonst habe es gesehen, aber die Chinesin war so erschrocken, dass sie sofort ihren Arbeitsplatz verließ und den Vorfall der Polizei meldete. Sie stammelte einen Haufen unverständliches Zeug und wurde dann nach Hause geschickt. Entweder war die Frau maßlos überarbeitet oder in der Stadt kriecht wirklich eine Riesenschildkröte herum.«

Kylians Freude war verflogen. Hätte nicht auch der Anzugträger zur Polizei rennen können und seine Geschichte erzählen? Wie er von einem Superhelden in Form einer stählernen Schildkröte gerettet wurde? Stattdessen das! *In der Realität ist immer alles anders als in Comics*, dachte er verstimmt.

»Das wäre doch was für dich, Kylian. Vielleicht solltest du dich auf die Suche nach der Schildkröte begeben.« Edmond zwinkerte.

»Vielleicht. Sonst steht nichts drinnen? Vielleicht auf der Titelseite?«

Ed blätterte nach ganz vorne. »Hm, nein. Nur wieder ein Bericht über diese Schattenkinder. Kinder und Jugendliche, die für Unruhe sorgen und dabei ziemlich organisiert vorgehen. Wurden bislang nicht gefasst. Obwohl sie in Gruppen unterwegs sind, verschwinden sie spurlos im Schatten, wenn die Polizei sie verfolgt. Daher wohl auch der Name ... Jedenfalls danken die Ermittler für jeden Hinweis.«

Kylian kratzte sich das Kinn. *Diese dusseligen Schattenkinder haben es auf die Titelseite geschafft. Aber wenn die*

*Polizei solche Probleme mit denen hat ... vielleicht wäre das ja ein Fall für ...* Erst jetzt fiel im auf, dass er sich noch gar keinen Heldennamen für sich und Tura ausgedacht hatte.

»Was ist los?«, fragte Edmond. »Du siehst aus, als hättest du ernsthafte Probleme beim Nachdenken.«

»Ach nichts«, meinte Kylian. »Aber ich habe überlegt, vielleicht hast du ja Lust auf eine Runde Magic.« Es war schon viel zu lange her, dass sie beide Karten gespielt hatten, und sie mussten unbedingt wieder Zeit als Freunde zusammen verbringen.

Edmond lächelte über beide Ohren, während er sich abermals mit der Serviette die Finger abwischte. »Lass uns zu dir gehen.«

»Ähm, besser nicht«, wehrte Kylian ab und dachte an Tura, wie sie brav auf dem Teppich lag. »Ich war schon lange nicht mehr bei *dir* zuhause.«

# Kapitel 14

*Dienstag, 28. Juli, Berlin Mitte*

*Was hältst du von Turtleman?*, überlegte Kylian.
*Das ist albern.*
*Hm, dann vielleicht ganz schlicht: Die Schildkröte?*
*Lächerlich.*
Kylian seufzte. Es war Nacht. Er und Tura hatten sich wieder vereinigt und standen auf dem Dach eines mehrstöckigen Gebäudes. Aufmerksam behielt er die Hauptstraße im Blick, während sie über den richtigen Namen für ihre gemeinsame Superhelden-Karriere nachdachten. *Ich habe das Gefühl, du nimmst das alles noch nicht sonderlich ernst, Tura.*
*Es kommt mir so vor, als ob du hier lediglich einem Kindheitstraum hinterherjagst. Ich habe diese Comics gesehen, als ich allein bei dir zuhause war. Sie sind erfundene Geschichten. Dies hier ist etwas gänzlich anderes.*
*Wie, du kramst in meinen Sachen herum?*, fragte Kylian entsetzt.
*Wir teilen uns diesen Körper*, erwiderte sie. *Es ist doch okay, wenn ich außerdem in deinen Heften lese, die überall in der Wohnung verstreut liegen.*
Kylian verdrehte die Augen. *Meinetwegen.*
*Des Weiteren erscheint es mir, als ginge es dir nur um dein Geltungsbedürfnis. Du möchtest wichtig sein und deine Überlegenheit in irgendeiner Form ausnutzen. Vielleicht*

*willst du auch Eindruck auf die weiblichen Vertreter deiner Spezies machen.*

*Es reicht,* meinte Kylian und verdrängte alles von ihr Gesagte, obwohl sie in allen Punkten wahrscheinlich recht hatte. *Kurz gesagt: Irgendwas müssen wir ja tun, wenn wir eine Einheit bilden. Und sinnlos durch die Gegend springen, erscheint mir halt ... nun ja, sinnlos. Also machen wir uns doch zumindest einen kleinen Spaß daraus und spielen den Superhelden. So, und jetzt bitte mal ein paar produktive Vorschläge für unseren Namen.*

Tura überlegte tatsächlich. *Das, was du auf der Insel gedacht hattest: Turtle Tank.*

Kylian nickte. *Ja, das war der Gedanke von dem Paläontologen. Norman Graufurt, glaube ich. Klingt ganz gut, aber seine Idee als unsere verkaufen? Das ist nicht mein Stil.*

*Also etwas abändern, vielleicht kürzer fassen.*

Kylian lächelte. *TurTank – wie findest du das?*

*Ausgezeichnet.*

*Sehr gut, ab heute heißen wir also TurTank.* Der Name gefiel ihm immer besser. Kylian stieß sich von der Dachkante ab und sprang hinüber zum nächsten Gebäude. Er landete auf einem Flachdach und rollte sich ab, dann rannte er weiter und wiederholte den Vorgang, bis er die nächste Querstraße sehen konnte. Er suchte nach Anzeichen für Verbrechen, doch nirgends passierte etwas Nennenswertes. Kylian hatte im Laufe der Nacht aufmüpfige Jugendliche gesehen oder einzelne Typen mit einem miesen Grinsen, ähnlich dem Schläger, den er vermöbelt hatte. Doch niemand verhielt sich auffällig genug, als dass ein Held gebraucht wurde. Und die Leute einfach nur zu befragen, erschien Kylian zu merkwürdig. Hin und wieder sah er Polizisten im Streifenwagen.

Wahrscheinlich sollte sich Turas Befürchtung bewahrheiten. Eine Art Superheld wie in den Comics war nicht vonnöten. Verbrechen waren zu selten, die Polizisten kümmerten sich meistens darum und wenn irgendwo etwas passierte, musste Kylian nahezu Glück haben, um es mitzubekommen. Mit Turas Körper war er zwar schnell, aber nicht schnell genug, um binnen einer Nacht die ganze Stadt nach Verbrechen abzusuchen. Obendrein wurde er irgendwann müde.

Die Gedanken waren ernüchternd. Trotzdem setzten sie ihren Weg fort und prüften insbesondere die dunklen Gassen. *Selbst wenn wir einer Menschenseele helfen, haben wir bereits unseren Dienst an der Welt getan,* dachte er.

Leider hatte er auch noch nichts von den sogenannten Schattenkindern gesehen, aber im Grunde wusste er nicht, wie er diese erkennen sollte. Kinder sah er gar nicht. Gruppen von Jugendlichen gab es zuhauf. Womöglich würde er wirklich nur Antworten erhalten, wenn er solche Gruppen befragen würde. Aber das traute er sich nicht. Noch nicht. Er war sich nicht sicher, wie diese Leute reagieren würden. Kylian kannte genug seiner Altersgenossen, um im Voraus zu ahnen, dass sie den Schildkrötenmann anfangs nicht ernst nehmen würden. Er musste einen guten Auftritt einstudieren, um überzeugend rüberzukommen. Vom Dach springen und stampfend direkt vor ihren Füßen landen. Sie erschrecken und mit tiefer Stimme sprechen. Vielleicht irgendwas zertrümmern, um seine Kraft zu demonstrieren. Sicher würden sie ihm dann zuhören. Doch was, wenn sich dann herausstellte, dass es sich um völlig soziale Jugendliche handelte? Sein Auftritt wäre dann viel zu übertrieben gewesen.

*Du denkst zu viel über unsinniges Zeug nach,* ermahnte Tura. *Das raubt wertvolle Energie. Sieh mal, dahinten.* Es war merkwürdig, dass sie ihn auf Dinge aufmerksam machen musste, obwohl sie dieselben Augen benutzten.

Mehrere Jugendliche marschierten in ein *Spätkauf*-Geschäft und schauten sich währenddessen verdächtig um.

Kylian beobachtete die Stelle, konnte aber nicht genau erkennen, was in dem Laden vor sich ging. Längere Zeit passierte nichts, niemand verließ wieder das Gebäude und Kylian wurde immer nervöser. *Wir müssen das überprüfen*, beschloss er. Vom Dach aus ging er sicher, ob die Straße einigermaßen frei war. Möglicherweise würden einzelne Passanten oder Autofahrer ihn sehen, aber das musste nicht unbedingt schlecht sein. Er sprang vom Gebäude.

*Warte!*, rief Tura. Doch er war schon unterwegs und schoss durch die kühle Nachtluft nach unten. Es verursachte ein seltsames Gefühl der Freiheit, zu fallen, ohne Schlimmes beim Aufprall befürchten zu müssen. Doch Tura sah dies offenbar anders.

Sie landeten stampfend auf dem Bürgersteig und gingen in die Knie. Die Pflastersteine unter ihnen knackten und wurden in die Erde gedrückt, während einzelne Steinchen davonflogen. Kylian musste sich zusätzlich mit den Pranken am Boden abstützen, um die gesamte Kraft abzuleiten. Der Körper von Tura wurde beim Aufprall erschüttert und Kylian spürte einen plötzlichen Energieabfall. Kurz darauf war wieder alles in Ordnung und sie erhoben sich.

*Mein Körper ist nicht unzerstörbar*, mahnte Tura. *Du kannst dich nicht einfach über jede beliebige Klippe stürzen und glauben, wir kommen mit heiler Haut davon.*

'Tschuldige. Kylian prüfte die Straße und rannte hinüber zu dem kleinen Geschäft. Er öffnete die Tür und sah sogleich einen zusammengeschlagenen Verkäufer hinter dem Tresen liegen. *Verdammt, zu spät!*

Der ältere Mann war bei Bewusstsein und riss beim Anblick der Schildkröte erschrocken die Augen auf. Sofort vergaß er seine Prellungen und Blutergüsse und robbte rückwärts zurück. »Oh, nein, bitte nicht«, stammelte der dunkelhäutige Herr mit fremden Akzent.

»Ruhig doch«, sagte Kylian und hob die Hände. »Ich bin ein Freund. Wo sind sie hin?«

Der Verkäufer antwortete nicht, sondern zeigte mit zitternder Hand in Richtung der noch offenen Hintertür.

*Immer diese Hinterausgänge ...* Kylian sprang vor und sah, wie die Jugendlichen in verschiedene Richtungen davonstürmten. Er wählte willkürlich einen von ihnen aus und hastete hinterher. Doch als er ihn eine schmale Straße entlang und um die Ecke folgte, war der Dieb im Schatten verschwunden. Genau wie alle anderen. *Wie ist das möglich?*

Kylian untersuchte die Umgebung. Es gab wenig Licht. Überall waren irgendwelche Zäune, Mülltonnen und Büsche. In Erdgeschosswohnungen war Licht an oder Fenster standen offen, um die warme Luft vom Tag raus zu lassen. Gullideckel bedeckten die Straße. Kylian wurde klar, dass ein gut organisierter Dieb überall hätte abtauchen können. Eine ganze Bande ebenso.

Schließlich kehrte er zu dem Verkäufer zurück. Dieser war gerade dabei, telefonisch die Polizei zu rufen. Als er den Hörer auflegte, starrte er wieder ungläubig zu Kylian.

»Wer waren die?«

»Ich weiß es nicht«, sagte der alte Mann nüchtern. »Aber sie waren schon ein paar Mal hier. Klauen kein Geld. Nur Lebensmittel. Außerdem macht's ihnen Spaß, auf mich einzuschlagen.« Er ließ seine Faust auf den Tresen sinken und schaute ins Leere. »Es ist vorbei, ich muss den Laden schließen. Ist zu gefährlich.«

»Gibt es keine Überwachungsvideos?«, fragte Kylian und gab sich Mühe, sicher zu klingen.

»Bringt nichts. Einige tragen Masken, andere nicht. Ist ihnen egal und jedes Mal sind andere junge Leute dabei. Wenn die Polizei es endlich mal schafft, einem von den Rotzlöffeln auf die Schliche zu kommen, sind die längst über alle Berge. Sie wohnen nirgends und sind doch überall.« Grimmig musterte er Kylian, als würde er erst jetzt wieder bemerken, welch merkwürdige Gestalt sich in seinem Laden befand.

»Sind das diese Schattenkinder?«

»Ich glaube, ja. Doch was bist du, frage ich mich.«

»Man nennt mich TurTank. Wie schon gesagt, ich bin ein Freund.« Kylian sah draußen das Blaulicht der Polizeiwagen näherkommen.

Der Verkäufer nickte langsam. »Freund«, wiederholte er langsam, als wäre es ein neues Wort für ihn. Dann schaute er ebenfalls zur Vordertür. Als er sich wieder Kylian zuwandte, war dieser jedoch verschwunden.

*So fühlt sich das also an*, dachte Kylian stolz, während er die dunkle Straße entlang rannte, nachdem er sich in jenem Augenblick aus dem Laden geschlichen hatte. *Er hat nicht gemerkt, wie wir verschwunden sind und jetzt denkt er, wir können uns in Luft auflösen.*

*Und was soll das bringen?*, fragte Tura.

*Ach nichts*, meinte Kylian, geplagt von der Unwissenheit seiner Begleiterin. *Ein Insider-Gag.* Er kletterte wieder an einem Gebäude herauf und nahm auf dem Dach Stellung ein. *Wir sollten versuchen, diese Bande aufzutreiben und in die Schranken zu weisen.*

*Klingt nach einem Plan.*

*So ist es. Wir werden weiter auf Streife gehen und nach ähnlichen Fällen Ausschau halten. Nur werden wir nicht noch einmal zögern. Es wird kein Entkommen geben.* Kylians Elan wuchs und sogleich machte er sich auf den Weg, sprang von Dach zu Dach und beobachtete aufmerksam die Straßen.

So ging es noch die halbe Nacht weiter, ohne das etwas passierte. Sie hatten ein riesiges Gebiet ausgekundschaftet und nichts Auffälliges hatte sich ereignet. Kylian war müde und ihr Weg endete vorerst im Tiergarten, einem großen Park in Berlin Mitte. Es war einer von Kylians Lieblingsorten und wenn man wusste, wo und wann, dann hatte man hier sogar seine Ruhe. Er setzte sich auf eine Bank, die gefährlich unter dem gemeinsamen Gewicht knirschte, und betrachtete die weiter entfernte Siegessäule. Auf dem Wahrzeichen von Berlin thronte die bronzefarbene Göttin Viktoria, eindrucksvoll von allen Seiten beleuchtet.

*Früher bin ich gerne zum Träumen hierhergekommen,* sinnierte Kylian. *Ich stellte mir jahrelang vor, ich wäre jemand anderes. Weit weg von Zuhause und der Schule. In einer anderen Welt. Klüger, stärker und in allem besser, jemand der keine Probleme hätte. Gedanklich kehrte ich dann zurück, schaffte das Abitur mit links, fand meine Traumfrau und studierte was immer ich wollte. Außerdem hätte ich Mama geheilt. Und Frieden mit meinem Vater geschlossen.*

*Das klingt nach viel Arbeit.*

*Es gab ein paar verrückte Zeiten in den letzten Jahren. Manchmal schien es, alles würde sich bessern. Ein paar gute Schulnoten, ein Lächeln von Sora oder wenn Ärzte uns mit neuen Heilmethoden Mut machten. Doch meistens wurde es kurz danach sofort wieder schlimmer. Als wäre alles wieder nur ein Traum gewesen, den jemand zum Platzen brachte.* Kylian seufzte. Kurz vor seiner Reise nach Isla Isabela war es wieder so gewesen. Selbst als er dann bei seinem Vater gewesen war, lief es kurzzeitig wunderbar, ehe das Chaos ausbrach.

*Jetzt hatte er Tura. Ich frage mich, wann auch dieser Traum zerplatzt wie eine Seifenblase.*

*Nichts ist von Dauer,* bemerkte Tura. *Alles ist vergänglich, ein ständiges Auf und Ab.*

*Das verkrafte ich nicht.*

*Weil du noch ein Kind bist. Irgendwann wirst du nicht nur lernen, damit umzugehen, sondern auch deine Welt mehr zu festigen.*

Kylian nickte. *Ziemlich weise für einen außerirdischen Parasiten, der ein paar Jahrtausende verpennt hat.*

*Auch ich habe geträumt,* sagte sie.

*Ehrlich?* Er wurde neugierig. Manchmal vergaß er, was Tura im Grunde war – so natürlich fühlte sich ihre Bindung an. *Was genau hast du geträumt? Von der Welt, aus der du gekommen bist?*

*Ich ... Ich weiß es nicht mehr genau ...* Ihre Stimme verebbte und es wurde ruhig zwischen ihnen. Wollte sie nichts sagen, oder hatte sie wirklich alles vergessen? *Was ist mit deiner Mutter?*, fragte sie stattdessen.

*Seltene Krankheit. Keiner weiß, wie lange sie noch leben wird.*

*Das ist bedauerlich.*

*Sie weiß gar nicht, dass ich wieder da bin. Sie denkt, ich sei immer noch bei Vater.* Ihm wurde bewusst, dass er ihr aus dem Weg ging. Würde er Marina besuchen, müsste er ihr eine Geschichte erzählen. Und er wollte nicht schon wieder lügen.

*Geh trotzdem zu ihr*, riet Tura. *Sie wird sich freuen. Das allein ist wichtig.*

Es gab auch noch andere Sachen zu erledigen. Zum Beispiel die Bewerbung für die Uni schreiben – die ohne Zweifel mit einer Absage beantwortet werden würde. Familiäre Vorkehrungen mussten getroffen werden, für den Fall, dass Mutter starb. Er und seine Schwester würden sich absprechen müssen. Überall würde er sich behaupten müssen, den Vorstellungen anderer Menschen entsprechen oder auf jene treffen, die ihm Steine in den Weg legten. Sein Leben war zu einem ständigen Kampf geworden. Wie einfach war es doch, auszubrechen und TurTank zu sein. Nach eigenen Regeln zu leben und gelegentlich etwas Gutes zu tun.

*Auch TurTank wird essen müssen*, gab Tura zu bedenken.

*Tja, recht hast du. Keiner wird einen Helden akzeptieren, der auf Sozialhilfe angewiesen ist und gelegentlich Äpfel vom Obststand klaut. Also müssen wir zurück ins richtige Leben, auf die Absage von der Uni warten und so lange selbst beim Obststand arbeiten, bis ich doch irgendwann zugelassen werde.*

Etwas vibrierte. *Was ist das?*, fragte Tura schockiert.

*Das Handy in meiner Hosentasche. Kannst du mal aufmachen?* Der Panzer wurde kurz geöffnet, ebenso Turas stählerne Pranke, mit der Kylian unmöglich das Handy hätte halten können. Eine Sprachnachricht von Edmond. Mitten in der Nacht? Da stimmte etwas nicht. Er drückte auf Abspielen und die aufgebrachte Stimme seines Freundes erklang im Lautsprecher.

»Kylian, du musst mir helfen. Vorhin stand Henry an meiner Tür und wollte wissen, ob ich bei ihnen mitmache. Er war plötzlich sauer, weil ich mich doch dagegen entschieden habe. Wollte es nicht akzeptieren und hat eine ganze Weile diskutiert. Ich solle nochmal überlegen und morgen Abend ins Leguanoon kommen. Da wollen sie meine Entscheidung hören.«

Kylian runzelte die Stirn. Henrys Veränderung belastete ihn genauso, aber dass er nun Edmond drangsalierte, war nicht mehr feierlich. Kylian drückte auf Aufnahme, um selbst eine Sprachnachricht zu schicken. »Du hast ihm doch alles gesagt. Also brauchst du auch nicht in den Club gehen, um es nochmal zu wiederholen.«

Eine Weile verging, ehe sein Handy erneut vibrierte. »Du hättest ihn hören sollen. Eigentlich war es fast schon eine Drohung. Ich soll vor Rufus aussagen, wie ich mich entschieden habe, ansonsten kommen die zu mir. Kylian, dieser Verein, in den ich da hineingezogen wurde ... das sind diese Schattenkinder.«

Kylian senkte langsam das Handy, sein Blick ruhte wieder auf der Siegessäule, während er nachdachte. *Natürlich, die Gefahr, nach der ich hier suche. Sie war bereits so dicht vor meiner Nase, dass ich sie nicht bemerkt habe.* Henrys Veränderung und seine Loyalität gegenüber seinem Cousin. Rufus wiederum musste zuvor ihn in die Sache hineingezogen haben.

*Was nun?*, fragte Tura.

*Ich habe mich lange genug herumschubsen lassen. Es wird Zeit, Rufus eine Abreibung zu verpassen.*

# KAPITEL 15

*Mittwoch, 29. Juli, Zuhause in Berlin Mitte*

*Euer Plan gefällt mir nicht*, rief Tura vom anderen Zimmer aus in seinem Kopf. Offenbar meinte sie es ernst, wenn sie dafür die dazu nötige Energie aufwandte.

Kylian saß auf einem Hocker und nickte, während er seinem Freund Edmond zuhörte. Dieser saß ihm gegenüber auf der Couch und aß nervös gesalzene Nüsse. »Ich war so doof«, schalt er sich selbst. »Hätte ich mich nicht verleiten lassen, säßen wir jetzt nicht in dieser Zwickmühle.«

»So ist es, wenn man aufregende Sachen erleben will«, meinte Kylian und sah nach draußen in die untergehende Sonne. »Man sollte damit rechnen, dass tatsächlich etwas Aufregendes passieren könnte.« Er seufzte. Nachdem er den halben Tag geschlafen hatte, entschied er, den Besuch bei seiner Mutter erneut zu verschieben, um stattdessen Edmond zu helfen. Jetzt war dieser hier und seit über einer Stunde überlegten sie sich einen Plan für das bevorstehende Treffen im Leguanoon. »Wir haben gar keine andere Wahl«, sagte er, halb nach hinten zum Nebenzimmer gerichtet.

Tura antwortete mit einem gedanklichen Brummen.

Zu gerne würde er sie mitnehmen. Als TurTank in den Club marschieren und Rufus eine satte Lektion erteilen. Doch hier ging es nicht mehr nur um die Stadt und die Schattenkinder. Hier ging es um Kylian, seine persönlichen Freunde und Feinde. Außerdem konnte er Edmond nicht in sein Geheimnis einweihen. Zumindest noch nicht.

»Wir wissen nicht, wie viele von denen sich da aufhalten«, gab Ed zum zwanzigsten Mal zu bedenken. »Und welche Position Rufus und Henry unter denen innehaben.«

»Ich bezweifle, dass alle jungen Leute außer uns zu diesen Schattenkindern gehören«, antwortete Kylian schulterzuckend. »Ein Risiko ist es so oder so und wir müssen darauf vertrauen, dass es auch genug normale Menschen dort geben wird. Wir gehen rein, halten uns bei den Gesprächen in deren Nähe auf, dann verschwinden wir wieder. Auch ein paar von diesen Aufpassern sollten wir besser im Rücken haben.«

»Und auf keinen Fall durch den Hinterausgang gehen oder in andere dunkle Gassen aufhalten.«

»Jep.« Es war unglaublich unpraktisch, dass Kylian nur als er selbst oder als TurTank das Haus verlassen konnte. Wieso gab es keine Möglichkeit, sich unterwegs zu vereinen? Tura hatte schon probiert, sich klein zu machen, und schaffte es auf die Größe eines üppigen Reiserucksacks. Das war zwar ein guter Ansatz, nur leider wog sie dann immer noch weit über hundert Kilo und konnte von Kylian nicht transportiert werden. Also musste es ohne sie gehen – so lange, bis ihnen für solche Situationen irgendwas Besseres einfiel.

Es verging noch etwas Zeit und sie schauten sich den aktuellen Spiderman-Film an, um sich gleichermaßen abzulenken und Mut zu machen. Schließlich war die Sonne untergegangen und es wurde Zeit für den Aufbruch. Ihre Mission begann.

Gut zurechtgemacht verließen sie Kylians Zuhause und nahmen die S-Bahn zum Stadtteil Tegel. Von dort aus gingen die beiden einige hundert Meter zu Fuß, wobei Kylian immer mulmiger zumute wurde. *Das ist der Weg, den ich zusammengeschlagen im Schneckentempo zurückgelegt habe. Ich wollte nur noch nach Hause ... Es wäre sein*

Abend gewesen. Sora hatte mit ihm geflirtet, doch Rufus hatte alles zunichtegemacht. Kylian schöpfte Kraft aus seiner Wut. Nein, dieses Mal würde es anders kommen. Er war nun ein anderer, auch wenn Tura nicht dabei war. Der neue Kylian würde sich von niemandem mehr herumschubsen lassen.

Als sie die blinkenden Worte *Leguanoon* und die Menschentraube darunter sahen, blieben sie noch einmal stehen.

»Also dann, packen wir es an?«, fragte Kylian.

»Ja, Kumpel.« Edmond nickte entschlossen in Richtung des Clubs, aber es war zu merken, dass er sich nur etwas vormachte. Er atmete tief durch. »Danke, dass du mich unterstützt, wirklich«, sagte er dann.

Kylian verdrehte die Augen. »Wir sitzen lediglich im selben Boot.«

Dann gingen sie hin und stellten sich an. Es dauerte ewig, bis sich die Menge bewegte. Offenbar machten die Türsteher ihren Job an diesem Abend besonders gründlich. Kylians gespannte Nerven kam das nicht besonders zugute.

»Da seid ihr ja«, sagte jemand von hinten und die beiden drehten sich erschrocken um. Es war Henry.

Er war modisch gekleidet, trug glänzende Kettchen und hatte seine Haare gegelt. Kylian musterte ihn von oben bis unten mit betont nüchternem Blick. Edmond begrüßte ihren ehemaligen Kumpel weniger professionell mit gekünsteltem Lächeln. »Oh, Henry, du bist noch hier draußen?«

»Klar, muss doch dafür sorgen, dass die Leute meines Vertrauens den richtigen Weg finden.« Er grinste und gab Edmond die Hand. Dann erst schien er Kylian richtig zu bemerken. »Hey, du bist auch da. Find ich cool, ich dachte, du suchst lieber nach alten Knochen, anstatt mit uns Party zu machen.«

»Davon habe ich gerade etwas genug«, antwortete er und gab ihm ebenfalls die Hand.

»Zu langweilig geworden?«

»Eher zu aufregend. Ich muss mal wieder runterkommen.«

Henry hob verständnislos eine Braue. Kylians gleichgültigen Gesichtsausdruck konnte er nicht einfach so übergehen. Auch er dachte wohl an die letzten Momente, als sie sich gesehen hatten. »Tut mir leid wegen neulich, Kylian. Ich werde es dir bei nächster Gelegenheit erklären.«

Kylian verschränkte die Arme. »Da freue ich mich jetzt schon drauf.«

»Kommt mit.« Henry führte sie genau wie letztens an der Schlange vorbei und gab seinem bekannten Türsteher ein Zeichen. Schon waren sie drinnen und mischten sich unter die Leute.

»Wie schaffst du es, so cool zu bleiben?«, fragte Edmond an Kylians Ohr, während sie durch die Menge schlenderten.

»Vielleicht *bin* ich ja neuerdings einfach cool.« Der Club war gut besucht. Die Tanzfläche war voll mit feiernden Jugendlichen, die in ihren Ferien kaum mehr etwas anderes als Party im Kopf hatten. An den Bars jubelten betrunkene Halbstarke, die den Abend wohl schon bald hinter sich haben sollten. Allgemein war es laut. Kylian sah, wie eine Gruppe hübscher Mädels sich unterhielt, und wunderte sich, wie das bei dem Krach möglich war.

Dann erreichten sie den Bereich, wo er mit Sora geflirtet hatte. Sofort fixierte Kylian den Tisch, an dem sie zusammen Zeit verbracht hatten, aber natürlich saß das Mädchen seiner Träume dort nicht mehr. An den vielen Tischen, Bänken und Couchen unterhielten sich hauptsächlich fremde Personen und schlürften dabei ihr Lieblingsgetränk. Die Musik war hier gedämpft.

»Wollt ihr was trinken?«, fragte Henry.

»Nein, danke«, antwortet Kylian, ehe Edmond zu Wort kam. Er behielt den Hinterausgang im Auge. Ein Türsteher befand sich dort. An der Bar war eine Kellnerin ganz in ihrem Element und überhaupt lungerten hier genug Leute herum, die er als normal einstufte.

Kylian hielt Blickkontakt mit Edmond. Mit stummem Nicken kamen sie überein, sich an ihrem Plan zu halten.

Jemand stand von einer Couch auf und erst jetzt erkannten sie, wer da gesessen hatte. Rufus Möller. Mit seinem Mixgetränk in der Hand kam er auf sie zu geschlendert. Sein Gesicht war ausdruckslos. Unberechenbar.

Obwohl Kylian diesen Moment herbeigesehnt hatte, versteifte er sich. Rufus war so alt wie er selbst, überragte ihn aber um fast einen Kopf. Und er war durchtrainiert. *Ich muss auch anfangen, Sport zu machen.*

»Was macht der denn hier?«, fragte Rufus und deutete auf Kylian.

»Er ist mein bester Freund«, sagte Edmond.

Rufus nickte. »Hätte ich zwar nicht erwartet, aber gut. Wir können jeden gebrauchen.« Er begutachtete Kylian und grinste dabei spöttisch. »Vielleicht machen wir sogar noch einen richtigen Mann aus dir.«

»Ich bin nicht hier, um mich euch anzuschließen«, sagte Kylian. »Und Edmond auch nicht.«

Rufus runzelte die Stirn und schaute zu seinem Cousin.

Henry gestikulierte mit den Händen. »Der Dicke hat sich plötzlich umentschieden. Und das, obwohl wir so viele tolle Sachen zusammen erlebt haben. Hab ihm erklärt, er soll es dir heute persönlich sagen. Scheinbar hat er Kylian mitgebracht, um mehr Mut zu haben.«

Rufus mahlte mit den Zähnen. Kylian machte sich bereit. Bereit, sein Leben und seine Meinung zu verteidigen. Alles konnte passieren. Unbewusst ballte er eine Faust.

»Tja, schade«, sagte Rufus. »Wirklich schade, Fettbacke. Aber da kann man wohl nichts machen.« Er nahm einen ordentlichen Schluck aus der Flasche und schaute sich kurz um. »Am besten, du verpisst dich jetzt von diesem Ort. Nimm deinen besten Freund hier mit. Ich schlage vor, ihr nehmt euch irgendwo ein Zimmer.« Er zwinkerte und wandte sich dann ab.

Edmond war bleich geworden und schüttelte dann den Kopf. »Lass uns gehen, Kylian. Das war's.«

Doch Kylian war erzürnt. Darüber, wie dieser Muskelprotz so tat, als gehöre ihm diese Welt und darüber, dass ... nicht mehr passiert war. Noch immer waren seine Fäuste geballt. Selbst Henry stand da, als ob er irgendwie mehr erwartet hätte.

»Irgendwann kriegen sie dich«, rief Kylian ihm nach. »Dich und diese Schattenkinder.«

Rufus blieb abrupt stehen. Dann drehte er sich langsam wieder um. Ungläubig schaute er in ihre Gesichter und prüfte kurz, wer im Raum die Worte eben vielleicht noch gehört hatte. Er kam wieder näher und dieses Mal wollte Kylian wirklich gehen.

»Hast du es denen etwa erzählt?«, fragte Rufus an Henry gerichtet.

»Es ist mir rausgerutscht«, antwortete dieser. »Ich wollte unbedingt, dass Ed mitmacht, und dachte, das wird ihn überzeugen. Stattdessen hat er es wohl weitergetratscht.« Henry hob beschwichtigend die Hände.

Rufus Hand schnellte vor und klatschte gegen die Stirn seines Cousins. Henry schrie kurz auf und taumelte benommen zurück. »Dämlicher Schwachkopf!«

»Tut mir leid«, stammelte Henry.

Trotz aller Umstände ging Edmond zu ihm und prüfte, ob alles in Ordnung war. Doch Henry hatte sich wieder gefangen und hielt Ed auf Abstand. Kylian hingegen blieb an Ort und Stelle. Diese spontane Brutalität von Rufus war beängstigend. Auf keinen Fall wollte er ihm den Rücken zudrehen.

Der Raufbold fixierte ihn. »Tja, Jungs. Somit habt ihr gar keine andere Wahl mehr. Ihr *müsst* euch uns anschließen.« Er verengte die Augen zu Schlitzen, als würde der nächste Moment alles entscheiden.

Kylian schüttelte den Kopf. »Nein«, sagte er gefasst.

»Sorry, Rufus. Wir können das nicht tun«, meinte Edmond.

»Tja, dann liegt euer Schicksal jetzt in den Händen von jemand anderem.« Rufus hob die Arme und lächelte, er wirkte beinahe froh über die Antwort der beiden. Dann gab er seinen Leuten ein Zeichen. Als hätten sie die ganze Zeit darauf gewartet, lösten sich von allen Seiten einzelne Jugendliche und kamen näher.

»Wir müssen gehen.« Kylian griff nach dem Arm seines Freundes und wollte zum Flur in Richtung Ausgang. Aber sofort war sein Weg blockiert. Von einem Türsteher.

Mehrere Hände packten sie und zerrten sie durch den Hinterausgang nach draußen in die Gasse. Niemand tat etwas dagegen. Niemand kam ihnen zu Hilfe – das war fast schon das Schlimmste an der ganzen Sache. Kylian und Edmond wehrten sich, versuchten, sich aus der Umklammerung zu lösen. Als es ihren Peinigern zu viel wurde, folgten Boxhiebe in den Magen. Kylian wurde sofort schlecht und ihm blieb die Luft weg. *Daran werde ich mich wohl nie gewöhnen.*

»Lasst mich los«, rief Edmond. Er wurde hin und her geschubst, bis man ihm ein Bein stellte und er unsanft zu Boden ging. Einer von den Kräftigeren hievte ihn wieder nach oben, nur damit ein anderer ihm in den fülligen Bauch treten konnte. Edmond stöhnte vor Schmerz.

Kylian wurde selbst von drei Leuten festgehalten. Es war schrecklich, mit ansehen zu müssen, wie Rufus' Schläger seinen besten Freund verprügelten. Über fünfzehn Jugendliche, darunter sogar ein paar Mädels, hatten sich plötzlich hier versammelt und grölten. Abwechselnd droschen sie auf Edmond ein, boxten ihm in den Bauch oder ohrfeigten ihn. Ein Mädchen trat ihm zwischen die Beine.

»Das reicht!«, rief Rufus, der immer noch an der Tür stand. »Das sollte ihm erst einmal eine Lehre sein. Außerdem muss er ja noch laufen können.« Er blickte in die Runde. »Oder will irgendwer den Fettwanst tragen?«

Alle lachten.

»Jetzt tobt euch an dem da aus!« Er deutete auf Kylian.

Dieser starrte Rufus hasserfüllt an. Doch der Grobian grinste nur und gab seinen Leuten ein Zeichen. Kylian versuchte, seinen Körper auf das Kommende vorzubereiten. Doch er stöhnte genauso auf wie eben noch Edmond, als jemand ihm in den Bauch trat. Es folgten weitere Tritte und Fausthiebe. Menschen, die er nie zuvor gesehen hatte, beleidigten ihn, als hätte er ihnen irgendwas Grässliches angetan.

Als sie fertig waren, hockte Kylian gekrümmt am Boden und Blut lief aus seinem Mundwinkel. Schließlich wurde er wieder hochgezerrt. Alles war verschwommen und er hörte dieses Piepsen in seinem Kopf. Rufus stand in der Mitte dieser Gruppe und sagte etwas.

»Bringt sie jetzt zu Medium. Ich komme dann gleich nach.«

Dann setzten sich alle in Bewegung, hinein in die Finsternis der abgelegenen Gassen. Kylian wurde mitgezerrt. Kurz schaffte er es, Blickkontakt zu Edmond zu halten. Sein Freund war völlig am Ende. Das Gesicht rot und beulig, Tränen in den Augen. Er reagierte nicht auf ein Nicken, sondern starrte nur ins Leere, während sie abgeführt wurden.

*\*\*\**

Irgendwann erreichten sie eine U-Bahnstation. Die Gruppe von Jugendlichen schaffte es geschickt, ihre beiden Gefangenen von den wenigen Passanten abzuschirmen, denen sie begegneten. Gefangene, ja, das waren sie.

*Wo bringen die uns hin?*, fragte sich Kylian. Der Weg war mit den vielen Prellungen zwar anstrengend gewesen, aber zumindest war er inzwischen wieder halbwegs bei Verstand. *Das sind die Schattenkinder,* erinnerte er sich. *Sie finden es nicht gut, dass wir darüber Bescheid wissen. Wir kennen ihr Geheimnis.*

Er keuchte, als er die Treppen des Bahnhofs heruntergezerrt wurde. Es war spät in der Nacht und kaum jemand hielt sich am Bahnsteig auf. Gab es denn nicht einmal Kameras? Sie näherten sich einem Gleis und Kylian spürte, wie ihm vor Angst alles Blut aus dem Gesicht wich und ihm ein Schauer über den Rücken lief. *Sie wollen uns vom Zug überrollen lassen,* erkannte er. *Sie wollen uns loswerden. Wir wissen zu viel.* Die Panik gab ihm neue Kraft, doch dann sah er, wie einige von den Schattenkindern selbst auf das Gleis sprangen.

Sie verschwanden im U-Bahntunnel.

*Ist dort hinten ihr Versteck?*

Edmond schrie auf, als man ihn einfach vom Bahnsteig warf. Die Gleise verursachten noch mehr Schäden am Körper, doch es blieb keine Zeit zum Ausruhen. Die Stärkeren der Gruppe brachten Ed zum Aufstehen und schleppten ihn weiter, bis auch er in der Dunkelheit des Tunnels verschwand.

Dann war Kylian an der Reihe. Jemand stellte ihm das Bein und er fiel nach unten. Er schaffte es, sich beim Sturz einigermaßen abzufangen. Die letzten Mitglieder der Gruppe sprangen ebenfalls vom Steig und griffen wieder nach ihm. Er ließ sich auf die Beine ziehen und stolperte gekünstelt die letzten Schritte, ehe sie die Finsternis erreichten. Alles war schwarz, doch es würde nicht lange dauern, bis sich die Augen an die Dunkelheit gewöhnt hatten.

Kylian hatte nur wenig Zeit.

Jetzt war er an der Reihe, ein Bein zu stellen. Einer seiner Peiniger ächzte, stolperte über eine Schwelle und ging zu Boden. »Was ist denn los?«, fragte der andere neben Kylian, ehe seine Stimme abbrach. Denn sein Gefangener grub die Faust mit aller Kraft in seinen Magen. Instinktiv musste er ihn loslassen, um sich zusammenzukrümmen.

Kylian machte auf dem Absatz kehrt und stürmte in Richtung Licht davon. Er erreichte den Bahnsteig und sprang von den Gleisen, während die anderen im Tunnel erst jetzt bemerkten, was geschehen war. Kylian stürmte die Treppen nach oben und verschwand seinerseits im nächstbesten Schatten. Dieses Mal war er es, der spurlos verschwand, und die Jugendlichen würden ihn nicht wiederfinden können.

*Jetzt weiß ich, wo ich euch suchen muss*, dachte er und rannte immer weiter. *Halte durch, Edmond.*

# Kapitel 16

*Mittwoch, 29. Juli, U-Bahntunnel in Berlin Tegel*

Kylian landete mit dumpfem Aufprall genau vor dem Eingang der U-Bahnstation. Steine splitterten unter ihm und Passanten in der Nähe sprangen erschrocken zur Seite. Irgendwo schrie eine Frau beim Anblick der stählernen Schildkröte.

*Weiter, los.* Über eine halbe Stunde war vergangen, seit er zuletzt hier war. Der Weg nach Hause mit der S-Bahn hatte zu lange gedauert, dafür war er als TurTank umso schneller gewesen. Er konnte nur hoffen, dass es Edmond noch einigermaßen gut ging.

Kylian sprang die Treppen nach unten. Dieses Mal standen wenige Leute am Bahnsteig und warteten auf die U-Bahn. Auch sie machten große Augen. »Ich tue euch nichts«, rief Kylian beiläufig und lief an ihnen vorbei. Er fixierte den Tunnel, den er betreten musste. Unweit davon saßen zwei Jugendliche auf einer Bank. *Na, wenn das mal keine Schattenkinder sind ...*

Sie erschraken genauso wie alle anderen, aber ganz besonders, als sie sahen, wie Kylian auf die Bahngleise sprang und in der Dunkelheit verschwand.

Dank Turas Augen konnte er in der Dunkelheit besser sehen als jeder andere Mensch. Nun musste er nur noch den Eingang zum Versteck der Schattenkinder finden. Möglichst, bevor ein Zug kam.

*Du hättest die Polizei verständigen sollen,* bemerkte Tura.

*Möglicherweise kommen die sowieso. Einer der Passanten wird sicher dafür sorgen.*

Die Gleise vibrierten. Sogleich fragte sich Kylian, wer zuerst nachgeben würde – er oder der Zug. Er wollte es lieber nicht herausfinden. In einer entfernten Kurve sah er bereits Lichter. Glücklicherweise fiel ihm rechtzeitig eine Nische ins Auge. Darin befand sich eine Tür. Und davor saß ein Kind.

Kylian sprang auf die Erhebung und musterte den Knaben in schmutziger Kleidung. Der Junge hielt ein Funkgerät in der Hand und starrte mit großen Augen zu dem Besucher hinauf.

»Du solltest nicht hier sein«, sagte Kylian.

»Hab keine Eltern«, antwortete der Kleine.

»Das bedeutet nicht, dass du hier sein musst. Irgendwo da draußen gibt es Menschen, die sicher gerne deine Eltern wären.« *Habe ich das gerade selbst gesagt?* Immer wieder bemerkte er, wie er selbst an der Rolle des TurTanks wuchs. Er schlug gegen die eiserne Tür und sie sprang aus den Angeln. »Ich bin hier, um meinen Freund zu holen.« Dann ging er hinein und ließ den Jungen zurück.

Es erwartete ihn ein langer und schmaler Gang. Kylian stieß sich ab und rannte ihn entlang, bis er auf einen größeren Tunnel stieß. Mittig plätscherte Wasser durch einen Kanal und zu beiden Seiten gab es breite Wege. In den gewölbten Wänden waren in regelmäßigen Abständen Nischen eingelassen. Überall waren ... Behausungen.

Kylian musste innehalten, um zu erfassen, was er sah. Kinder und Jugendliche aller Altersgruppen tummelten sich hier. Sie wohnten in Zelten zwischen Unmengen an Kisten und Metallteilen. Einige kauerten verwahrlost in den Ecken, andere sammelten sich in Gruppen und führten rege Unterhaltungen. Bisher hatten sie den Neuankömmling nicht bemerkt. Überall lagen Lebensmittel und teure Waren herum – die Kinder verteilten sie untereinander. Fahrräder, Skateboards, sogar einige Motorroller standen herum. Kinderspielzeug ohne Ende war auf dem Boden verstreut. Es herrschte Chaos. Ein *organisiertes* Chaos. Den Schattenkindern schien es hier an nichts zu mangeln – abgesehen von einer Familie und Wärme.

Ein ferngesteuertes Auto fuhr gegen Kylians massiven Fuß und blieb stehen. Er schaute zur anderen Seite des Tunnels hinter einer Brücke. Dort saßen zwei schmutzige Kinder und schauten ihn erschrocken an. Eines von ihnen hielt noch die Fernbedienung des Autos. Kylian nahm das Auto kurz hoch und drehte es. Sogleich fuhr es wieder davon.

*Das ist unglaublich. Sie organisieren sich hier vollkommen selbst. Alles was sie klauen, ist für ihre Gruppe. Warum hat sie noch niemand gefunden?* Sein Blick fuhr zum Kanal, das Wasser war rein. *Kein Abwasser, sondern eher ein unterirdischer Fluss. Das ist also keine Kanalisation,* stellte Kylian fest. *Doch was ist es dann?*

»Wer oder was bist du?«, fragte jemand.

Kylian bemerkte, wie sich alles in Bewegung setzte. Während sich die Kinder in die Nischen zurückzogen, kamen viele der Älteren auf ihn zu. Bewaffnet mit Messern und Baseballschlägern.

»Niemand hat dich hereingelassen«, hallte die Stimme durch den Tunnel. Der Sprecher, etwa in Kylians Alter, mit viel zu großen Klamotten und kahlrasiertem Schädel, führte eine Gruppe aus etwa zehn Leuten an. »Willst hier den Ritter spielen, was?«, fragte er und musterte das Metall an Kylians Körper.

»Edmond. So heißt mein Freund. Wo habt ihr ihn hingebracht?« Kylian blieb reglos und verließ sich auf seine Ausstrahlung. Tatsächlich wurden viele aus der Gruppe bereits unsicher, als sie erkannten, was hier vor ihnen stand.

»Der Dicke, ja, der kam hier durch. Ist wohl auf dem Weg zu Medium.« Der kahlrasierte Junge verengte die Augen und spuckte seinen Kaugummi aus. Er hatte keine Angst.

»Medium?«, wiederholte Kylian. »Was ist das?«

»Unser Vater«, erklärte der Kahlköpfige und hob bedrohlich seinen Baseballschläger. »Aber wo du nun hier bist, wirst du ihn auch kennenlernen müssen.« Dann sprang er auf ihn zu.

»Davon gehe ich aus.« Kylian fing den Schläger mit einer Pranke auf. Das Holz splitterte, als er zudrückte. Mit der anderen Hand riss er die Waffe demonstrativ auseinander. Der Kahlköpfige ließ los und stolperte erschrocken zurück. Kylian warf die Bruchstücke beiseite, schnappte sich den Jungen und warf ihn in hohen Bogen durch die Luft. Mit einen Schrei landete er im Wasser. Doch die anderen Jugendlichen behielten den Mut und stürzten sich brüllend auf den Eindringling.

Kylian spürte, wie Baseballschläger unwirksam gegen Turas Panzerung schlugen und Messerstiche höchstens einen Kratzer hinterließen. Diesen ungleichen Kampf konnten die Schattenkinder niemals gewinnen. Und Weglaufen kam auch nicht mehr in Frage. Kylian hatte bereits gewonnen. Unwillkürlich musste er hinter seiner stählernen Maske grinsen.

»Was ist das für einer?«, rief einer der Jugendlichen. »Verdammte Rüstung!«, brüllte ein anderer wütend. Sie alle keuchten, als Kylian sie zurückstieß. Er griff zwei von ihnen auf einmal und warf sie in eine der Nischen, wo sie zu einem Gewühl aus Zeltplanen und Gliedmaßen wurden. Einem anderen fegte er die Beine weg. Der nächste flog quer durch den Tunnel und landete in einem Berg Obst. Drei weitere plumpsten ins Wasser.

Einige erkannten die Übermacht, ließen ihre Waffe fallen und rannten davon. Andere blieben hartnäckig und griffen weiter an. Nun trugen sie auch Eisenstangen und Macheten bei sich, die sie in der Nähe versteckt haben mussten. Kylian merkte Erschütterungen, als sie den gemeinsamen Körper trafen. *Halte sie davon ab*, meinte Tura. *Ich bin ein fühlendes Wesen und kein Boxsack.*

*Sei nicht so sensibel.* Kylian riss dem einen die Stange aus der Hand und schlug ihn mit der eigenen Waffe gegen den Oberschenkel. Er benutzte nicht viel Kraft, trotzdem schrie sich der Junge die Seele aus dem Leib und brach zusammen. Weitere Angreifer stieß er von sich wie Strohpuppen. Die meisten flogen meterweit durch den Raum und konnten nur hoffen, einigermaßen weich zu landen. Leider krachten einige äußerst unsanft gegen Kisten, Fahrräder und andere schwere Hindernisse, worauf sie laut jammerten. Knochenbrüche waren nicht auszuschließen.

*Selbst schuld, wenn sie mich angreifen*, dachte Kylian. *Sie haben doch bereits gesehen, mit wem sie es zu tun haben.*

*Möglicherweise kämpfen sie aus Angst*, meinte Tura beiläufig.

Kylian stieß weitere Gleichaltrige davon und ließ andere einfach stehen. Der Weg war frei und er lief weiter, immer stromaufwärts. Irgendwann sah er eine große, massive Tür, bewacht von zwei durchtrainierten Burschen. Das musste der richtige Weg sein.

»Verpiss dich, du Monster«, rief einer von ihnen und zog doch tatsächlich eine Pistole. Ohne zu zögern, schoss er.

Die Kugel bohrte sich in Kylians Brustpanzer, ehe sie dampfend auf den Betonboden fiel. Bevor sein Gegner erneut abdrücken konnte, schnellte Kylian vor, packte die Waffe samt Hand und drückte zu, bis es knackte. Der Wächter brüllte auf, während sein Begleiter einfach davonrannte. Kylian schubste seinen Gegner weg und trat die gewaltige Tür ein. Er betrat den nächsten Raum.

Es war eine Halle und sie unterschied sich in ihrer Einrichtung nicht vom bisherigen Tunnel. Überall improvisierte Behausungen aus Stangen und Planen, kistenweise Güter und überall Spielzeuge. An den Wänden waren einzelne Türen zu anderen Bereichen. Der richtige Weg schien jedoch weiter geradeaus zu führen, denn am Ende der Halle befand sich eine weitere massive Metalltür.

Niemand war hier.

Kylian sah sich um. Die meisten Zelte waren geschlossen und er vermutete, dass sich die Schattenkinder darin versteckten. Doch warum griffen sie ihn nicht mehr an? Hatten sie erkannt, dass sie keine Chance gegen ihn haben? Wurden sie gewarnt? Er sah sich um. An der Decke hingen riesige Rohre und Kabel. Belüftungssysteme sorgten für frische Atemluft. Das Licht wurde hier überall von hoch hängenden Lampen erzeugt, spärlich verteilt, und einige flackerten.

*Ein Schutzraum*, sagte Tura. *Über die Jahrtausende habe ich verschiedenste Erschütterungen wahrgenommen und ich denke, dieser Planet ist instabil. In so einen Raum könnte man sich davor schützen.*

*Du meinst vor Naturkatastrophen?* Kylian sah sich weiter um und studierte die massiven Betonwände. *Oder gegen Krieg ...* »Das ist ein Bunker.« Tura hatte recht und jetzt erkannte er es selbst. In Berlin gab es viele noch vorhandene Bunker aus der Zeit des Zweiten Weltkriegs. Einige waren frei zugänglich, andere wurden geheimgehalten. Gab es auch unentdeckte?

»Du hast bereits genug angerichtet«, ertönte eine schrille Stimme von überall her.

Kylian erschrak und schaute sich um. Niemand war da.

»Ich habe die Kinder auf ihre Plätze verwiesen, damit du ihnen nicht noch mehr antun kannst.«

»Antun?« Da. Jetzt erkannte Kylian die Lautsprecher an der Decke. »Ich bin nicht derjenige, der ihnen etwas antut!«, rief er nach oben. »Wahrscheinlich bist du es. Vergiftest ihren Verstand mit kriminellen Gedanken.« War das dieser

Medium? Die Schattenkinder hatten allen Anschein nach einen Anführer.

*»Ich holte sie von der Straße. Gab ihnen Wasser und etwas zu essen. Ein Zuhause. Eine Perspektive. Ich habe ihrem Leben wieder einen Sinn gegeben, Schildkrötenmann. Wahrscheinlich wirst du verstehen, dass ich es nicht zulassen kann, wenn so ein Eindringling mit seiner Rüstung alles kaputt zu machen versucht.«*

Kylian schüttelte den Kopf. Waren da Kameras an den Wänden? Der Kerl musste ihn längst gesehen haben. »Wo ist Edmond?«, rief er.

*»Er ist bei mir und wartet auf dich.«*

Am anderen Ende quietschte es, als jemand das Tor öffnete. Kylian ging langsam darauf zu. Trotz seiner immensen Kraft, war ihm irgendwie mulmig zumute. Dieser Medium klang mehr als gruselig und er musste sich eingestehen, dass blanke Kraft nie alles war.

*Der Ursprung wahrer Macht ist mentaler Natur*, erwähnte Tura, die seinen Gedanken gelauscht hatte.

*»Es wird Zeit, dass du uns Gesellschaft leistest, Tur-Tank.«*

## Kapitel 17

*Mittwoch, 29. Juli, geheimer Bunker in Berlin Tegel*

Kylian näherte sich vorsichtig dem offenen Tor. Schon jetzt erkannte er dahinter einige Gesichter wieder. Dieselben Jugendlichen, die ihn und Edmond verprügelt hatten, waren hier versammelt. Dies war ihr Ziel gewesen, hier hatten sie seinen Freund hingeführt.

Kylian betrat als TurTank den großen Raum, welcher wohl die Residenz des Anführers der Schattenkinder darstellte. Er war kleiner als die vorherige Halle und zweigeteilt von dem unterirdischen Fluss, der sich quer durch die Bunkeranlage schlängelte. Das Wasser floss aus einem dunklen Tunnel in der Wand und verschwand auch in einem solchen. Eine breite Brücke aus Eisen überspannte ihn und führte zu einem thronartigen Gebilde. Schrottteile waren scheinbar willkürlich zusammengeschweißt worden und bildeten ein monströses Kunstwerk.

Darauf saß ein bandagierter Mann.

Die Gruppe der Jugendlichen hielt sich weit im Hintergrund. Rufus und Henry waren inzwischen ebenfalls hergekommen. Sie standen neben der Brücke und musterte Kylian, den sie in seinem stählernen Anzug nicht erkannten.

Edmond kniete vor dem Thron mit Blick zu Kylian. Tränen rannen an seinem schmutzigen Gesicht herab. Ein anderer Junge kniete direkt bei dem Bandagierten. Neben ihm lagen zwei weitere junge Leute auf dem Boden. Sie bewegten sich nicht.

»Was ist das für einer, Großvater?«, fragte Rufus barsch.

»Unser erster ungeladener Gast seit Langem«, antwortete der bandagierte Mann langsam. Seine Stimme war rau wie Sandpapier. »Seid höflich zu ihm.«

*Großvater? Dieser dürre Mann auf dem hässlichen Thron war Rufus' Großvater? Er hat die Schattenkinder im Leguanoon befehligt, als sei er die Leitfigur. Doch dem ist nicht so. Rufus hat etwas zu melden, weil er der Enkel des Anführers ist!*

*Und auch Henry wird irgendwie mit dem Mann verwandt sein*, schloss Tura.

*Gut aufgepasst. Wahrscheinlich folgt er den Schattenkindern deswegen. Nicht nur wegen seines Cousins, sondern auch wegen dem da.* Kylian fixierte den älteren Mann. »Schluss mit diesen Spielchen.«

»Das ist mein Haus«, erklärte der Bandagierte. »Du gibst hier keine Befehle. Die Regeln mache ich allein.« Das Gesicht war zur Hälfte mit weißen Stoffen verbunden und auf dem Kopf hatte er sich einen Hut gesetzt. Sein Oberkörper war ebenfalls teilweise eingewickelt, darüber trug er ein lockeres Hemd und untenrum eine zerschlissene Hose. Der Mann war barfüßig.

*Ein klassischer Aussteiger.*

»Ich bin Medium«, sagte er und hob die Arme. »Dies ist mein Reich. Mein Volk. Und mein Gesetz.« Dann legte er eine Hand auf den Kopf des Jugendlichen, der vor ihm kniete. Dieser war genauso verprügelt worden wie Edmond. Unter all den Prellungen und Wunden war er kaum noch zu erkennen. Der junge Mann weinte und zitterte am ganzen Leib. »Wer mir seine Treue schwört, wird Teil meiner Welt und führt ein Leben in nie da gewesener Freiheit. Wer sich jedoch dem Gesetz entgegenstellt, muss offiziell bestraft werden.« Kylian sah einen Funken in der Hand von Medium. Den Jungen durchfuhr ein Schock und kurz stieg

Rauch über seinem Kopf auf. Dann sackte er leblos zusammen, rollte am Thron herunter und landete bei den anderen beiden Körpern.

Medium hatte den Jungen getötet.

*Gott ...*

»Auch er sei eine Mahnung an alle, die sich unserer Welt widersetzen«, erklärte Medium ohne Emotion.

Rufus und Henry gaben sich kalt, dennoch wandten sie den Blick ab und schluckten. Insbesondere Henry hatte Probleme, sich zu beherrschen. Er war angespannt in Angesicht dieses unmenschlichen Verhaltens.

Mediums Hand qualmte. »Edmond. Das ist also dein Freund, ja?« Er zeigte auf den letzten vor dem Thron befindlichen jungen Mann. »Auch er muss sterben. Denn er wollte sich nicht unserer Sache verpflichten.« Medium legte den Kopf schräg. »Somit wählte er den Tod. Tut mir leid für dich, TurTank.«

Woher kannte er diesen Namen? Und wie hatte er diesen Jungen umgebracht?

Medium hob die Hand. Kleine Blitze zogen an seinen Fingerspitzen entlang. Es wurden immer mehr.

»Nein!« Kylian sprang vor und packte Edmond. Genauso schnell stieß er sich wieder ab und brachte sie beide außer Reichweite. Im Augenwinkel sah er, wie ein kräftiger Blitz hinter ihnen einschlug und den Beton zum Platzen brachte.

Kylian ließ Edmond los. »Bring dich in Sicherheit!« Sein Freund war starr vor Angst gewesen, doch nun bewegte er sich und warf sich in eine Ecke des Raumes. Kylian erhob sich und gab ihm Deckung.

Medium verzog keine Miene. Es war ruhig in diesem Raum. Der Fluss plätscherte. Rauch stieg von der Stelle auf, an der Edmond noch kurz zuvor gekniet hatte. »Du bist ein erstaunliches Geschöpf«, sagte der alte Mann. »Ich höre viel, was die Leute reden, musst du wissen. TurTank ... halb Schildkröte, halb Kriegsmaschine. Du machst diesem

Namen alle Ehre. Doch ich muss zugeben: Ich konnte die Gerüchte nicht glauben, ehe ich dich mit eigenen Augen in der U-Bahnstation sah.«

Kylian brauchte seine Frage offenbar gar nicht zu stellen.

»Ja, so ist es«, sagte Medium wie im Monolog. »Ich sehe vieles. Ich kontrolliere vieles. Und ich weiß vieles.«

*Die Kameras ...* Im Bunker waren welche, aber auch auf der U-Bahnstation. Sicherlich auch in den Tunneln. Medium musste einen Weg gefunden haben, sie zu kontrollieren und selbst zu benutzen. Womöglich war ihr Versteck deswegen noch von niemanden entdeckt worden. Hatte das etwas mit diesen ... Kräften zu tun?

»Sag mir, wo du herkommst, TurTank.«

»Das geht dich nichts an«, fauchte Kylian. *Was soll ich tun? Edmond ergreifen und abhauen? Hilfe holen? Oder dem alten Knacker jetzt gleich eine Abreibung verpassen?*

*Geh kein Risiko ein*, sagte Tura. *Hier stimmt irgendwas nicht.*

*Klar, oh, Stimme der Vernunft.* Kylian betrachtete die Toten, die Medium zu Füßen lagen. »Du bist ein verdammter Mörder«, rief er. »Du sagst, du gibst den Kindern ein Zuhause? Nachdem, was ich mitbekommen habe, machst du sie zu Kriminellen. Bringst ihnen bei, dass man nur zuschlagen braucht, um zu bekommen, was man will. Ich habe gesehen, wie ein wehrloser Verkäufer von ihnen zusammengeschlagen wurde.«

»So funktioniert die Welt seit Millionen von Jahren. Der Starke nimmt sich von dem Schwachen.« Medium lächelte gekünstelt. »Mir scheint, als verstecke sich hinter deiner Maske auch nur ein Jüngling. Drum lasse dich belehren. Die menschliche Gesellschaft, wie sie uns da draußen weisgemacht wird, funktioniert nicht mehr. Du siehst nur die Gewalt auf der Straße, doch was du übersiehst, ist die Gewalt in den Köpfen. Die Reichen werden reicher, die Armen immer ärmer. Die Mächtigen spucken auf die

Minderheiten oder machen sie sich zu Sklaven. Kinder und ganze Familien landen auf der Straße und niemand kümmert sich *wirklich* um sie. Bürokratie und Hilfseinrichtungen sind nur ein Vorhang, der die Wahrheit verschleiern soll: Den Armen *soll* gar nicht geholfen werden. *Das* wollen die Oberen in diesem Land!«

Kylian waren diese Themen zu langweilig. Möglicherweise hatte der Alte in manchen Punkten recht, vielleicht auch nicht. »Wahrscheinlich bist du bloß sauer, weil du die letzte Bürgermeisterwahl verloren hast«, sagte er.

»Was?!«

»Fakt ist, hier werden Unschuldige bedroht und verprügelt. Kinder werden manipuliert. Und du, ich sagte es bereits ... du bist ein Mörder. Du bist es, der bestraft werden sollte.« Kylian machte einen stampfenden Schritt auf ihn zu.

Der bandagierte Mann verengte die Augen und erhob sich von seinem Platz. Erst jetzt bemerkte Kylian die dicken Kabel, die an seinen Armen befestigt waren. Sie wandten sich am Thron entlang und verschwanden in den Wänden. »Ich nenne mich Medium«, erklärte der Alte und hob die Arme. Blitze schossen zwischen seinen Handflächen hin und her und brachten die Luft zum Knistern. »Ich hatte einen schrecklichen, kleinen Unfall. Vor vielen Jahren. Seither bin ich der Schlüssel, fähig, Welten zu verbinden. Energien zu kanalisieren und überall hin zu leiten. Macht durchströmt mich. Sie kann mir nichts anhaben. Denn ich bin ihr Medium.« Dann schoss er einen Blitzstrahl in Kylians Richtung.

Der Raum wurde für eine Sekunde hell erleuchtet, Rufus und Henry stolperten zurück und Kylian wurde von übermächtiger Elektrizität erwischt. Turas Körper verkrampfte sich und zitterte. Der Gedankenkontakt zwischen ihr und Kylian brach ab, während sich die Energie in ihr entlud. Sie musste eine enorme Menge davon kompensieren, während Kylian nur ein unangenehmes Kribbeln durchflutete.

*Tura, was ist los?*, rief er in Gedanken. *Wir können uns nicht bewegen!* Das Kribbeln wurde stärker. Er spürte Hitze. Im Sichtfeld sah er Rauch aufsteigen. *Nein!*

Dann beendete Medium seinen Angriff und Kylian sackte zusammen. Turas Körper gehorchte ihm nicht und er konnte das Gewicht nicht tragen. Er lag am Boden und konnte sich nur wenige Zentimeter bewegen. *Tura, hörst du mich?*

»Du wirst zugeben müssen«, begann Medium, »dass sich mir nichts in den Weg stellen kann. Dein Panzer wird dir gegen meine Macht nichts nützen, TurTank.«

Etwas regte sich in seinen Gedanken. *Das war schrecklich*, sagte eine weibliche Stimme.

Kylian spürte, wie die Kontrolle über Turas Körper zurückkehrte. Sie verbanden sich wieder zu einem Wesen. *Gott sei Dank, ich dachte schon, du seist erledigt!*

*Der Kerl hat mich gegrillt. Ich weiß nicht, wie oft ich sowas noch durchhalten werde. Denk dir besser schnell was aus, Mister Superheld.*

*Viel hat nicht gefehlt, Tura. Ohne dich würde mich schon die Spannung eines Weidezauns dahinraffen.* Langsam bewegte er seine Gliedmaßen. Alles funktionierte wie gehabt. Zumindest noch.

»Du bist überaus zäh«, sagte Medium und hob erneut die Arme.

*Vorsicht!* Kylian sprang von der Stelle weg, als dort erneut ein Blitz einschlug und mit ungeheurer Kraft den Fußboden zerriss. Sofort brach Medium den Angriff ab – scheinbar konnte er den Blitz nicht lenken – und richtete sich erneut aus.

*Jetzt, Tura! Halte durch!* Kylian stieß sich ohne zu zögern vom Boden ab und sprang auf ihren Widersacher zu. Dieser schleuderte ihnen sogleich den nächsten Blitz entgegen und traf sie mitten in der Luft. Kylian verlor erneut jegliche Kontrolle, spürte einen Bruchteil von Turas Schmerzen und ging vorzeitig zu Boden. Er landete direkt vor dem Thron.

Tura hielt sich mit letzter Kraft an ihren Plan. Sie löste die Verbindungen an ihrem Körper und ließ die Schwerkraft den Rest erledigen. Kylian rollte aus ihr heraus und entging jedem weiteren Stromschlag. Kurz musste er sich orientieren. Er sah Rufus und Henry, denen die Kinnlade herunterklappte. Im Hintergrund hörte er Edmond ungläubig seinen Namen rufend. »Kylian, du?«

Dann schaute er in das Gesicht eines alten Mannes, der sich darüber wunderte, dass sich sein Gegner zweigeteilt hatte. Kylian hastete die Stufen hoch und rammte Medium mit seinem ganzen Körpergewicht. Es reichte aus, um den mageren Mann aus der Balance zu bringen. Mediums Blitze verebbten und er stürzte zurück in seinen stählernen Thron. Er keuchte beim unsanften Aufprall, wahrscheinlich wegen irgendwelcher Leiden, wie sie alle alten Leute hatten.

Kylian fand sein eigenes Gleichgewicht wieder und nahm sofort Abstand vom Elektromann. Hilfesuchend wandte er sich um, aber zum Glück sollte sein ungeschützter Augenblick nicht allzu lange andauern. Tura erhob sich und sprang auf ihn zu. Binnen eines Wimpernschlages waren sie wieder vereinigt. Medium hob die Hände, um seinen Gegner mit einer Blitzentladung von sich zu stoßen. Doch Kylian packte die Kabel an seinen Armen und zog daran. Sie saßen fester als erwartet, doch schließlich riss er sie heraus und ein Schwall von Blut folgte den feinen Drähten, die tief im Fleisch des Mannes gesteckt hatten. Medium ächzte, als würde er in diesem Moment einen Herzinfarkt bekommen. Er sackte zusammen, doch Kylian hielt ihn am Hals fest und starrte ihn in die trüben Augen.

Medium röchelte. »Dieses Mal gewinnst du ... TurTank ...«

Kylian ging mit ihm die Stufen hinunter, da stellte sich ihm plötzlich Rufus in den Weg. »Nein«, rief er. »Sein Herz funktioniert nicht mehr richtig. Er kann ohne die stetige

Energieversorgung nicht leben!«

»Ich glaube, die Welt kann auf ihn verzichten«, erwiderte Kylian ernst. Er hievte Rufus' Großvater noch höher in die Luft.

»Bitte! Du verstehst das nicht, er ist wichtig! Die Schattenkinder glauben an ihn!« Kylian sah ein Flehen in den Augen des Muskelprotzes, was er nie für möglich gehalten hätte. Rufus war fast genauso schuldig wie der alte Mann. Sie alle hatten Unrecht getan. Kylian hatte sie zwar gestoppt, doch wie weit konnte er gehen? Er hatte der Polizei geholfen. Um die Strafe konnten die sich selbst kümmern.

»Jeder wird am Ende bekommen, was er verdient«, sagte Kylian und warf Medium in den Kanal. Der alte Mann trieb mit dem Gesicht nach unten davon und verschwand in der Dunkelheit.

»Nein!«, brüllte Rufus und wollte hinterher. Doch Kylian hatte seinen Arm gepackt. Ungläubig schaute Rufus zu ihm auf – sicherlich machte er sich allmählich um sich selbst Sorgen. Er wusste nun, wer Kylian war und wozu er imstande war. Mit welchen Mitteln er sich für die Prügel rächen konnte ...

Kylian schaute zum Fußboden und erkannte zwischen den hier herumliegenden Spielsachen ein weiteres ferngesteuertes Auto. Er nahm es mit der freien Hand auf und zermalmte das Gehäuse. Dann zerrieb er die Bestandteile, bis nur noch eine kleine Batterie übrig blieb. »Dein Opa braucht Energie?« Kylian reichte Rufus den kleinen Akku und drückte ihn mit derselben Bewegung von sich. »Dann bring sie ihm, damit er seine Tage im Knast noch erleben kann.«

Rufus schaute erschrocken auf die Batterie. Dann steckte er sie ein und sprang ins Wasser. Bald war auch er in dem Tunnel verschwunden.

Kylian wandte sich zu den am Boden liegenden Jugendlichen. Die drei waren etwa achtzehn Jahre alt. Tura öffnete den Panzer an der Hand und nacheinander prüfte Kylian den Puls der Opfer. Nichts. Ihre Augen starrten ins Nirgendwo, für sie kam jede Hilfe zu spät.

»Das darf einfach nicht wahr sein«, fauchte Kylian. Er stand auf und sah in die angsterfüllten Gesichter vieler junger Leute. »Noch habt ihr die Wahl«, sagte er. »Ab hier könnt ihr euch zwischen zwei Wegen entscheiden. Geht nach Hause, findet Frieden bei euren Familien oder Aufsichtspersonen. Geht zur Schule und macht etwas aus euch, worauf ihr stolz sein werdet. Oder macht weiter wie bisher ...« Er deutete auf die Leichen. »Werdet Mitschuldige von Verbrechen und niemand wird euch jemals verzeihen können – nicht einmal ihr selbst. Verwirkt euer Leben. Und bekommt es der Reihe nach mit mir zu tun.« Er hob die stählerne Faust.

Die jungen Leute machten sich in alle Richtungen davon. Henry war der Erste. Einzig Edmond blieb stehen, wo er war. »Kylian ...«, sagte er langsam.

»Wir reden morgen, wenn wir ausgeschlafener sind. Lass uns hier verschwinden.« Er nickte zum Ausgang.

Edmond war einverstanden und gemeinsam liefen sie den ganzen Weg zurück in Richtung U-Bahnstation. Überall in der großen Halle mobilisierten sich plötzlich die Schattenkinder und verließen diesen Ort, denn die Botschaft hatte sich schnell herumgesprochen. Einige drängten sich sofort durch verborgene Ausgänge und andere packten noch hastig all ihre Sachen in einen Sack zusammen. Selbiges geschah im Kanaltunnel. Als Kylian diesen mit Edmond entlangeilte, blieben sie abrupt stehen.

Nahe des kleinen Zugangstunnels erschienen Polizisten. Einer von ihnen hatte Henry überwältigt und drückte den jungen Mann gegen eine Wand, um ihm Handschellen anzulegen. Also hatten die Passanten an der U-Bahnstation nach dem Anblick der Riesenschildkröte doch um Hilfe gerufen.

Die Polizisten waren zu fünft und staunten nicht schlecht, anstelle eines stählernen Monsters das Versteck der Schattenkinder gefunden zu haben,

Dennoch wollte Kylian sie nicht enttäuschen.

Er trat vor und die Polizisten richteten sofort ihre gezogenen Waffen auf ihn. »Stehen bleiben!«, befahl eine Frau unter ihnen.

Kylian gab sich locker. »Ich habe die Schattenkinder gefunden und ihren Anführer überwältigt«, sagte er bestimmt und deutete in den Kanal. »Ich warf ihn in den Fluss. Sucht an seiner Mündung nach dem alten Mann, der sich Medium nennt. Verschwendet keine Zeit, er ist gefährlich. Holt Verstärkung und nehmt die älteren Schattenkinder gefangen, so wie ihr es mit dem da getan habt.«

Henry wehrte sich nicht mehr und ergab sich seinem Schicksal, während Kylian an ihnen vorbeisprang. »Dieser junge Mann dort kann euch die richtige Richtung zeigen«, sagte er und zeigte auf Edmond. Sein bester Freund nickte eifrig.

Die Polizisten waren verwirrt. »Was bist du für einer?«, fragte die Frau und senkte vorsichtig die Waffe.

»TurTank. Ich helfe, wo ich kann.« Daraufhin verschwand er im kleinen Tunnel und verließ den Bunker.

# Kapitel 18

*Donnerstag, 30. Juli, Bistro 33 in Berlin Mitte*

»Ich kann es immer noch nicht fassen: *Du* bist diese Riesenschildkröte in Berlin!« Edmond kaute zufrieden auf seinem Marmeladenbrot.

Es war der nächste Morgen. Der Tag danach. Kylian feierte seinen großen Triumph über die Schattenkinder mit seinem Freund Ed beim ausgiebigen Frühstück im Bistro 33.

»Pst, sag das nicht zu laut, Mann.«

Edmond duckte sich übertrieben. »Oh, schon klar. Aber wieso hast du mir das nicht gleich erzählt? Wir hätten das von Anfang an in unseren Plan integrieren können. Dann würden wir jetzt weniger Verbände tragen und nicht humpeln.« In der Tat sah Edmond so aus, als gehörte er ins Krankenhaus, anstatt hier euphorisch zu speisen. Seine blauen Flecken im Gesicht zogen des Öfteren Blicke auf ihn. Aber das störte ihn offenbar nicht.

»Nun, es sollte eine geheime Identität bleiben«, erklärte Kylian. »Hatte nicht damit gerechnet, dass ich so schnell auffliegen werde.«

»Ich werde es niemandem verraten«, sicherte Edmond zu.

»Versprich es.«

Er hob die Hand und legte die andere aufs Herz. »Versprochen. Aber was ist mit den anderen, die dich gesehen haben?«

Kylian zuckte mit den Schultern. Was sollte er schon tun? »Die meisten kennen mich gar nicht. Henry wurde verhaftet. Keine Ahnung, ob er dichthält, aber als Mitglied der Schattenkinder ist er ohnehin nicht besonders glaubwürdig. Und Rufus ... Auf den trifft hoffentlich dasselbe zu. Außerdem traut er sich womöglich gar nicht, etwas auszuplaudern.« Rufus ... Was war wohl aus ihm geworden?

»Wo hast du diesen Anzug überhaupt her?«, fragte Edmond neugierig und nahm einen Schluck Kakao. »Hat ihn dir ein irrer Wissenschaftler gebaut? Nein, warte ... Dein Vater!«

»Fast«, sagte Kylian. »Genauer gesagt ist es kein Anzug, sondern ein Lebewesen. Ein Parasit aus dem Weltall, vor vielen Tausend Jahren auf unserem Planeten gestrandet. Er hatte die Form einer Schildkröte angenommen und mein Vater hat ihn gefunden.«

»Schildkröte«, murmelte Ed. »Hätte er nicht eine weniger langweilige Gestalt annehmen können? Die eines Geparden zum Beispiel. Oder eines Krokodils. Bären?«

»Bis jetzt bin ich mit der Schildkröte zufrieden ...«

»Ist ja auch egal. Auf jeden Fall ist es einfach nur irre, was hier passiert. Wirst zum Superhelden und besiegst die Schattenkinder. Dann auch noch der Kerl mit den Blitzen.« Er schüttelte noch immer fassungslos den Kopf. »Wirst du so weitermachen? Durch die Stadt ziehen und für Gerechtigkeit sorgen?«

»Schon möglich«, sagte Kylian und schmierte sein nächstes Brötchen. *Ich hätte unter dem Panzer noch eine zusätzliche Maske tragen sollen.*

»Kann ich dir helfen?«

»Ähm, ich glaube nicht.«

Edmond stutzte, doch das breite Lächeln verschwand längst nicht aus seinem verbeulten Gesicht. »Wenn, dann sag Bescheid. Ich bin zur Stelle und könnte dich mit Informationen versorgen.«

»Ich komme drauf zurück«, erwiderte Kylian und winkte ab.

Edmond seufzte, während er noch ein paar Bissen nahm und dann seine Finger an der Tischdecke abwischte. »Kylian, du warst die ganze Zeit so tapfer.«

»Hm?«

»Schon im Club – ohne deinen Anzug –, da hast du dich Rufus ohne zu zögern entgegengestellt. Ich hatte Probleme, überhaupt ein paar Worte rauszukriegen. Dann hast du die Prügel weggesteckt wie ein wahrer Krieger. Und ich hab gejammert wie ein Baby.« Er zog nachdenklich eine Schnute.

»Ich hatte bloß schon ein bisschen Erfahrung im Verprügeltwerden«, sagte Kylian.

»Du hast einen klaren Kopf behalten und bist im genau richtigen Moment geflohen. Dann kamst du wieder. Als übermächtiger TurTank. Hast die ganzen Schattenkinder vermöbelt und dich dann dem bandagierten Alten gestellt. Der hat diese Typen umgelegt und ich sollte der Nächste sein! Doch du hast ihn bekämpft und dabei auch noch einen coolen Spruch nach dem anderen gerissen.« Scheinbar hatte sich das alles aus Edmonds Perspektive ganz anders abgespielt. Aber er stand ja auch unter Schock.

»So cool waren die gar nicht.«

»Ich muss mehr aus mir machen«, erkannte Edmond.

Kylian köpfte sein Frühstücksei. »Du hast super Schulnoten und wirst bald Medizin studieren. Was willst du mehr machen?«

»Na, auch stärker werden.« Er klatschte auf seinen Bauch, der daraufhin wackelte. »Den Speck abtrainieren und Muskeln aufbauen. Zuversichtlicher werden. Selbstvertrauen entwickeln. Besser bei Mädels ankommen.«

»Dann hab ich ja gar nichts mehr, worin ich besser bin als du, Ed.«

»Doch, du wirst dann immer noch ein Superheld sein.«

Kylian verdrehte die Augen. »Großartig.« Doch im Grunde sprach sein Freund die Wahrheit. Sie beide waren bislang klassische Nerd-Kumpels auf dem Gymnasium gewesen, Ed dick und er dünn. Lasen Comics und spielten Karten. Ziemlich uncool. Für die Schläger der Schattenkinder waren sie beide leichte Beute gewesen, nur Kylian hatte sich gerade noch so behaupten können.

»Wenn es so ist, werde ich mittrainieren«, entschied er. »Ist doch peinlich, wenn hinter dem TurTank nur ein Schlappi mit zu weiten Klamotten steckt. Die Schulzeit liegt hinter uns, es wird Zeit, dass wir zu echten Männern werden.«

»Männer«, bekräftigte Edmond und hob seinen Kakao zum Anstoßen.

Kylian runzelte die Stirn. Vielleicht sollten sie darauf eher *nicht* mit Kakao anstoßen. Aber egal, auch er hob seinen Becher. »Auf eine Zukunft, in der wir Helden sind.«

Nach dem Essen blätterte Kylian noch einmal vergnügt die Berliner Zeitung durch. Auf den ersten Doppelseiten war ein riesiger Artikel über die Aufklärung des Schattenkinder-Falls. Wie in jeder anderen Zeitung dieses Kalibers konnte sich die Redaktion einen hochtrabenden Titel nicht verkneifen: »Superheld rettet Berlin!« Bilder zeigten, wie Polizisten die Katakomben im Untergrund inspizierten und dabei die Behausungen der Kinder entdeckten. Der Bericht schilderte den gesamten Werdegang aus Sicht der Polizei. Mehrere Passanten sagten aus, sie hätten eine Riesenschildkröte im U-Bahntunnel verschwinden sehen. Da die Polizisten glücklicherweise nichts Besseres zu tun hatten, schickte sie zwei Bedienstete zur Untersuchung dorthin. Als die jedoch rasch bemerkten, womit sie es wirklich zu tun hatten, forderten sie sofort Verstärkung an. Im Artikel wurde die Gefangennahme sämtlicher Jugendlichen beschrieben. Die meisten von ihnen stellten sich sogar freiwillig. Kinder wurden zu ihren Eltern zurückgeschickt, die sehr bald selbst überprüft werden mussten. Einige wurden den Kinderheimen übergeben. Nur wenige von ihnen erzählten von einem Vater, den sie Medium nannten.

Das war der spannendere Teil des Berichts. Glücklicherweise hatten die Polizisten den alten Mann gefunden und identifiziert. Sein richtiger Name war Alfons Möller – der gleiche Nachname wie von Rufus. Er arbeitete jahrelang im Stahlwerk, ehe er einen Unfall an der Hochspannungsleitung hatte. Die Zeitung – oder eher die Polizei – verriet nichts über seine eigentümlichen Kräfte. Doch sie erzählten, wie der Mann unterirdische Starkstromkabel angezapft und das ganze Überwachungsnetzwerk in der Umgebung manipulierte hatte. Aus diesem Grund konnte nie festgehalten werden, wie die Mitglieder der Schattenkinder den Zugang zu ihrem Versteck über den U-Bahntunnel nahmen. Derzeit stünde Alfons Möller alias Medium unter Arrest.

*Er lebt also noch*, dachte Kylian. Nur Rufus wurde im Bericht nicht erwähnt.

Auch über die Bunkeranlage wurde berichtet. Sie war nicht gänzlich unbekannt, eher seit vielen Jahren in Vergessenheit geraten. Den Kernpunkt des Artikels bildete allerdings die Begegnung mit der Riesenschildkröte. Die Polizisten hatten einige Aussagen Kylians wiedergegeben. Sie selbst waren zwar angesichts der Selbstjustiz etwas skeptisch, aber die Zeitung sprach wahrlich von einem Superhelden – einem Mann im stählernen Anzug mit unsagbaren Kräften, der die ganze Stadt vor einer großen Gefahr bewahrt hatte. Die zusätzlichen Äußerungen einzelner Kinder, die gesehen hatten, wie er die Älteren vermöbelte, trugen ihren Teil dazu bei.

*Ich habe es geschafft*, dachte Kylian. *Ich bin in der Zeitung. Dieses Mal wirklich. Tura und ich sind zum Helden der Stadt geworden.*

Sie bestellten noch eine Runde Kakao. Kylian zog seine Taschenuhr und prüfte, wie spät es ist. Schon kurz nach elf!

Aber sie waren erst ziemlich spät im Bistro angekommen.

»Heute besuchst du deine Mutter?«, fragte Edmond.

»Ja, es wird Zeit.« Kylian verstaute das Geschenk seines Vaters wieder und holte sein Handy heraus. »Ich war schon zu lange ...«

Edmond runzelte die Stirn. »Was ist?«

Kylian schaute fassungslos auf sein Handy. »Eine Nachricht. Schon vor einer Stunde.«

»Von wem?«

Kylian zog einen Mundwinkel hoch. »Von Sora.«

»Sora? Sora Meyer? Woher hat sie deine Nummer.«

»Keine Ahnung.« Er betrachtete skeptisch das Display und öffnete die Nachricht.

»Was schreibt sie denn?«, fragte Edmond neugierig.

Kylian las vor: »Hi, Kylian, sorry, ich habe deine Nummer von Henry bekommen. Er schrieb mir ein paar Sätze und meinte, du und ich sollten uns noch einmal treffen. Ich komme morgen von meinen Eltern aus Flensburg zurück. Vielleicht hast du ja Lust und Zeit, dass wir uns in den nächsten Tagen wiedersehen? LG Sora.« Er schaute auf, dieses Mal beide Mundwinkel weit nach oben gezogen. »Das ist doch unglaublich, ich bekomme noch eine Chance! Und ich werde ihr alles erklären können!«

»Henry hat ihr deine Handynummer gegeben?«

»Vielleicht wollte er auf die Art sein schlechtes Gewissen abmildern«, mutmaßte Kylian.

Edmond grinste. »Hoch die Tassen!« Wieder stießen sie an. »Anscheinend hast du eine Glückssträhne, mein Freund. Wirst zum Superhelden, besiegst deine Feinde und findest die Frau deiner Träume. Dann noch dieser Zeitungsartikel. Mann, wahrscheinlich bist du innerhalb der Nacht weltberühmt geworden.«

Kylian nickte, während sich ein unangenehmer Hintergedanke einschlich. »Ja, weltberühmt«, wiederholte er.

# TEIL III

# KAPITEL 19

*Donnerstag, 30. Juli, auf dem Weg ins Krankenhaus in Berlin Mitte*

Am Nachmittag hatte Kylian sein Hochgefühl dafür genutzt, um die Bewerbung für die Uni zu schreiben. Die Professoren sollten staunen, wenn sie sie lasen und erkannten, mit welchem Enthusiasmus Kylian seine Zukunft als Paläontologe plante. Natürlich würden sie danach sofort stutzig werden, wenn sie sein beigefügtes Zeugnis sahen. Wahrscheinlich würden einige von ihnen es für einen Scherz halten.

*Lacht euch nur kaputt*, waren Kylians Gedanken, während er den Briefumschlag füllte und mit etwas Spucke versiegelte. *Denn ich habe es nun wenigstens versucht. Im schlimmsten Fall setzt ihr mich eben auf die Ersatzbank, wo ich dreißig Jahre warte, bis ihr erstmal die Pseudo-Schlaumeier ausgebildet habt.*

In diesem Moment hatte seine Mutter angerufen.

Inzwischen saß er in der S-Bahn und war auf dem Weg zu ihr. Verträumt sah er aus dem Fenster, wodurch er halb die Landschaft und halb sein Spiegelbild betrachtete. Er machte sich große Sorgen.

»Kylian, bist du schon wieder zuhause?«, hatte sie gefragt. »Komm bitte sofort zu mir, wir müssen uns unterhalten.« Die Worte hallten noch immer in seinem Kopf wider. Mutter war in den letzten Jahren ruhiger geworden, doch davon war beim Anruf nichts mehr zu merken.

Sie hatte ihm am Telefon nicht sagen wollen, was los war.

Kylian bereute es nun umso mehr, dass er sie nicht längst wieder besucht und stattdessen regelrecht nach Ausflüchten gesucht hatte. Was war plötzlich so dringend? Ging es ihr wieder schlechter? Oder hatte Judith irgendwas über ihn erzählt? Hing es mit der Reise zu seinem Vater zusammen? Sie hatte nicht mal danach gefragt ...

Er fuhr die wenigen Stationen und ging noch ein ordentliches Stück zu Fuß, bis er das Krankenhaus erreichte. Schließlich stand er vor der Tür seiner Mutter, atmete noch einmal tief durch und trat ein.

Marina sah in letzter Zeit nie wirklich gut aus, abgesehen von ihren gutmütigen Augen. Sie war extrem blass und hatte sprödes Haar. Glücklicherweise sah sie zumindest nicht noch schlechter aus. Sie saß in einen Sessel gelehnt und lächelte, als ihr Sohn eintrat. »Kylian, ein Glück, dass du wohlauf bist.« Sie stand nicht auf, sondern wartete, bis Kylian sie umarmte.

»Schön dich zu sehen, Mama.« Die Erleichterung in ihrer Stimme war alarmierend, sie musste sich große Sorgen gemacht haben. »Ist irgendwas passiert?«, fragte er, als er sich in den Stuhl ihr gegenüber setzte.

»Das muss ich eigentlich dich fragen«, gab sie zurück. »Bist du schon lange wieder zuhause?«

Ahnte sie irgendwas wegen TurTank? *Unmöglich* ... Kylian überlegte – dummerweise hatte er sich keine Antwort für diese Frage zurechtgelegt. »Seit vorgestern in der Nacht«, sagte er einfach. »Ich musste erst einmal Schlaf nachholen und gestern einiges erledigen. Wollte dich sowieso heute noch besuchen.«

»Du hättest anrufen sollen, als du wieder da warst.«

»Sorry, ich wollte dich überraschen. Eigentlich war ja ein

noch längerer Aufenthalt bei Vater geplant.« Jetzt erst entdeckte er die geöffneten Briefe auf dem Tisch. Ging es darum?

Marina seufzte. »Ich bin nur froh, dass du heil wieder hier bist. Es war so schockierend und niemand konnte mir sagen, ob du darin verwickelt warst oder nicht.« Sie atmete mehrfach tief durch.

Jetzt war Kylian richtig verwirrt. Und neugierig. »Wieso, was ist denn nun passiert?«

Sie deutete mit zittrigen Finger auf den Umschlag. »Da drinnen befindet sich eine schlechte Nachricht von der Polizei. Es geht um deinen Vater und deinen Onkel.«

Kylians Blick wurde starr.

»Sie sind beide bei einer Explosion ums Leben gekommen.«

»W-was?«

Marina senkte den Blick. »Kylian, es tut mir leid. Doch ich bin froh, dass du nicht dabei warst.«

Er war sprachlos. *Ich wurde ohnmächtig*, erinnerte er sich. *Tura hatte die Kontrolle ergriffen.* Tura ... Er griff nach dem Brief und begann zu lesen, während seine Mutter fortfuhr.

»In dem Schreiben steht nicht viel drinnen. Dorian und Landolf arbeiteten in einer Forschungseinrichtung über einer Gasblase. Es gab Probleme, die zu einer riesigen Explosion führten. Sie und weitere Menschen sind gestorben – alle im Feuer verbrannt. Nur durch dich wusste ich, dass wahrscheinlich jene Einrichtung auf den Galapagosinseln gemeint ist. Gott sei Dank bist du frühzeitig von dort abgereist.«

Kylian starrte auf das Dokument, aber er las nicht. *Wir hätten eine riesige Rauchsäule gesehen ... Und die vielen Soldaten, die uns nachjagten? Das passt doch alles gar nicht zusammen. Oder ist der Unfall erst nach unserer Abreise passiert?* Vom Zeitpunkt des Unfalls stand in dem

Brief nichts. »Ich fasse es einfach nicht«, meinte er. Irgendwas musste er ja sagen.

Marina trank ihren Kräutertee. »Wenigstens hattest du die Gelegenheit, sie vorher noch einmal zu treffen«, sagte sie, auf der Suche nach aufmunternden Worten. »Habt ihr euch verstanden, du und dein Vater?«

*Ich muss mit Tura sprechen ...* Kylian konnte sich kaum konzentrieren. Dann sah er den fragenden Gesichtsausdruck seiner Mutter. »Ja ...«, stammelte er. »Wir haben uns vertragen. Er war ausgesprochen nett zu mir. Damit hatte ich nicht gerechnet. Er stellte mir sein Team vor. Onkel Landolf war ja auch da, er hat sich fast noch mehr über mich gefreut als Vater. Ich soll dich von ihm grüßen.«

»Landolf war immer schon der Familienmensch von den beiden«, sagte sie und erinnerte sich an frühere Zeiten. »Aber Dorian hatte hauptsächlich seine Karriere im Kopf. Er sorgte gut für uns. Und anfangs haben wir uns sehr geliebt, aber das ist schon sehr, sehr lange her.« Sie blickte Tee schlürfend aus dem Fenster und betrachtete die Parkanlage des Krankenhauses. Kinder spielten dort mit dem Ball.

»Wusstest du, was sie wirklich taten?«, fragte Kylian dann.

Marina ließ einen Moment verstreichen, ehe sie antwortete. »Ja«, sprach sie dann. »Das wusste ich. Dorian hatte immer nur Andeutungen gemacht. Erst als er endgültig weg war, hat mir Landolf die ganze Wahrheit erzählt. Er war nicht so kaltherzig wie sein Bruder und akzeptierte nicht, dass dieser uns unwissend zurückließ. Landolf kam zu mir und erzählte mir von RAGNARÖK, obwohl es geheime Informationen waren. Trotzdem folgte er danach seinem Bruder und verschwand ebenfalls. Zumindest hatte er sich dann in den vergangenen zehn Jahren ab und zu mal gemeldet.«

Kylian nickte und beobachtete ebenfalls die Kinder. »Die

beiden hatten einen gefährlichen Job. Vater sagte, es sei zum Wohle unserer Zivilisation, und er war gezwungen, den Kontakt zu uns abzubrechen. Um uns zu beschützen.«

»Er hat schon immer gerne die Wahrheit verdreht«, erwähnte Marina.

Kylian erinnerte sich an ihr Gespräch. Dorian hatte gesagt, er wolle ihm eine Chance geben. Ihn unterstützen, damit auch er eines Tages ein großer Karb sein würde. Er wollte sich mit seinem Sohn vertragen. Doch ging es wirklich um Kylian oder nur um den gemeinsamen Namen? *Auf jeden Fall wusste er da nichts von meinen schlechten Noten.*

»Sie experimentierten jahrzehntelang mit neuen Chemikalien und Mineralen. Wahrscheinlich war es nur eine Frage der Zeit, bis etwas schiefging.« Kylian versuchte, dieses Gespräch vorzeitig zu beenden. Er musste zuhause mit Tura darüber sprechen.

»Was haben sie da gemacht?«, fragte seine Mutter dann. »Auf der Insel. Was konntest du sehen?«

Kylian schluckte. »Sie haben ein Fossil gefunden. Eine neue Art von Schildkröte. Dabei haben sie sich jedoch weit in die Erde reingegraben. Wahrscheinlich haben sie dann die Gasblase erwischt.«

»Hm.« Marina schüttelte langsam den Kopf. »Dein Vater war ein gewissenhafter Mensch in allem, was mit seiner Arbeit zusammenhing. Landolf ebenso. Wahrscheinlich waren weitere Wissenschaftler beteiligt.« Sie deutete auf den Brief, den Kylian wieder hingelegt hatte. »Ich glaube das nicht. Das alles klingt zu einfach. Sie wollen irgendwas verschleiern.«

*Das glaube ich auch, Mutter.*

»Sie würden niemals an einer Stelle so tief graben, ohne die Erdschichten unter sich analysiert zu haben. Und wenn sie dabei eine Gasblase entdeckten, würden sie mit äußerster Vorsicht an die Sache herangehen. Dabei vielleicht eine ihrer neuen Technologien benutzen.«

Kylian zuckte die Schultern. »Das Schreiben ist ohnehin fraglich. Die Leute, die es verfasst haben, wussten ja nicht, dass du eingeweiht bist. Vater und die anderen sind *angeblich* gestorben, bei was auch immer. Die wahren Verfasser der Nachricht haben sich die ganze Geschichte womöglich sowieso ausgedacht. Wir können die Wahrheit eh nicht herausfinden.«

Marina seufzte. »Ja, da hast du wohl recht. So oder so, zumindest hat dein Vater nun einen Grund, sich überhaupt nicht mehr bei uns zu melden. Das ist wirklich schade.«

»Ja, schade ... Wo ich doch gerade wieder einen Draht zu ihm gefunden habe. Ein grausamer Wink des Schicksals.« Eine ganze Weile saßen sie so da und hörten durch das geöffnete Fenster die Kinder draußen lachen. *Ein guter Moment, um zu verschwinden?* Nein, er konnte seine Mutter nach so vielen Tagen ohne Besuch nicht einfach abblitzen lassen. »Wie geht es dir, Mama? Gibt es Neuigkeiten?«

Marina überlegte. »Hier geschehen nicht andauernd neue Dinge, es ist eher wie in einer Zeitschleife. Jeden Tag dasselbe – Krankenhausalltag. Nun, zumindest fast. In letzter Zeit kam Judith mich öfter besuchen, manchmal auch mit Boris zusammen.«

Kylian nickte knapp. Seine Schwester war ihm in allen Dingen um einiges voraus. Warum musste sie ausgerechnet einen Mann finden, der dem nochmal eins draufsetzte? Der überhebliche Boris besaß eine große Baufirma und wechselte nur aus Anstand Worte mit seinem Schwager. »Schön«, antwortete er.

»Sie sind ja so ein liebes Paar. Ich schaue mir immer wieder Bilder von der Hochzeit an. Ich hoffe, dass ich die Geburt meines ersten Enkels noch erleben werde.« Sie stellte die Teetasse ab und hustete.

Kylian erinnerte sich an die Hochzeit und seinen viel zu großen Anzug. *Na ja, so toll war die Feier nun auch wieder nicht.*

»Wie läuft es eigentlich mit dem Mädchen, von dem du mir beim letzten Mal erzählt hast?«, fragte sie plötzlich. Sie lächelte neugierig.

*Wirklich, was habe ich denn erzählt?* »Sora ... Ähm, ich glaube, ganz gut sogar. Gerade heute hat sie sich wieder bei mir gemeldet. Sie war einige Zeit verreist – also so wie ich, kann man fast sagen. Morgen kommt sie wieder und wir wollen uns treffen. Wahrscheinlich sogar schon Samstag.«

»Und, liebst du sie?«

Kylian wurde bei diesen Worten nervös. Sollte er bei seiner Mutter so sehr ins Detail gehen? Andererseits hatten sie sich schon immer über fast alles unterhalten – was immer gut getan hatte. »Ich bin schon eine ganze Weile in sie verliebt, ehrlich gesagt.« *Mist, jetzt werde ich doch rot.*

»Das ist schön«, sagte Marina und schnappte sich einen Keks vom Tisch. »Wie ist sie denn so?«

Kylian überlegte. »Sehr nett, eher unauffällig in der Klasse. Obwohl sie so hübsch ist. Sie möchte Biologie studieren, hat also ähnliche Interessen wie ich – denke ich. Ehrlich gesagt, haben wir uns noch gar nicht so viel unterhalten.«

»Dann wird es höchste Zeit, mein Sohn. Wenn du eine große Chance erkennst, dann lasse sie nicht verstreichen. Das meiste, was wir am Ende unseres Lebens bereuen, sind die Dinge, die wir nicht getan haben. Glaube mir.«

»Ja ...«, sagte Kylian und wurde nachdenklich. Seine Mutter war leider das beste Beispiel. Sie war Ende vierzig und niemand konnte sagen, wie viele Monate oder vielleicht Jahre ihr noch blieben. Das Leben konnte einem immer einen Strich durch die Rechnung machen und es war besser, wenn man es bis dahin auskostete. Zumindest einigermaßen.

»Hast du was zum Anziehen für Samstag?«

Kylian überlegte und schaute unwillkürlich an sich herab. »Natürlich.«

Marina verdrehte die Augen und fischte bereits in einer

Tasche nach ihrem Portmonee. »Männer ... tun immer so, als sei ihr Äußeres etwas, worauf sie nicht wirklich Einfluss nehmen können.« Sie drückte ihm einhundert Euro in die Hand. Kylian nahm es nur zögernd an.

»Aber Mama ...«

»Tu so, als wärst du heute schon der Kylian von morgen – mit allem Drum und Dran.« Sie zwinkerte. »Natürlich sind Äußerlichkeiten nie alles, aber sie gehen trotzdem mit deinem Selbstvertrauen einher.«

Kylian dachte an Tura als seinen mächtigen Kampfanzug und nickte zustimmend.

Als er das Geld einsteckte, bemerkte er auf dem Tisch neben dem Brief und anderen vollgekrümelten Unterlagen eine Zeitung. Der *Berliner Kurier* – was mochten die über den neuen Superhelden der Stadt schreiben? Er zog sie kurz hervor und las die Überschrift eines Artikels. »Presse spekuliert über die Echtheit von Superhelden.«

»Alle Welt spricht plötzlich von den Ereignissen letzter Nacht«, sagte Marina, die bemerkte, was er anschaute. »Sogar hier im Krankenhaus reden die Schwestern davon. Irgendein selbsternannter Held hat diese Schattenkinder unschädlich gemacht. Niemand hat ein Bild von ihm, aber er soll sich wie eine Schildkröte kleiden. Wie hieß er noch gleich?«

»TurTank«, las Kylian vor.

»Ja, das ist doch genau dein Thema, oder? Superheld und Schildkröte.« Sie grinste. »In dieser Stadt passieren die seltsamsten Dinge. Das, oder den Medien gehen gerade die guten Themen aus.«

»Wer weiß, vielleicht tut er ja der Stadt wirklich Gutes.« Kylian schob die Zeitung wieder beiseite. »Auch weiterhin.«

»Schön wäre es«, antwortete seine Mutter, als sie wieder nach draußen zu den spielenden Kindern schaute. »Die Welt hat einfach zu wenig Helden.«

\*\*\*

Als Kylian nach Hause kam, lag Tura auf der Couch. *Auf der Couch?* Wie konnte ein metallisches Lebewesen wie sie so etwas wie Gemütlichkeit empfinden? Außerdem war sie wegen ihren Unternehmungen nicht gerade sauber. Das letzte Bad, was man ihr anrechnen konnte, war, als Kylian sich vorletzte Nacht bei einem Sprung verschätzt hatte und in die Havel gestürzt war.

»Hey Tura, wir müssen reden.«

Tura hatte offensichtlich geschlafen und richtete sich langsam auf – offenbar kopierte sie auch menschliche Gesten. Mit ihrem halbgeöffneten Körper sah sie abstrakter aus als sowieso schon. Sie kam auf Kylian zu und umschloss ihn, bis sie wieder ein Wesen waren. *Was ist los?*, fragte sie, *streifen wir wieder durch die Stadt?*

*Nein, diese Nacht nicht,* sagte Kylian und blickte durchs Fenster in den Abendhimmel. Sofort fühlte er ihr Bedauern. *Ich muss nachdenken, irgendetwas stimmt hier nicht.*

*War was bei deiner Mutter?*

*Sie hat einen Brief bekommen, in dem ihr mitgeteilt wird, dass mein Vater und mein Onkel bei einer Gasexplosion gestorben sind.*

*Oh, das tut mir leid,* erwiderte sie.

Kylian wartete vergebens auf weitere Argumente. *Tura, mein Vater* Dorian *und mein Onkel* Landolf... *Von dem Forschungszelt... Die dich gefunden haben...*

*Ach die! Oh... Wie kann das sein?* Ihr Geist vibrierte, als sie begann, sich an ihre letzten Tage auf Isla Isabela zu erinnern.

*Ja, genau das ist die Frage. Sie alle sind bemerkenswerte Wissenschaftler und ich glaube es einfach nicht, dass sie bei einer einfachen Gasexplosion umgekommen sind. Es ist ein Bluff. Nur von wem und wozu? Vielleicht sind sie wirklich tot, aber durch einen ganz anderen Unfall. Tura ... Ich war ohnmächtig.* Er spürte, wie sie etwas nervös wurde. *Sage mir, was bei deiner Flucht passiert ist. Es ist wichtig.*

Tura seufzte innerlich. Doch nach einer weiteren Pause begann sie zu erzählen. *Ich war lange in einen tiefen Schlaf versetzt gewesen. Erst als du diese Einrichtung betreten hast, kam mein Geist zurück und ich begann, deine Energie zu beobachten.*

*Warum ausgerechnet ich?*

*Manche Wesen sind von vornherein geistig besser aufeinander abgestimmt, ohne sich auch nur zu kennen. Deswegen sind unter den Leuten, die du kennenlernst, auch welche, die dir sofort sympathisch erscheinen – jene, die zu deinen Gedankenmustern passen. So ist das. Womöglich war dies auch der wahre Grund, weshalb du Mitleid mit mir hattest.*

*Eigentlich Mitleid mit der Schildkröte,* meinte Kylian. *Aber erzähle einfach weiter.*

*Richtig wach wurde ich, als du die Schutzzone des inneren Kreises betreten hattest. Die ersten Gedankenimpulse hatte ich dir instinktiv geschickt.* Kylian erinnerte sich an das schrille Piepen im Ohr, den Schwindel und die Kopfschmerzen. Das ging so weit, bis Tura ihn unter Kontrolle gebracht hatte und zu sich führte. Kylian hatte keine Erinnerung mehr daran. Alles war schwarz. *Es tut mir leid,* sagte Tura, die sein Unbehagen spürte. *Ich kannte eure Welt kaum und eure Spezies samt Sprache überhaupt nicht. Mein eigenes Leben war in Gefahr. Diese Forscher wollten mich aufschneiden, die Soldaten mich gegebenenfalls erschießen. Ich musste mich befreien. Dabei habe ich mehrere von ihnen getötet.*

Kylian saß ein Kloß im Hals. Indirekt hatte er es längst gewusst. *Und meinen Vater etwa auch?*

*Nein ... Dorians Sphäre ist machtvoll. Er hatte keine Angst vor mir, obwohl ich zuvor seine Leute umgebracht hatte. Und das war es, was mir Angst machte. Ich erkannte, dass er deine Freilassung wollte. Als ich nicht einwilligte, verriegelte er die Tür und dachte, er hätte mich gefangen. Doch ihre Dachkonstruktion war nicht annähernd so massiv wie ihre Wände. Ich bin geflohen. Es gab keine Explosion. Dein Vater und dein Onkel wurden nicht getötet.*

Kylian atmete durch. *Also haben wir nichts mit ihrem angeblichen Tod zu tun. Alles, was wir außerdem wissen, ist, dass ihre Soldaten uns auf den Inseln suchten. Wieso wollen sie uns glauben lassen, dass sie tot sind, Tura? Was ergibt das für einen Sinn?*

*Für uns wahrscheinlich gar keinen,* gab Tura zurück. *Soweit ich eure Welt kennenlernen durfte, wage ich zu behaupten, es handelt sich nur um eine Formalität.*

*Wie meinst du das?*

*Dein Vater ist nicht zu unterschätzen. Er ist mächtig. Und in seinen Augen sah ich die Gier nach noch mehr Macht. Er wollte mich. Für sich allein. Ich war* sein *Fund gewesen ... Mit meiner Hilfe wollte er etwas bezwecken, doch alles ging schief und er ging leer aus. Zumindest vorerst. Ich glaube, in erster Linie soll jemand anderes denken, dass sie tot sind.*

# Kapitel 20

*Freitag, 31. Juli, Unter den Linden, Berlin Mitte*

Es war ein sonniger und heißer Nachmittag, an dem Kylian Zeit mit seinem besten Freund verbrachte. Sie waren gemächlich durch das Brandenburger Tor spaziert, hatten den Pariser Platz überquert, wo zahllose Touristen damit beschäftigt waren, Selfies zu knipsen, und gingen nun entlang der vielen Einkaufsmöglichkeiten. Ihr eigentliches Ziel: ein anständiges Outfit für Kylians Date mit der bezaubernden Sora Meyer finden.

Nachdem sie bereits einige Läden hinter sich gelassen hatten, machten sie Rast auf einer der vielen Bänke. Kylian zückte sein Handy und öffnete die letzten Nachrichten von Sora. »Also, Folgendes hat sie geschrieben: Das klingt schön, bummeln wir doch ein bisschen durchs Alexa, wandern über den Alexanderplatz und suchen uns dann ein nettes Café. Ich nehme mir den ganzen Tag Zeit. Freue mich schon sehr!«

Edmond nickte anerkennend. »Klingt nach einem waschechten Date. Wenn du dich nicht allzu doof anstellst, kann da richtig was draus werden.«

Kylian musste sich Mühe geben, sein ständiges breites Lächeln zu zügeln. Er wollte nicht für schwachsinnig gehalten werden. Dennoch packte ihn die pure Freude, jedes Mal, wenn er erneut ihre Nachrichten las. »Ich habe dann noch geschrieben, dass wir den Fernsehturm besuchen könnten. Gemeinsam über die Stadt schauen. Das fand sie dann auch eine gute Idee.« Zuversichtlich schob er das Handy zurück in die Hosentasche. »Ich habe gelesen, dass solch denkwürdige Erlebnisse einander besonders verbinden. Die Gefühle müssen in Bewegung kommen.«

»Dann solltest du dich mit ihr in die Geisterbahn setzen.« Edmond zwinkerte. »Sodass sie sich erschreckt und sich dann an ihrem Beschützer festhält.«

Kylian dachte nach. »Gute Idee, nur leider ist keine Geisterbahn in der Nähe.«

»Dann such dir einfach ein passendes Stadtviertel. Auch gut.«

»Nun ja ...« Sie beobachteten die vorbeiziehenden Menschenmengen. In der Ferienzeit war hier unglaublich viel los und es gab einiges zu sehen – allein die vielen Schönheiten aus allen Teilen der Welt waren für die Halbwüchsigen einen Besuch dieser Straße wert. Edmond schob seine Sonnenbrille zurecht, als drei kichernde asiatische Mädels in knappen Outfits durch ihr Blickfeld streiften. »Jedenfalls soll man die Frau innerhalb eines Dates an verschiedene Orte führen«, sagte Kylian weiter. »So trickst man das Zeitgefühl aus und der Lady kommt es vor, als hätte sie schon unglaublich viel mit dir erlebt.«

»Du bist ja ziemlich gut vorbereitet«, stellte Edmond fest. »Besser als für jede Prüfung in der Schule.«

Kylian nickte knapp. »Ich dachte mir, es kann nicht schaden, aus ein paar Fehlern zu lernen.«

Edmond hob eine Braue. »Du meinst, nachdem du dein Leben lang von den Mädels abserviert wurdest?«

»Richtig. Jedenfalls treffen wir uns morgen um 10 Uhr am Bahnhof Alexanderplatz. Bin schon total aufgeregt.« Er rieb sich nervös die Hände. Dieses Kribbeln in der Magengegend war gleichermaßen lästig wie berauschend. »Lass uns weiterziehen, ich kann schon gar nicht mehr sitzen.«

Kylian nutzte das Geld von seiner Mutter mit Bedacht. Er

kaufte sich eine kurze Jeanshose und ein gut sitzendes Hemd. Danach war das kleine Vermögen fast aufgebraucht und von den letzten Münzen spendierte Kylian sich selbst und Edmond ein Eis.

»Wirst du ihr von deinem Geheimnis erzählen?«, fragte Edmond mit verschwörerischen Unterton.

»Irgendwann, vielleicht«, antwortete Kylian schlicht.

»Ich glaube, wenn sie es wüsste, hättest du sie sofort in der Tasche.« Er grinste selbst bei dem Gedanken. Welche Frau wäre nicht gerne die Partnerin eines Superhelden?

»Ich will es mir ja nicht zu einfach machen«, gab Kylian zu.

»Wenn alle Stricke reißen, kannst du es ja immer noch damit versuchen.«

Kylian verdrehte die Augen. »Ja, klar. Nachdem sie mich bereits total unsympathisch findet, sage ich: Ach übrigens bin ich ein Superheld. Ich kann es dir aber nur beweisen, wenn du mit in meine Wohnung kommst.« Er schüttelte den Kopf. »Kommt nicht gut.«

Sie verbrachten noch einige Zeit in der Straße Unter den Linden, ehe sich ihre Wege trennten. Edmond war mit seinen Eltern hier ganz in der Nähe verabredet, weil er noch zu einer Familienveranstaltung musste. »Also dann, viel Glück morgen«, sagte er zum Abschied. »Ich hoffe, du wirst es nicht brauchen.«

»Wird schon schiefgehen.« Sie klatschten ein und Edmond verschwand in einer der Seitenstraßen im Menschengetümmel. Für Kylian war es Zeit heimzukehren. Sich am Abend noch etwas Ruhe zu gönnen und zumindest ein paar Stunden mit Tura unterwegs zu sein, damit sie ihre Lebensreserven auffrischen konnte. *Ich muss zeitig schlafen gehen, um morgen ausgeruht zu sein*, dachte er. *Bloß keine Augenringe haben!*

Auf dem Weg zur nächsten Bushaltestelle schlenderte er wieder zurück entlang der großen Straße. Dieser Teil der

Stadt war wirklich schön. Großzügige Plätze mit vielen Bäumen, gut erhaltene alte Häuser und überall gab es Sehenswürdigkeiten. An jeder Ecke ein Café: Tische und Stühle versperrten manchmal einen Teil des Weges, Leute versammelten sich an diesem schönen Tag und tauschten sich aus.

Eine einzelne Person an einem der Tische erregte seine Aufmerksamkeit. Der dort sitzende Mann beobachtete ihn.

Es war sein Onkel.

Kylian blieb erschrocken stehen. Fast wäre jemand in ihn hineingelaufen. Nachdem er entschuldigend auswich, schaute er noch einmal genauer hin. *Wie kann das sein?* Sah er ihm nur ähnlich? Alles andere würde keinen Sinn ergeben! Und doch war er es.

Landolf winkte ihn zu sich.

Kylian ging vorsichtig zu ihm. Sein Onkel nippte an einem Kaffee und bot ihm mit einer Geste einen der freien Stühle an. Zögernd setzte Kylian sich. Er sah sich um, ob noch ein weiteres bekanntes Gesicht in der Nähe war. Er sah niemanden.

»Möchtest du etwas trinken?«, fragte Landolf.

»Onkel, was machst du hier?«, erwiderte Kylian. Diese Situation erschien unwirklich.

Landolf setzte seine Tasse neben der Zeitung ab. »Einen Urlaubstag in meiner alten Heimat verbringen. Mein einstiges Lieblingscafé besuchen und entspannen.«

»Meine Mutter hat einen Brief bekommen. Du und Vater seid tot!«

Landolf schielte über seine Brille. »Sehe ich für dich wie ein Toter aus? Sicherlich nicht. Selbst einen Wiedergänger würde mir keiner abnehmen.« Er lächelte halb.

Kylian ebenfalls, hob aber noch eine Braue.

»Junge, in Wahrheit bin ich aus zweierlei Gründen hier. Zum einen, um dich zu warnen. Zum anderen, um dir zu sagen, dass du sehr dumm bist.«

»Was?« Kylian runzelte die Stirn. Er wusste noch immer nicht, ob ihn Landolfs Besuch erfreuen oder beängstigen sollte.

»Niemand von uns hätte damit gerechnet, was du getan hast: dich offensichtlich mit dem PAMO anzufreunden und einen Weg hierher zurückzufinden. Eine unvorstellbare Leistung und, ehrlich gesagt, würde ich dich gerne den ganzen Tag danach ausfragen.« Er schüttelte den Kopf, wie um seine neugierigen Gedanken abzustreifen. Zumindest eine Frage musste er unbedingt stellen: »Wie kommunizierst du mit dem Wesen?«

Kylian kniff die Augen zusammen. »Über Gedanken«, antwortete er schlicht.

Landolf nickte bedächtig, als hätte er gerade nach jahrelanger Forschung ein neues physikalisches Gesetz entdeckt.

*Und schon habe ich zu viel gesagt*, erkannte Kylian.

»Ich habe nicht viel Zeit«, sagte sein Onkel. »Um genau zu sein, dürfte ich gar nicht hier sein. Hör zu, dein Vater wird dich früher oder später finden, das muss dir bewusst sein. Doch durch deine albernen Heldentaten hast du ihm förmlich zugewinkt.« Er tippte auf die Zeitung. »Du bist groß rausgekommen, was deinem Ego sicherlich auf die Sprünge geholfen hat. Doch nächstes Mal denke vorausschauender und ziehe mögliche Konsequenzen in Betracht. Dorian weiß Bescheid und du wirst bereits beobachtet.«

Die letzten Worte versetzten ihn in Angst. Unwillkürlich blickte er sich um.

»Nicht jetzt«, sagte Landolf. »Ich weiß nicht, was passieren wird. Ebenso kann ich dir nicht verraten, was dein Vater vorhat. Schon jetzt gehe ich viel zu weit. Lass dir einfach von mir sagen: Sei auf der Hut. Rechne mit dem Schlimmsten. Werde deiner Familie gerecht und denke wie ein Karb.«

Kylian atmete durch. »Du hilfst mir, obwohl du auf seiner Seite stehst«, stellte er fest.

Landolf seufzte. »Das ganze Leben besteht aus Kompromissen. Wir müssen ständig abwägen, kleinere Niederlagen hinnehmen, um größere Erfolge zu erzielen. Es ist kompliziert und zu viele Jahre arbeite ich bereits mit deinem Vater an einem Plan. Letztlich für unser aller Wohl, darauf kannst du vertrauen.« Er nickte bestimmt und trank seinen Kaffee aus. Dann erhob er sich vom Tisch und steckte die Zeitung in seine Tasche.

Ein Umschlag blieb auf dem Tisch liegen.

»In einigen Details sind er und ich uns nicht einig. Jetzt will er dich, und ich möchte nur verhindern, dass er dir wehtut. Kylian, bevor du irgendwelche größeren Schritte wagst, frage dich immer: Was wäre wenn?« Dann ging er und verschwand in der Menge.

Kylian musste seine Gedanken sortieren. Was war hier gerade geschehen? Und ja, er hätte damit rechnen müssen, dass sein Vater ihn früher oder später findet. Kylian kooperierte mit einem außerirdischen Parasiten und es war die Pflicht von RAGNARÖK, derlei Dingen nachzugehen.

*Mein Vater ist am Leben und sucht mich.*

*Onkel Landolf ist nur bedingt auf meiner Seite. Im Ernstfall würde er mir nicht helfen. Er gab mir nur einen Tipp. Um mich zu retten.*

*Ich war so blöd und habe sie hierher gelockt.* Die Erkenntnis war ernüchternd. Ebenso die Tatsache, dass ein Achtzehnjähriger es alleine mit einer streng geheimen Organisation aus Superhirnen aufnehmen musste. Was bitte hatte er da für eine Chance? *Zumindest habe ich Tura.* Und diesen Umschlag, der vor ihm lag. Kylian griff danach und schob ihn in eine seiner Einkaufstüten.

»Wollen Sie etwas trinken?«

Er blinzelte verständnislos den Kellner an, ehe er begriff, wo er sich hier gerade befand. »Oh, ja, natürlich ...« Er lehnte sich in dem Stuhl zurück. Vielleicht war es sogar ganz gut, wenn er hier blieb, um etwas nachzudenken. »Eine

Cola bitte.«

Der Kellner nickte und nahm beim Reingehen Landolfs leere Tasse mit.

*Sie beobachten dich*, hatte er gesagt. Wer? Soldaten oder Agenten von RAGNARÖK? Plötzlich konnte jeder ein Feind sein, sogar der Kellner eben. Kylian beäugte hektisch eine Person nach der anderen, die sich in seiner Nähe aufhielt. *Verdammt, sowas kann einen irremachen!* Woher sollte er wissen, was echt war und was nicht? Worauf sollte er achten? Obendrein war er diesen Leuten völlig ausgeliefert. Sie konnten ihm auflauern, ihn in eine Falle locken und vielleicht sein Getränk vergiften. *Die Cola!* Sie konnten ihn erpressen. Damit er sie zu Tura führte, ohne dass er je wieder eine Verbindung mit ihr eingehen konnte. Wer wusste schon, was diese Organisation für Waffen und Technologien besaß?

Trotz der Hitze lief es Kylian kalt den Rücken runter. Erst jetzt erkannte er das wahre Ausmaß seines Problems. RAGNARÖK könnte alles machen, sogar seine Mutter, Schwester oder Edmond benutzen, um ihn unter Druck zu setzen. Sie würden einen Weg finden. Und gewinnen.

*Sora ...* Was wäre erst, wenn er eine feste Freundin hätte. Würde sie eine ideale Zielscheibe für seine Gegner werden? *Klassische Probleme eines jeden Superhelden,* dachte er beiläufig. *Galgenhumor – kommt gerade recht.* Was sollte er machen? Sich den ganzen Tag in der Wohnung verstecken und nur noch als TurTank vor die Tür treten? Das wäre kein Leben. *Ich muss mir etwas einfallen lassen.*

Wie konnte er sich mit Sora treffen, wenn wahrscheinlich überall der Feind lauerte? *Denke nach, Kylian. Was wäre wenn ... Hinterfrage die Dinge ...*

Der Kellner stellte die Cola ab. Kylian bedankte sich, würde das Getränk aber niemals anrühren.

Sora. Was wäre, wenn sie die Falle war? Vielleicht war sie es gar nicht, die all diese tollen Nachrichten schrieb.

Vielleicht wurden sie von irgendeinem fanatischen Typen bei RAGNARÖK getextet, um ihm eine Falle zu stellen. Immerhin war die erste Nachricht von ihr gekommen, nachdem der Zeitungsartikel über den Kampf gegen die Schattenkinder erschienen war. Andererseits hatte Henry von da an erst die Motivation, ihr Kylians Nummer zu schicken.

*Ich muss ihn mal im Knast besuchen und mich dafür bedanken,* wurde ihm beiläufig klar. Dann schüttelte er den Gedanken ab.

Kylian hielt sich den Kopf. Er fühlte sich überfordert. Wem bitte konnte er denn jetzt noch vertrauen? *Alles in Frage stellen, Onkel? Das halte ich eine Woche durch und dann werde ich eingeliefert. Und selbst* das *könnte eine Strategie von euch sein!* Er schnappte sich seine Tüten und verließ das Café. Die Cola bezahlte er nicht, immerhin hatte er sie ja nicht getrunken.

Ihm qualmte förmlich der Kopf. *Erstmal ruhig bleiben. Muss nach Hause und mit Tura über alles reden. Es geht so nicht weiter, das Ende kommt unweigerlich und alles wird sich ändern. Vater wird kommen. Wir müssen uns etwas einfallen lassen.* Ohne Umwege machte er sich auf den Weg nach Hause.

# KAPITEL 21

*Samstag, 1. August, Alexanderplatz, Berlin Mitte*

Kylian begegnete seiner Nervosität mit gespielter Stärke. Der innere Konflikt war kräftezehrend und irgendwann fand er sein eigenes Verhalten nur noch lästig. *Lass es doch einfach auf dich zukommen, Junge,* ermahnte er sich. *Wenn es passiert, kannst du ohnehin nicht mehr als dein Bestes geben.*

*Wenn es passiert ...* Die große Frage war: Wann? Er hatte zusammen mit Tura eine Liste ausgearbeitet, in der mögliche Szenarien beschrieben waren – darunter einige äußerst verstörende. Fakt war, der Feind konnte jeden Moment zuschlagen.

Kylian stand am Bahnsteig des Alexanderplatzes und war erleichtert, als tatsächlich Sora Meyer aus dem Zug stieg – anstelle von RAGNARÖK-Soldaten, die ihn gefangen nehmen wollten. *Dieses Ereignis kann ich also schon mal von der Liste streichen.* Das schlanke Mädchen sah wie immer blendend aus. Ihre goldblonden Haare lagen ihr offen über die freien Schultern und sie trug ein enges Oberteil in Kombination mit einem Rock. Als sie ihn sah, winkte sie ihm schon aus der Ferne freudestrahlend zu.

Kylian bemerkte, dass er vergessen hatte zu atmen. Sie war so unglaublich süß! *Als wäre es nicht schon anstrengend genug, ein Date mit der Traumfrau durchzustehen. Ich muss nebenher auch noch aufpassen, nicht von Agenten ver-*

*haftet zu werden.* Er konnte nicht genau sagen, welche Aufgabe schwieriger war. Zumindest lagen seine Nerven inzwischen derart blank, dass er eine eigenartige Form der Ruhe wahrnahm. *Bin ich jetzt der Held, dem alles egal ist, weil er nichts mehr zu verlieren hat? Komisch, ich dachte, dieser Moment kommt erst, nachdem der Feind dessen Familie und Freunde komplett ausgelöscht hat.*

»Hallo, Kylian«, rief Sora und kam die letzten Schritte auf ihn zu.

*Jetzt kommt der Moment*, dachte er. *Umarmen oder Hand geben? Achte auf ihre Körpersprache!* Sora breitete tatsächlich langsam die Arme für eine freundschaftliche Umarmung aus. Er erwiderte ihre Geste und nahm sie kurz in die Arme, bevor es irgendwie peinlich wurde. »Hallo, Sora.« Kurzzeitig berührten sich ihre Körper, er tätschelte ihre nackte Schulter und spürte ihren Busen an seiner Brust. Sie duftete nach einer Blumenwiese! Kylians Herz machte Höhensprünge und als sie sich nach gefühlten zwei Stunden wieder voneinander lösten, war ihm jede geplante Gesprächseröffnung abhandengekommen. Innerlich hörte er Edmonds Stimme: *Jetzt bloß nicht schwitzen, Kumpel.*

»Schön, dich wiederzusehen«, sagte sie.

Kylian räusperte sich – Zeit genug, um die richtige Erwiderung zu finden. »Ganz meinerseits«, sagte er und sie lächelten einander an. *Das läuft doch schon super!*

Sie spazierten über den Alexanderplatz in Richtung Einkaufsgalerie. Das Wetter war genauso sonnig und warm wie am Vortag. Viele verbrachten hier ihre Freizeit. Kinder erfreuten sich an den großen Brunnen und Touristen bestaunten die Weltzeituhr, ehe sie sich dem riesigen Fernsehturm zuwandten.

Kylian und Sora machten Smalltalk und, ähnlich wie bei ihren ersten Treffen im Leguanoon, hatten sie überraschend schnell eine gemeinsame Wellenlänge gefunden. »Wie war die Reise zu deinen Eltern?«, fragte Kylian sie.

»Ausgewogen«, meinte Sora. »Ich bin gerne dort. Besonders das Meer verzaubert mich immer wieder aufs Neue. Man kann dort lange spazieren und Ruhe finden. Ganz anders als hier.«

»Aber?«

Sora zuckte beiläufig die Schultern. »Aber meine Eltern eben. Sie können auch ganz lieb sein, aber trotzdem war die erste Frage meines Vaters, als ich dort ankam: Wie ist dein Zeugnis? Zumindest meine Mutter hat dann noch gefragt, wie es mir denn überhaupt geht.«

»Na ja, wahrscheinlich wollen sie, dass etwas Anständiges aus dir wird«, erwiderte Kylian.

»Und was bin ich jetzt – unanständig?« Sie grinste.

»Wahrscheinlich, so genau kann ich dich noch gar nicht beurteilen.« Sie lachten. Glücklicherweise nahm Sora die Situation mit ihren Eltern recht locker. Kylian konnte all das gut nachvollziehen. Sein Vater war immerhin auch einer von dieser Sorte. Erfolgsorientiert bis zum Abwinken.

»Es hat alles Vor- und Nachteile«, erzählte sie weiter. »Hier habe ich nicht so viel Ruhe und die Luft könnte ehrlich gesagt viel sauberer sein. Dafür habe ich hier meine Freunde und Bücher.« Sie überlegte und hob einen Finger. »Ach, und außerdem kann man hier viel besser shoppen gehen.« Das schien sie besonders zu freuen.

»Wahrscheinlich achtest du viel mehr auf sowas, als jemand, der von vornherein hier aufgewachsen ist. Lärm, verpestete Luft, Läden an jeder Ecke ... Sowas erscheint irgendwann als selbstverständlich.« Er merkte, wie armselig das klang.

»Nicht, wenn man sich Mühe gibt, ein achtsamer Mensch zu sein, Kylian«, ermahnte sie und sah sich um. »Wunder gibt es überall. Alte Gebäude und Denkmäler aus einer vergangenen Zeit, die ihre eigene Geschichte erzählen. Die Stille in einer Kathedrale – oh, ich bin nicht gläubig, im Sommer ist es da drinnen nur angenehm kühl.« Sie zwinkerte.

»Natürlich, und am Taufbecken kann man sich so schön erfrischen.«

»Jedenfalls gibt es da noch eine andere Welt der Wunder in dieser Stadt. Dinge, die kaum einer wirklich wahrnimmt. Kleine Tiere, die hier überleben, weil sie gelernt haben, unsichtbar zu bleiben und den Menschen auszunutzen. Unkraut, das durch Pflaster wächst als Sinnbild der Natur, wie sie der Menschheit trotzt. Wusstest du, dass Baumwurzeln nach und nach Beton aufsprengen können?«

Kylian nickte, während er im Gehen ihre Lippen beim Sprechen beobachtete. Ihre wachsamen Augen, die ihn betrachteten. *Das größte Wunder hier, bist allein du.* Obwohl er es nicht aussprach, zeigte sie ihm ihr schönstes Lächeln.

Sie betraten das Alexa, das große Einkaufszentrum am Alexanderplatz. Die Galerie hatte mehrere Etagen mit unzähligen Läden. Überraschend wenig Leute waren unterwegs. Allerdings war es noch früh am Tag und erst in ein paar Stunden würde hier die Hölle los sein. Sora und Kylian wollten eh nur einmal durch und am anderen Ende wieder heraus. *Okay, vielleicht noch ein kurzer Abstecher zur Buchhandlung.*

»Warum bist du an jenem Abend verschwunden?«, fragte sie schließlich.

Kylian seufzte, als das endlich zur Sprache kam. »Rufus. Als du auf Klo warst, haben er und ein paar andere Typen mich gepackt und nach draußen verschleppt. Er war wohl nicht einverstanden, dass wir uns so nett unterhielten.«

Sora schaute erschrocken. »Was haben sie gemacht?«

»Mich zusammengeschlagen. Den Rückweg nach Hause habe ich dann etwas lockerer angehen lassen. Mit vielen Pausen zwischendurch.«

»Oh, nein ... Wenn ich das nur gewusst hätte.« Plötzlich wirkte sie betroffen und nachdenklich.

Kylian winkte ab. »Ach, schon okay. Dieser Kerl hat dir wahrscheinlich ein ordentliches Lügenmärchen aufgetischt.«

»Rufus? Er ist ein Idiot. Er hat schon oft versucht, sich an mich heranzumachen, und manchmal war es schon etwas beängstigend.« Sie schüttelte angewidert den Kopf. »An jenem Abend war es Henry, der sagte, du seiest nach Hause, weil dir übel war und du keine Lust mehr auf Feiern hattest. Henry ist doch dein Kumpel, oder?«

»Inzwischen haben wir uns etwas auseinandergelebt, um es vorsichtig zu sagen. Er ist Rufus' Cousin und sie verstehen sich recht gut. Als Rufus mich zum Feind machte, weil ich mit dir sprach, musste Henry Partei ergreifen.«

»Dennoch hat er mir dann deine Nummer zukommen lassen. Vielleicht hatte er Gewissensbisse.«

»Vielleicht ...«

»Ich bin sehr froh darüber«, überlegte Sora. »In dem Dorf bei Flensburg fühlte ich mich irgendwie einsam und dann dachte ich einfach: Versuch es ... Vielleicht war das neulich ja doch ein Missverständnis.«

»War es«, sagte Kylian und behielt die Umgebung im Auge.

»Ich hoffe, Rufus und Henry werden sich dieses Mal zurückhalten.«

Kylian nickte ihr aufmunternd zu und instinktiv nahm er ihre Hand beim Gehen. Wieder machte sein Herz einen Freudensprung und an ihrer Reaktion merkte er, dass es bei ihr vielleicht auch so war. »Jetzt wissen wir ja, was Phase ist. Rufus und Henry werden sich zukünftig heraushalten. Da bin ich mir irgendwie sicher.«

So spazierten sie Hand in Hand durch das Einkaufszentrum. Lange standen sie vor dem Schaufenster eines Zoogeschäfts. Sora freute sich über die süßen Zwergkaninchen, bedauerte jedoch kurz danach ihre Gefangenschaft. Sie schlenderten durch die Buchhandlung und stellten fest, dass sie im gleichen Regal nach Neuerscheinungen Ausschau hielten: bei den Science Fiction Romanen. Kylian gab ihr einen Crashkurs in Sachen Comics. Schließlich bestand Sora noch darauf, einen Schuhladen zu durchwandern. Kylian bemerkte ihren fanatischen Blick bei einigen Exemplaren. *Oh, mein Gott, sie hat einen Schuhtick!*

Das Einkaufszentrum leerte sich, anstatt sich zu füllen.

Die Besucher freuten sich merklich über den Bewegungsfreiraum, doch es dauerte nicht mehr lange, da änderte sich die Lage. Kylian bemerkte irritierte Blicke und wie Gruppen sich darüber unterhielten. »Ist draußen irgendwas Besonderes los?«, fragte jemand. Doch niemand wusste eine eindeutige Antwort.

Schließlich schnappte er die Worte eines anderen Paares auf, das offenbar erleichtert war, überhaupt hereingekommen zu sein. »Glück gehabt«, sagte die junge Frau zu ihrem Lover im Anzug. »Hast du gesehen, diese eine Gruppe wurde abgefangen. Scheinbar durften sie nicht hinein.«

»Was ist hier los?«, fragte Sora verunsichert.

Kylian drückte ihre Hand ein wenig fester. *So beginnt es also ...* Sie gingen einfach weiter. Mittlerweile gingen sie die obere Etage entlang und sahen unten die wenigen verbliebenen Menschen im Einkaufszentrum. Leute verließen das Alexa, aber niemand kam mehr hinein.

Auf ihrem Weg steuerten sie auf eine Brücke zu, wo jemand wartete. In den letzten Momenten ihrer Zweisamkeit wählte Kylian seine Worte an Sora mit Bedacht. »Es tut mir leid, dich da mit reinzuziehen«, sagte er ernst. Sie sah ihn mit großen Augen an. Er nickte ihr mutmachend zu. »Halte dich an mich. Und bitte vertraue mir einfach.«

Sora runzelte leicht die Stirn, nickte aber unmerklich zurück. Dann schaute sie zu dem Mann im schwarzen Anzug, den sie nun erreichten.

*Jetzt geht's los.* Kylian bündelte all seinen Mut, besann sich auf die innere Ruhe und blieb schließlich ... locker. »Es ist zwar etwas früh, aber wo sich die Gelegenheit schon einmal gibt: Sora, darf ich dich meinem Vater vorstellen? Dorian Karb.«

Sora spielte mit. »Hallo«, sagte sie aufrichtig und gab dem Mann die Hand.

Dorian erwiderte die Geste. »Angenehm.« Er wandte sich an Kylian. »Du scheinst nicht besonders überrascht, mich hier zu treffen.«

»Nach allem, was ich über dich weiß?«, erwiderte Kylian. »Da sollte es mich doch nicht verwundern, dass du aus deinem Grab aufersteht, um mir hinterher zu spionieren. Alles um erneut an meinem Leben teilzuhaben und bei der Gelegenheit die liebreizende Sora kennenzulernen.« Er lächelte übertrieben. »Es ist schön, dass du wieder da bist, Papa.«

»Was soll das, Junge?«, fragte Dorian ungeduldig und ging nicht auf Kylians gespielte Freundlichkeit ein.

»Ich habe mir Sorgen gemacht«, stellte Kylian klar. »Ich habe den Brief gelesen und jetzt bist du wieder da.« *Mist, ich habe vergessen, eine Träne wegzublinzeln.* An Sora gewandt sagte er sachlich: »Keine Sorge, er ist nicht wirklich ein Zombie.«

»Aha ...«

Kylian schielte zu Dorian. Das Lächeln erstarb und sein Ton wurde nüchtern. »Er ist nur ein geheimer Agent der Regierung, der seine Familie zehn Jahre lang vernachlässigt hat. Er hat sich nicht einmal gemeldet, als seine Frau an einem seltenen unheilbaren Krebs erkrankte. Pardon ... Ex-Frau. Sein Sohn musste den Großteil seiner Kindheit und Jugend ohne ihn auskommen, obwohl er einen Vater gut hätte gebrauchen können. Erst als Dorian Karb mitbekam, dass sein Sprössling gute Noten in der Schule hat und studieren will, meldete er sich bei ihm.«

»Das genügt, Kylian.«

»Denn scheinbar war sein Sohn doch kein Verlierer, wie er immer angenommen hatte. Stattdessen wäre er vielleicht

fähig, den großen Namen Karb noch größer zu machen.«
Voller Missachtung betrachtete Kylian seinen Vater von oben bis unten.

»Bist du fertig mit deiner Vorstellung?«, fragte dieser mit ruhiger Stimme.

»Eins noch«, sagte Kylian und hob die freie Hand. »Ich muss dir etwas gestehen: Ich habe gar keine guten Noten in der Schule. Mutter hatte da etwas missverstanden. Sie sind eher mittelmäßig und es kann eine Weile dauern, bis ich studieren darf. Wenn ich Glück habe.« Er schaute kurz zu Sora, die halb lächelnd die Schultern zuckte. »Ich bin also eventuell doch ein Verlierer. Tut mir leid, Vater. Aber womöglich weißt du das längst von deinen Spionen oder so.«

Dorian verengte die Augen. »Du verhältst dich wie ein Narr«, sagte er. »Genau wie in den gesamten letzten Tagen. Anstatt vernünftig zu sein und zu mir zurückzukommen, lebst du hier deine Kinderfantasien aus. Du weißt gar nicht, wie gefährlich das ist!«

Kylian verdrehte die Augen. »Ich wollte nur reinen Tisch mit dir machen. Was das andere angeht: Das ist doch wohl meine Angelegenheit. Ich kann nicht erwarten, dass du es nach Jahren unserer Entzweiung verstehst.«

»Du hast den PAMO gestohlen.«

»Genau genommen hat er mich gestohlen.«

Dorian lachte kurz auf. »Du verständigst dich mit ihm, triffst freie Entscheidungen und auch jetzt bist du sogar ohne ihn unterwegs. Du hattest die Wahl zurückzukehren.«

»Selbst, wenn ich es gewollt hätte, zu einer solchen Entscheidung braucht es nicht nur meine Stimme«, stellte Kylian richtig. »Sie wollte auch nicht zurück.«

»Sie?«

»Ja: *Sie*. Euer sogenannter PAMO ist ein Weibchen und angesichts ihrer hochentwickelten Intelligenz vermag sie, eigene Entscheidungen zu treffen. Entscheidungen, die wir respektieren sollten.«

»Was geht hier eigentlich vor?«, fragte Sora ungeduldig.

»Erkläre ich dir später«, sagte Kylian.

Dorian zog eine Pistole aus seinem Mantel und sofort wurden die jungen Leute still. »Es wird eventuell kein Später geben, Kylian. Dies ist nicht eines deiner albernen Spiele. Ich habe keine Zeit für diesen Blödsinn. Ich kontrolliere dieses Gebäude und die Umgebung. Das Haus, in dem du lebst und in dem sich gegenwärtig das Wesen aufhält, ist umstellt. Ein Anruf und meine Soldaten werden es in die Luft jagen, sodass nichts mehr von deinem Freund übrig ist.« Er ließ die Waffe wieder verschwinden.

Kylian hob herausfordernd das Kinn. *Das machst du bislang richtig gut*, lobte er sich. »Was willst du?«

»Wir werden uns beide gemeinsam dem Gebäude nähern. Langsam und kontrolliert. Du wirst für uns mit dem PAMO kommunizieren. Wenn du dich an die Vorgaben hältst, wird niemandem etwas passieren.« Er fasste Sora demonstrativ ins Auge. »Am Ende des Tages wird das Wesen mich wieder begleiten und ihr könnt glücklich euer Leben weiterführen.«

*Mit all deinen Geheimnissen, ja?* »Und was ist, wenn ich mich weigere?«

»Wie schon gesagt, ich sehe den PAMO lieber tot als in den Händen eines unfähigen Jungen. Obendrein wirst du kein Zuhause mehr haben, was dann jedoch das Geringste deiner Probleme sein wird.«

Kylian spürte Soras verschwitzte Hand in der seinen. Sie blickten einander an. Ihr Gesichtsausdruck war voller Sorge und Angst. »Kann sie zumindest gehen?«, fragte Kylian kompromissbereit.

»Nein, sie wird mitkommen«, entschied Dorian.

Kylian seufzte. »Also gut, dann habe ich wohl keine andere Wahl.«

Dorian bleckte die Zähne. »Gehen wir. In diese Richtung.«

Als sie sich aufmachten, füllte sich das Einkaufszentrum

allmählich wieder. Offenbar wollte Dorian mit der Aktion zuvor nur bezwecken, dass Kylian sich nicht unter die Menschenmenge mischen konnte. Und dass sein eigener Auftritt epischer erschien. Nun gingen sie angespannt und mit schnellerem Schritt in Richtung Südausgang, Kylian und Sora voran, Dorian auf den Fersen.

Draußen wartete eine schwarze Limousine. *Wie unauffällig.*

»Wollen wir nicht die Straßenbahn nehmen?«, fragte Kylian.

Dorian öffnete die hintere Tür des Wagens. »Einsteigen.«

Kylian und Sora nahmen dicht nebeneinander Platz, die Hände immer noch zusammen, Dorian setzte sich ihnen gegenüber. »Den direkten Weg«, sagte er in ein Mikro zum Fahrer und ließ dabei seine beiden Gäste nicht aus den Augen. Dann zückte er ein Funksprechgerät. »Position beibehalten«, sagte er. »Wir kommen jetzt zu euch. Sind die Werte stabil?«

»Ja, die Luraanwerte im Gebäude bleiben konstant«, antwortete eine Stimme aus dem Gerät. Kylian glaubte, es war Gregor von Pallas. »Das Ziel scheint sich nicht zu bewegen.«

»Gut.« Die Limousine setzte sich in Bewegung.

Kylian versuchte, Sora aufmunternde Blicke zuzuwerfen, doch es wirkte nur bedingt. Das Mädchen fürchtete um ihr beider Leben, nachdem sie die Waffe gesehen hatte. Kylian spürte ein leichtes Zittern, als sich ihre Knie berührten. Sie tat ihm unendlich leid. *So viel zu der verbindenden emotionalen Achterbahn,* sagte er gedanklich zu Edmond. *Das hier ist sehr viel besser als jede Geisterbahn.*

Sie fuhren südwärts durch den stockenden Verkehr der Hauptstraße, um zu Kylians Wohnung zu gelangen. Unweigerlich würden sie in Kürze die Spree überqueren müssen, um sich ihrem Ziel zu nähern. Doch sie kamen nur langsam voran. Ampeln, viele Autos und Menschengruppen machten das Vorankommen schwierig. Dorian schaute schon ungeduldig aus dem Fenster.

»Schlechter Tag, um mich zu entführen«, bemerkte Kylian. »Heute finden schon wieder irgendwelche Paraden statt.«

Schließlich überfuhren sie im Schritttempo eine der Brücken des breiten Flusses. Sie hatten sie kaum befahren, da kam der Verkehr schon wieder zum Erliegen. Irgendwo weiter vorne hupte jemand.

Dorian schaute durch die Heckscheibe hinter ihr Auto. Umkehren und einen anderen Weg finden hätte genauso lange gedauert. Überall Fahrzeuge.

Kylian nahm erneut seinen Mut zusammen. »Ich muss dir noch etwas gestehen, Vater.« Dorian funkelte ihn böse an. »Ich bin im Besitz eines Steinchens, den ihr Lurit nennt. Onkel Landolf hat ihn mir geschenkt, als ich auf der Insel war. Nun bewahre ich ihn in meinem Zimmer unterm Bett auf.« *Na ja, ich hatte ihn eigentlich aus dem Umschlag.*

Dorian runzelte die Stirn. Es dauerte einen Moment, bis er verstand, was sein Sohn damit andeuten wollte. Es war nicht nur die kurze Geschichte eines Souvenirs, das Landolf ihm nie hätte mitgeben dürfen. Es war ein kleines Detail, das Dorians gesamten Plan durcheinanderbringen konnte. Ihm ein Stück der gewohnten Kontrolle entzog. Seine sonst so harten Gesichtszüge entgleisten ihm.

*Ich habe ihn tatsächlich überrascht.* »Ja, Vater, auch ich habe Pläne. Es tut mir leid, dass ich zu solchen Mitteln greifen muss, um dich zu beeindrucken.« Er lächelte.

Doch in Gedanken schrie er: *TURA, JETZT!*

# Kapitel 22

*Samstag, 1. August, Alexanderplatz, Berlin Mitte*

Zu ihrer Linken erschien eine Wasserfontäne. Mit ihr kam eine Gestalt aus dem Fluss geschossen und landete geschickt auf dem Brückengeländer. Tropfen perlten an ihrem stählernen Leib herab, als sie den Kopf hob und die Limousine fixierte.

Sora zuckte verängstigt zusammen. »Oh, Gott, was ist das?«, schrie sie und sprang fast auf Kylians Schoß.

Dorian nahm sein Funkgerät. »Sofort zu mir. Alle. Der PAMO ist hier. Im Haus befindet sich nur ein Lurit.« Mit fast schon anerkennender Miene betrachtete er seinen Sohn und sprach weiter. »Kylian hat uns eine Falle gestellt.«

Tura stieß sich vom Geländer ab und landete mit einem Rums auf der Limousine. Sofort riss sie mit ihren scharfen Krallen das Dach auf. Sonne flutete den Innenraum des Wagens, davor eine abstruse Silhouette. Tura ließ sich ins Auto fallen. Kylian löste sich von Sora, richtete sich auf und das Wesen umschlang seinen Leib. Die metallischen Gliedmaßen schlossen sich um die seinen und bildeten das Exoskelett. Ihre Gedanken und Gefühle verschmolzen miteinander, genau wie ihre Körper. Kylian sah die Welt nun mit Turas Augen.

Er sah Sora. Sie schluckte und wagte es nicht, sich zu bewegen. »Wie schon gesagt: Vertraue mir«, sagte er mit metallischer Stimme. Sora nickte knapp. Dann griff er nach ihr und drückte ihren federleichten Körper an sich. Zusammen sprangen sie aus dem Wagen und landeten auf dem Gehweg, wo Kylian das Mädchen sachte wieder herunter ließ.

Aus den Autos vor und hinter ihnen verließen die Leute ihre Fahrzeuge und rannten genauso wie die Fußgänger davon. Nur einige Schaulustige blieben, um die Situation aus sicherem Abstand zu beobachten. Manche zückten ihre Handys, um zu telefonieren oder ihre Kameras auf das Geschehen zu richten.

»K-Kylian ...« Sora versuchte sichtlich, etwas Menschliches in Turas Gesicht zu erkennen. Vergebens, selbst die roten Augen mit den länglichen Pupillen mussten auf sie bedrohlich wirken.

»Ja, ich bin es«, sagte er so ruhig, wie es ihm möglich war. »Ich erkläre es dir später. Erst einmal müssen wir das hier überstehen.«

»Okay ...«

Zwischen den vielen Autos näherten sich schwarz uniformierte Soldaten und richteten ihre Maschinengewehre auf die beiden. Sie mussten die ganze Zeit über in der Nähe gewesen sein.

Dorian stieg aus dem halbzerstörten Wagen und hob die Hand, um seine Männer zurückzuhalten. »Kylian, du begehst gerade einen großen Fehler. Du weißt nicht, was du da tust! Mag sein, dass du dich auf merkwürdige Weise mit diesem Wesen verstehst, aber höre zu: Hinterfrage die Dinge!« Alles war ruhig geworden, während Dorians Stimme über die Brücke hallte. »Es ist ein außerirdischer Parasit, der sich in deine Gedanken eingenistet hat. Du weißt nichts über ihn. Nichts über seine weiteren Fähigkeiten und nichts über seine wahren Absichten.«

»Dasselbe kann ich über dich sagen, Vater«, antwortete Kylian mit schwerem Ton. »Doch wem kann man es verübeln, dass er in erster Linie nur das Beste für sich selbst will? Entscheidend ist eher, was dies für die Allgemeinheit bedeutet. Und was das angeht, sind mir Turas Absichten willkommener als deine.«

Dorian lachte. »Du bist ein verdammter Träumer, Kylian! Willst ein Superheld sein? Der PAMO nutzt deine Dummheit aus, um dir den Lebenssaft auszusaugen. Mehr ist das nicht. Doch du merkst es nicht, weil du in deiner ganz eigenen Welt gefangen bist.«

Kylian biss die Zähne zusammen, während sich alles in ihm verkrampfte. Ja, womöglich war ein Funken Wahrheit an Dorians Worten. *Das sind genau die Dinge, die man von seinem Vater nicht hören will.*

*Zumindest ist er ehrlich*, meinte Tura. *Dennoch irrt sich dieser schlaue Mann. Ich nutze deine Superheldenträumereien nicht aus, sondern fand sie von Anfang an ebenfalls lächerlich.*

*Grrr, nehmt euch doch ein Zimmer!*

»Ich sehe, meine Worte machen dich nachdenklich, Junge«, rief Dorian.

»Natürlich, ein Sohn sollte aufhorchen, wenn sein Vater ihm etwas über die wirkliche Welt da draußen zu erzählen hat.« *Arsch. Tura, er will einen Keil zwischen uns treiben. Was schlägst du vor?*

Dorian streckte ihm von Weitem symbolisch die Hand entgegen. »Komm mit mir, Sohn. Ich werde dir helfen, den PAMO zu verstehen. Du wirst ein Teil von uns werden und viel Größeres für unser Land leisten, als du es bisher nur für diese Stadt getan hast. Ich zeige dir, wie man ein wahrer Held wird.«

*Ich glaube eher, dass er Zeit gewinnen will. Schau, wie sich seine Soldaten langsam formieren.*

*Du hast recht*, erwiderte Kylian und betrachtete die Eliteeinheiten. Dann war da noch dieser Funkspruch gewesen ... *Es macht ja eh keinen Sinn, wenn ich etwas zu ihm sage.*

»Ich werde darüber nachdenken, Vater«, sagte er laut. Und

noch einmal leise zu Sora: »Wieder festhalten, bitte.«

Sie hatte ohnehin keine andere Wahl, wenn sie nicht als Geisel enden wollte. Sora nickte entschlossen. Kylian griff um ihre Taille und zog sie abermals an seinen stählernen Körper. Schließlich ging er in die Knie und stieß sich ab. Sie sprangen weit hoch, über mehrere Autos hinweg und landeten außerhalb des Soldatenkreises. Kylian sprang noch zwei weitere Male, um aus dem Schussfeld zu kommen. Dann rannte er. Zurück in Richtung Alexa. Glücklicherweise hatte keiner der Soldaten auf sie geschossen.

*Glaubst du wirklich, er lässt dich jetzt für eine Weile in Ruhe?*, fragte Tura ungläubig. *Oder dass du dich jetzt verstecken kannst? Sie haben doch diese komischen Geräte, mit denen sie mich aufspüren können.*

*Erstmal weg. Wir müssen doch Sora in Sicherheit bringen.*

Sie hasteten die Hauptstraße entlang, möglichst ohne anderen Fahrzeugen in die Quere zu kommen oder aus Versehen irgendetwas zu zerstören. Kylian wich Autos aus oder sprang über sie hinweg, während viele von ihnen eine Vollbremsung hinlegten oder laut hupten. Von allen Seiten blickten ihm ungläubige Gesichter entgegen. Menschen hielten inne und staunten, als er an ihnen vorbeistürmte. Nur wenige sprangen beiseite oder schrien. »Da ist dieser Schildkrötenmann!«, rief jemand.

Als sie das Einkaufszentrum erreichten, sprang Kylian von einem Vordach auf das andere. Sora ächzte bei den Erschütterungen und krallte sich regelrecht an Turas Segmenten fest. Lange würde er sie so nicht mehr transportieren können.

Auf dem obersten Dach des Alexas angekommen, waren sie allein. Kylian ließ Sora herunter, die auf zittrigen Beinen ein paar Schritte rückwärts wankte. Tura öffnete den Kopf, sodass Kylian sie mit eigenen Augen sehen konnte. »Alles in Ordnung?«, fragte er mit seiner richtigen Stimme.

Sora atmete durch und nickte dabei. »D-das war heftig«, sagte sie. »Ich hätte mehr Actionfilme sehen sollen. Dann hätte ich gewusst, wie ich mich zu verhalten habe.«

»Ich fand, du hast deine Sache ganz gut gemacht«, lobte Kylian.

»Du hast Superkräfte?« Aus einiger Entfernung betrachtete sie die vollen Ausmaße von Turas Körper.

»Nein, nur einen außerirdischen Parasiten als Kumpeline. Sie gibt mir ihren gepanzerten Megakörper, dafür zeige ich ihr ein bisschen unsere Gegend.«

Sora hob eine Braue. »Das ist verrückt.«

»Ja, ist es.« Sie hörten ein Brummen aus der Ferne und blickten sich danach um. *Oh, Mist ...*

»Was ist das?«, fragte Sora nervös und deutete zu den fünf schwarzen Flugobjekten, die sich weit in der Ferne aus südwestlicher Richtung näherten.

»Kampfhubschrauber. Ich glaube, die gehören zu keiner Parade«, überlegte Kylian laut. Turas Kopf schloss sich wieder um seinen. Sora wurde immer ängstlicher. »Du versteckst dich hier«, befahl Kylian. »Ich locke sie weg. Wenn längere Zeit nichts mehr geschieht, dann verschwinde von hier.«

Sie nickte und suchte nach einer Versteckmöglichkeit. Niemand sonst befand sich hier oben. »Sei bloß vorsichtig, Kylian.«

Er hob einen metallischen Daumen mit einer glänzenden Kralle daran. »Versprochen.« Dann rannte er los, stieß sich von der Gebäudekante ab und schlug einen Salto in der Luft. Tura keuchte innerlich, als sie auf der Straße abrollten und dabei eine Druckstelle im Asphalt hinterließen. *Sorry, das musste jetzt cool aussehen.* Er rannte die Bahnschienen entlang in Richtung Alexanderplatz und die Hubschrauber folgten. *Dieses Wettrennen könnt ihr nicht gewinnen, Freunde.*

Bevor er den Bahnhof erreichte, sprang er über einen Biergarten zu seiner Linken hinweg und krallte sich an das dazugehörige Gebäude. Die draußen sitzenden Gäste schrien erschrocken auf, als sie das für sie Unfassbare sahen. Kylian sprang weiter nach oben und erreichte das Dach. Er überquerte die Fläche in kürzester Zeit und sprang zu einem noch höheren, aber dafür schmaleren Gebäude hinüber. In die Fassade gekrallt, stemmte er sich erneut nach oben.

*Pass auf!*, rief Tura.

Keinen Augenblick zu früh bemerkte er die sich nähernde Rakete und wich zur Seite. Beim Einschlag in die Hauswand explodierte sie und zerriss in einem riesigen Feuerball einen Teil des Gebäudes. Schutt und Stahlteile flogen in einer Druckwelle aus Staub davon, Kylian mittendrin. Er landete auf den Rücken, gefolgt von einer Lawine aus Geröll. Ein schrilles Fiepen benebelte seine Sinne.

*Komm zu dir!*

Sein Rücken schmerzte – durch Turas Panzer hindurch. Sie waren mehr als zehn Stockwerke tief gefallen. Mehrere Brocken Beton und Mauerwerk lagen um ihn herum verstreut – wie viel davon hatte ihn erwischt? Als Kylian sich wieder gesammelt hatte, prüfte er die Tauglichkeit seiner Gliedmaßen. Nichts war verletzt.

*Wenn uns das Ding getroffen hätte, wäre deine Heldenkarriere jetzt vorbei.*

Kylian achtete nicht auf ihre Worte. Er stemmte sich auf die Beine und blickte sich ungläubig um. Panik. Menschen schrien vor purer Angst und stoben in alle Richtungen davon. Das Brummen der Kampfhubschrauber kam von überall her. In dem Gebäude, das er hatte erklimmen wollen, klaffte ein riesiges Loch. Zwei Tote lagen in seiner Nähe – von den Trümmern erschlagen oder aus dem Gebäude gerissen, er wusste es nicht.

*Sie schießen*, wurde ihm bewusst. *Sie nehmen keine Rücksicht. Es ist ihnen egal, wenn Menschen dabei sterben.*

Überall auf dem Alexanderplatz tauchten Soldaten auf. Viele von ihnen trugen nicht nur Maschinengewehre. Sie waren mit größeren Kalibern ausgestattet. *Für deinen Vater ist meine Gefangennahme wichtiger als Einzelschicksale*, sagte Tura. *Denn er denkt, dass wir ansonsten Schlimmeres anrichten als er.*

*Oder er hat Angst, dass ihm eine zu große Macht entgeht.*

Kylian rannte los, als einer der Hubschrauber die nächste Rakete abfeuerte. Hinter ihm explodierte der Pflaster in einer Fontäne aus Steinen. Zeitgleich begannen die Maschinengewehre in näherer Umgebung zu rattern, während immer noch reichlich Zivilisten hilfesuchend über den Platz liefen – die Soldaten warteten nicht, bis sie sich aus der Schusslinie entfernt hatten.

Kylian stürmte einem der Elitekämpfer entgegen und stieß ihn mit voller Wucht zu Boden. Der Mann keuchte auf, als er im selben Schwung wieder hochgerissen und durch die Luft geworfen wurde. Er traf einen seiner Gefährten und beide blieben reglos liegen. Kylian blieb in Bewegung und spürte, wie unzählige Kugeln gegen Turas Panzer donnerten. Wie viele davon konnte sie aushalten? Einen weiteren Soldaten schlug er zur Seite und überquerte ein Stück Grünfläche mit Bäumen. Da löste sich erneut eine Rakete und ließ diesen Flecken Natur in Flammen aufgehen.

Mit einen Sprung entkam Kylian dem Geschütz, während zwei andere Helikopter sich von der anderen Seite näherten. *Krieg!*, dachte Kylian. *Das ist Krieg, verdammt!* Er erreichte den Neptunbrunnen, wo viele Leute in Panik ihre Taschen stehen gelassen hatten. Bis vor Kurzem hatten hier Kinder geplanscht, um sich bei der Hitze abzukühlen. Jetzt sprang TurTank auf die Kernstatue und riss dem steinernen Neptun seinen Speer samt Kopf und Arm vom Leib. Er zielte und warf. Das Geschoss bohrte sich ins Cockpit des Hubschraubers und tötete höchstwahrscheinlich den Piloten. Sofort geriet die Maschine außer Kontrolle und flog unkontrolliert dem Erdboden entgegen. Die darauffolgende Explosion stellte alle bisherigen in den Schatten.

Doch die Angreifer ließen sich von ihrem Verlust nicht beirren und schossen weiter ihre Salven auf Kylian ab. Dieser riss ein paar weiteren Figuren ihre Gliedmaßen ab, um sie gezielt auf Soldaten zu schmettern. Den Getroffenen wurden Schultern gebrochen oder Schlimmeres – Hauptsache, sie hörten auf zu schießen. Dann kam die nächste Rakete und beendeten Kylians Strategie. Der Neptunbrunnen flog in die Luft, Wasser und Staub regnete herab. Kylian war erneut beiseite gesprungen, raffte sich schnell wieder auf und lief vorwärts. Als Nächstes warf er sich auf das Dach des Menschenmuseums am Fuße des Fernsehturms. Im Augenwinkel hatte er durch die Fenster gesehen, dass sich darin Leute versteckten.

*Ich muss weiter!* Das Dach entlang rennend, sprang er an die Flanke des riesigen Turms und krallte sich in dem Beton fest. Dann kletterte er so schnell er konnte gen Himmel. *Der Neptunbrunnen ist eine Sache, aber ob ihr auch den Fernsehturm ohne zu zögern in die Luft sprengt?* Tatsächlich umkreisten die vier Kampfhubschrauber den Turm nur in unterschiedlichen Höhen und hielten ihre Raketen zurück. Doch dann feuerten sie mit Maschinengeschützen. Nicht immer gelang es ihnen, den Turm nicht zu treffen. Doch die wenigen Treffer fügten dem Wahrzeichen Berlins tiefe Wunden zu.

Kylian sprang seitlich am Turm empor wie ein Insekt und versuchte, das Bauwerk immer zwischen sich und den Angreifern zu halten. Einige Geschosse von großem Kaliber prallten gegen Turas Panzer und allein die Wucht hätte ihn beinahe vom Gebäude geholt. *Los jetzt!* Er kletterte weiter und weiter. Nach einer gefühlten Ewigkeit erreichte er die riesige Kugel. Er schlug ein Loch in sie hinein und kletterte ins Innere. Drinnen machte er sich erst gar nicht die Mühe, nach Türen zu suchen. Er sprang durch Wände und Decken, immer weiter nach oben. Im Restaurant angekommen, sah er Menschen, die bis eben verstört nach draußen geblickt hatten.

*Verdammt, wieso sind immer überall Leute? Wo soll ich hin, um niemanden zu gefährden?* »Haltet durch!«, rief Kylian und sprang weiter nach oben, bevor die Hubschrauber ihn durch die Fenster sehen und ein weiteres Massaker anrichteten konnten. Er passierte Technikräume, tote Räume und solche, mit denen er nichts anfangen konnte. Dann durchdrang er mit seiner übermenschlichen Kraft die Kuppel und stand oben auf der Kugel. Ein starker Wind stieß in dieser Höhe über die Elemente des Fernsehturms. Kylian schaute über den Rand hinweg und sah, dass die Hubschrauber noch immer weiter unten die Fenster nach ihm absuchten.

*Und jetzt?*, fragte Tura.

*Jetzt bin ich bereit für deine tollen Krallen.* Er ließ es zu, dass die fünf Krallen an jeder Hand auf einen halben Meter Länge wuchsen. Spitz und messerscharf. Er betrachtete die todbringenden Waffen und spürte Turas Entzücken. *Diese Menschen tun Unrecht. Es wird Zeit, ihnen eine Lehre zu erteilen.*

Er rannte die Kuppel entlang und stürzte sich in die Tiefe. Er hätte nicht gedacht, dass sein bisheriges Gefühl von Freiheit noch übertroffen werden konnte. Kylian flog und die Winde zerrten an ihm. Doch sie konnten ihm nichts anhaben. *Überhaupt nichts* sollte ihm mehr etwas anhaben können! Er durchschnitt die Luft und schoss kopfüber auf einen der Helikopter zu. Seine Krallen vernichteten beim Aufprall den Rotorkopf der Maschine. Die Blätter wurden abgerissen und schwarzer Rauch schlug Kylian entgegen. Fluguntauglich trudelte der Helikopter vom Himmel. Kylian stieß sich von ihm ab und landete wieder an der Turmflanke. Stumm betrachtete er sein Werk: Weit unten stieg eine Flammensäule empor, als die Maschine mitsamt Sprengstoffladung auf den Alexanderplatz prallte.

Kylian fackelte nicht lange und sprang zu dem nächsten

Kampfhubschrauber, der ihn nicht anvisiert hatte. Dieses Mal packte er das Heck, zerriss den Rotor daran und begann, zusammen mit dem riesigen Fluggerät durch die Luft zu kreisen. Da kam der nächste Hubschrauber in Sicht. Als dieser die näherkommende, unkontrollierbare Gefahr erkannte, feuerte er mit allen Mitteln darauf. Kylians Helikopter wurde von einem Kugelhagel durchsiebt, fing an zu brennen und die Soldaten darin wurden von ihren eigenen Leuten getötet. Doch das trudelnde Wrack behielt seinen Kurs bei und der andere Hubschrauber schaffte es nicht, auszuweichen. Kylian ließ sich fallen, als die beiden Maschinen kollidierten und in einem riesigen Feuerball vernichtet wurden. Während die Trümmer vom Himmel fielen, stieß er seine langen Krallen wieder in den Turm und ließ sich im kontrollierten Tempo bis nach unten gleiten.

*Da war es nur noch einer*, dachte Kylian und sah den übrig gebliebenen Kampfhubschrauber. Doch kaum am Boden angekommen, schoss bereits das Bodenpersonal wieder auf ihn. »Schluss damit!« Er sprang auf den ersten Feind zu und zerriss ihn mit seinen Krallen. Ähnliches geschah mit dem nächsten und übernächsten. Doch die anderen blieben standhaft und schossen weiter auf ihren Gegner. Kylian hatte keine andere Wahl, doch zumindest besann er sich dazu, die Krallen wieder einzuziehen. *Kein unnötiges Blutvergießen*, sagte er sich in seinem Rausch. So stürmte er von einem Feind zum nächsten und schlug sie nacheinander nieder. Erst als die meisten von ihnen besiegt waren und ihre reglosen Körper den Alexanderplatz pflasterten, begannen die Übrigen sich zurückzuziehen.

*Beenden wir diesen Krieg,* dachte Kylian entschlossen, als er den in der Luft stehenden Kampfhubschrauber betrachtete. Er machte sich bereit, der nächsten Rakete auszuweichen. Doch der Helikopter drehte ab und entfernte sich. »Hiergeblieben!«, rief Kylian und sprang hinterher.

Die Seitenluke des Hubschraubers öffnete sich und eine

Gestalt kam zum Vorschein.

Es war Gregor von Pallas. Er hob eine neuartige Waffe auf seine Schulter und schoss Kylian einen Kugelblitz entgegen – schneller als jede Rakete. Kylian war noch in der Luft, als ihn das Geschoss aus purer Energie erwischte und zurück zum Erdboden feuerte. Entsetzliche Qualen durchfuhren seinen Körper. Beim Aufschlag rollte er noch etliche Meter, ehe er auf dem Rücken liegen blieb. Bewegungsunfähig.

*Tura? Tura?!* Nur langsam kehrten ihre Sinne zurück. Es war wie im Kampf gegen Medium. Mit Elektroschocks konnte man Tura lahmlegen. Kylian befürchtete den nächsten Angriff, doch aus dem Augenwinkel sah er den Helikopter davonfliegen.

In Soras Richtung.

*Verdammt, los jetzt.* Die Kraft kehrte zurück und er richtete sich auf. Aus allen Häusern um ihn herum tasteten sich die Menschen vorsichtig wieder nach draußen. Polizeiwagen kamen angefahren.

*Das war übel*, meinte Tura trocken. *Während eines Sprunges können wir schlecht ausweichen, Kindchen.*

*Weiß ich doch.* Er stürmte los in Richtung Alexa. Zivilisten und Polizisten sprangen beiseite, niemand wollte ihm in die Quere kommen.

\*\*\*

»Dein Sohn ist vom kleinen Scheißer zum großen Monster geworden«, sagte Gregor durch das Funkgerät. »Vier Kampfhubschrauber vernichtet, alle Insassen tot. Das Bodenpersonal ist teilweise schwer verletzt oder ebenfalls erledigt. Einige haben sich vom Schlachtfeld entfernt.«

Dorian beobachtete den sich nähernden Helikopter, in dem sich sein Freund befand. »Die Überlebenden, ob Zivilist oder Soldat, werden die richtige Geschichte erzählen.

Die Welt wird erfahren, wer ihr Feind ist.« Er befand sich auf dem Dach des Alexa, hinter ihm stand sein eigener Kampfhubschrauber, der aus der Schlacht herausgehalten wurde. Die Motoren liefen, jederzeit für den Abflug bereit. Zwei Soldaten hielten das Mädchen fest. »Dein Freund wird gleich hier sein«, sagte er zu ihr. »Mach dir keine unnötigen Sorgen, ich werde ihm kein Haar krümmen.«

Sora hatte sich anfangs gewehrt, doch inzwischen blieb sie still und ergab sich ihrem Schicksal als Geisel. Die Tränen in ihrem Gesicht waren fast schon rührend. Sie antwortete lediglich mit einem bösen Blick.

Dorians Plan war einfach gewesen. Mithilfe seines verbündeten Codeknackers bei RAGNARÖK hatte er Kylians Handy eingesehen. Die Nachrichten mit seiner Schulfreundin ergaben seine Pläne für diesen Tag. Dorian brauchte nichts weiter zu tun, als sich selbst und seine Truppen zu positionieren, während die Polizei mit speziellen Anweisungen abgehalten wurde. Selbst das Kaufhaus zu sabotieren, war kein Problem gewesen. Dorian standen die besten Mittel zur Verfügung, doch lange würde er die Organisation RAGNARÖK nicht mehr unterwandern können. Sie hielt ihn für tot und keiner der Soldaten wusste, dass dieser Angriffsbefehl von ihm gekommen war. Das musste auch so bleiben. Erst einmal. Bis der nächste Teil seines Plans umgesetzt wurde. Nachdem er seinen Sohn im Alexa zu sich gelockt hatte, gab es genau zwei Möglichkeiten: Entweder hätte sich Kylian ergeben müssen, oder ... nun ja, es geschah genau das, was nun Realität war.

Gregors Maschine blieb in der Luft über dem Kaufhausgebäude. »Die Blitzkanone zeigte Wirkung, doch lange hält sie den PAMO nicht am Boden«, sagte er von dort oben durchs Funkgerät. »Ich glaube nicht einmal, dass ihn eine Rakete vollständig vernichten könnte.«

»Schon gut, mein Freund. Ab hier übernehme ich.« Er schaltete das Funkgerät aus und schob es in seine Tasche zurück. Genau in diesem Moment kam Kylian im Körper des PAMOs über die Brüstung des Daches gesprungen. Im Laufschritt näherte sich das stählerne Wesen.

Dorian zog seine Pistole und hielt sie Sora an den Kopf. Kylian blieb stehen.

»Du bist ein unglaublich dummer Junge, Kylian«, rief Dorian quer übers Dach. »Dachtest du wirklich, du könntest mich mit deiner puren Stärke besiegen und dich dann vor RAGNARÖK verstecken? Akzeptiere, dass deine sogenannten Superkräfte einen hohen Preis haben. Du bist nicht nur mit einer Geheimorganisation in Konflikt geraten, sondern auch mit deinem Vater – dem großen Dorian Karb. Wenn du brav bist, wirst du vielleicht noch Zeuge meiner grandiosen Wiederauferstehung von den Toten werden.«

»Was redest du da?«, fragte Kylian mit blecherner Stimme und hob eine Kralle. »Lass sofort Sora frei.«

»Alles zu seiner Zeit.« Er lächelte, glücklich darüber, dass sein Plan wieder einmal von Erfolg gekrönt war. Sicher, Kylian hatte ihn mit seiner Aktion vorhin auf der Brücke tatsächlich überrascht. Doch es war nichts im Vergleich zu dem, was dieser als wahrer Karb hätte hervorbringen müssen: Einen funktionierenden Plan, der von Anfang bis Ende durchdacht war und alle Eventualitäten berücksichtigte. Kylian war weiterhin eine Enttäuschung für die Familie. Allein deshalb würde er früher oder später von der Bildfläche verschwinden müssen. »Dies ist nicht der richtige Ort für ein klärendes Gespräch unter uns, findest du nicht auch? Ich meine, du hast schon genug Schaden in dieser Stadt angerichtet. Die Soldaten, zum Schutze dieses Landes auserkoren, konnten dir nicht das Wasser reichen. Einen nach dem anderen hast du besiegt, die meisten von ihnen sogar getötet. Mächtige schwarze Kampfhubschrauber sind nur noch Asche, während mindestens ein Wahrzeichen Berlins für immer verloren ist. Selbst Zivilisten sind deinem Krieg zum Opfer gefallen.«

»*Meinem Krieg?!*«, rief Kylian.

»Wessen sonst?«, fragte Dorian und hielt die Waffe weiter starr vor Soras Gesicht. »Ein wahres Monster zerlegte den Alexanderplatz – das war es, was die Menschen sahen. Frage sie doch selbst. Es ist zutiefst bedauerlich, dass deine Superhelden-Karriere so schnell endet. Doch zumindest hast du zu unseren Studien über dem PAMO beigetragen. Nun wissen wir, wozu er in der Lage ist.« Er packte Sora grob am Arm und das Mädchen erschrak. Die Soldaten ließen sie los und Dorian schubste sie ins Innere des Hubschraubers, wohlwissend, was dieser Anblick in Kylian auslöste. Dann gesellte er sich zu ihr, genau wie die übrigen Soldaten.

Soras verachtende Blicke durchbohrten ihn. »Du bist das *wahre* Monster«, sagte sie mit zittriger Stimme.

»Warte!« Kylian machte einen Schritt auf sie zu, doch Dorian presste demonstrativ die Pistole an Soras Schläfe. Er spürte, wie ihr Körper wieder vor Angst starr wurde. Und doch blieben ihre Augen gefasst.

»Nein, Kylian. Der weitere Plan sieht vor, dass du dich selbst wegen deiner Dummheit bemitleidest! Erst danach werden wir unser Gespräch fortsetzen – und zwar in meiner ganz privaten Forschungsstation!« Die Rotoren des Kampfhubschraubers begannen, sich zu drehen. »Rechne noch heute mit meiner Einladung«, brüllte er über den Motorenlärm hinweg. Dann hob die Maschine vom Dach ab. Zusammen mit Gregors Helikopter stiegen sie gen Himmel und flogen davon. Dorian sah von oben die unzähligen Polizeiwagen, die er selbst gerufen hatte. Sie umstellten das gesamte Gebäude, um nach dem Ungeheuer zu suchen. *Nun rette dich selbst, Junge.*

# KAPITEL 23

*Samstag, 1. August, Berlin Mitte*

*Sora ...* Kylian sah, wie die beiden Kampfhubschrauber am Horizont verschwanden, ohne dass er ihnen hätte folgen können. An Bord die Liebe seines Lebens. *Gekidnappt, verschleppt, als Geisel genommen – ich glaube es einfach nicht. Dabei hatten wir einen Plan.*

*Sein Plan war besser,* bemerkte Tura. *Und er ist noch nicht vorbei. Wir sind darin nur eine von vielen Marionetten.* Sein neu erwachter Mut sank ins Bodenlose. Kylian hatte so vieles in den letzten Tagen erreicht – war praktisch zum unbesiegbaren Helden geworden. Und trotzdem sollte sein Vater ihm einen Schritt voraus sein. *Wahrscheinlich hat er recht,* dachte er voller Selbstmitleid. *Ich, gerade mal der Schule entwachsen, will es mit RAGNARÖK aufnehmen? Das ist so lächerlich.*

Ihm waren die Sirenen, die in den Straßen unter ihm heulten, nicht entgangen. Polizei, Krankenwagen und Feuerwehr würden den Alexanderplatz nach Überlebenden absuchen. *Nicht nur,* sagte Tura. *Pass auf.*

Im Augenwinkel sah er Bewegungen. Polizisten hatten mit gezogenen Waffen das Dach des Alexa betreten und umkreisten ihn. Als sich Kylian zu ihnen umdrehte, machten sie sich bereit. »Keine falsche Bewegung!«, brüllte einer von ihnen und sprach etwas in sein Funkgerät.

*Die Heldenkarriere ist vorbei ... Jetzt bin ich ein Monster*

...
Kommentarlos lief Kylian los und sprang vom Dach. Ein Schuss folgte und die Kugel prallte an ihm ab. Er landete auf einem anderen Gebäude und machte sich auf den Weg nach Hause. Überall auf den Straßen in diesen Teil der Stadt herrschte Chaos. Alle hatten von dem Kampf gehört. Die Menschen befürchteten vielleicht einen Terroranschlag. Autos verstopften die Straßen in beide Richtungen und Fußgänger mussten von Beamten beruhigt werden. Ausnahmezustand. Kylian beeilte sich, den Alexanderplatz und seine Umgebung so schnell wie möglich zu verlassen, ohne Aufsehen zu erregen.

\*\*\*

Er brauchte keinen Schlüssel, um in seine Wohnung zu kommen. Die Tür hing lose in den Angeln und schwang einfach auf, als er mit seiner stählernen Pranke dagegen drückte. Drinnen war alles zerstört worden. Küche, Wohnzimmerschränke, Couch ... Ein Teil von Dorians Soldaten musste auf seinen Befehl hiergeblieben sein, um sich mit Messern und Schlagstöcken auszutoben. Geschirr lag in Scherben am Boden, sämtliche Bücher – und Comics! – waren quer in der ganzen Wohnung zerstreut. Alle Fenster waren eingeschlagen. Es war eine Katastrophe.

Tura löste sich von Kylian und ließ sich erschöpft auf einen großen Haufen Bücher nieder. Um ihren gemeinsamen Plan an der Brücke umzusetzen, war sie ein paar hundert Meter durchs Wasser getrieben und musste dann auch noch aus dem Fluss springen. Alles ohne Wirt, ganz zu Schweigen von der Nummer mit dem Dach der Limousine.

Kylian schaute in seinen Nachttisch und schnell wurde seine Vermutung bestätigt. Die Soldaten hatten den Lurit von Landolf aufgespürt und mitgenommen. Zumindest die geheimen Unterlagen von seinem Onkel hatten sie nicht entdeckt – diese lagen wohlbehalten in ihrem Versteck unter einer Fußbodendiele.

Zurück im Wohnzimmer wunderte er sich, dass der große Fernseher nicht zerstört wurde – dabei gab er für einen Schläger doch eine wunderbare Zielscheibe ab. Doch alles hatte einen Grund. *Sie wollen, dass ich ihn benutze ...* Kylian nahm die Fernbedienung und aktivierte das Gerät. Auf fast allen Sendern waren die laufenden Programme unterbrochen worden. Überall Nachrichten. Das Kernthema: Anschlag am Alexanderplatz.

»Oh, Gott«, murmelte Kylian und warf die Fernbedienung auf das mit Glassplittern bedeckte Sofa. *Aber das war zu erwarten.* Tura drehte sich zum Bildschirm. Moderatoren sprachen von einem Vorfall, wie es ihn nie zuvor gegeben hatte. Das Schildkrötenmonster wäre aufgetaucht und hätte den Alexanderplatz zerstört und Zivilisten angegriffen. Daraufhin wären Streitkräfte der Armee erschienen, um die Kreatur aufzuhalten. Doch sie alle wurden von ihr besiegt. Die Trümmer der vier Kampfhubschrauber wurden eingeblendet. Menschen, die in Anbetracht ihrer Verluste verzweifelten. Es gab unzählige Schwerverletzte und Vermisste. Die genaue Anzahl der Opfer stand noch nicht fest. Einsatzkräfte versuchten, alles wieder unter Kontrolle zu bringen.

Aufnahmen von den Kämpfen wurden gezeigt – meistens von Amateuren mit dem Handy gefilmt. Ja, ein Außenstehender sah lediglich eine fremdartige Kreatur, die gegen die Beschützer der Menschheit kämpfte.

*Jetzt hast du es sogar ins Fernsehen geschafft*, sagte Tura aus einen Schritt Entfernung.

»Er hat Mörder aus uns gemacht.« Kylian schüttelte ungläubig den Kopf. »Der Ruf von TurTank ist allemal dahin. Wir können nie wieder als Superheld erscheinen. Sie würden uns jagen.« Er sank auf die Knie und Verzweiflung wühlte ihn innerlich auf. »Wir haben nicht mal mehr ein richtiges Zuhause.« Er biss sich auf die Unterlippe. Tränen rannen ihm über die Wangen, als er sich abermals umsah. Alles war zerstört. Was sollte seine Mutter sagen, wenn sie das hier mitbekam?

Es war wie immer, erkannte Kylian. Kaum ging es ihm mal wirklich gut, folgte darauf ein entsprechendes Tief. Und dieses Mal hatte es ihn besonders hart erwischt. *Alles, was ich mir aufbaue, wird wieder zerstört.* »Verdammt nochmal ...«

Er zog die Taschenuhr aus seiner Hosentasche und warf sie in die Ecke. Tura folgte mit müder Kopfbewegung der Fluglaufbahn. Fast wie eine echte Schildkröte. *Dein Familienerbstück?*

»Ja ... Es war immer ein Stück Hoffnung gewesen. Dass ich eines Tages meinen Vater wiedersehen werde, sich herausstellt, dass er doch ein guter Mensch ist, und wir wieder eine Familie werden.« Kylian schaltete den Fernseher aus. Er konnte dieses Drama nicht mehr sehen. Sofort war es in der Wohnung fast angenehm ruhig. In Verbindung mit dem angerichteten Chaos wirkte die Atmosphäre nahezu endzeitlich. *Jetzt bin ich der gefallene Held*, dachte er bitter. *Jetzt habe ich fast alles verloren. Doch ich bin am Leben. Noch lange nicht besiegt. Und habe nichts mehr zu verlieren.*

Sein Handy vibrierte. Er zog es aus der Tasche und sah unzählige verpasste Anrufe und Mitteilungen. *War ja klar.* Seine Mutter hatte wohl mehrfach versucht, ihn zu erreichen. Letztlich schrieb sie eine Nachricht: *Kylian, geht es dir gut? Auf dem Alexanderplatz hat ein Anschlag stattgefunden! Bitte melde dich!* Natürlich, sie wusste von seinem Date in dieser Gegend. Er rief sie zurück und es dauerte nicht lange, bis sie ans Telefon ging.

»Kylian!«

»Alles gut, Mama. Ich bin jetzt zuhause.«

Sie atmete erleichtert aus. »Am Alex herrscht Chaos: Es

kommt überall in den Nachrichten. Scheinbar hat dieser Schildkrötenheld damit zu tun. Alle sagen, er sei böse. Ich bin nur froh, dass dir nichts passiert ist. Bist du rechtzeitig von dort weggekommen?«

Kylian überlegte. »Kann man so sagen.«

»Was war mit deinem Date? Sora?«

»Es lief wunderbar, zumindest solange, bis etwas dazwischen kam und wir das Treffen ein andermal fortsetzen müssen.«

»Was kam dazwischen?«, fragte sie, immer noch etwas aufgewühlt.

»Vater«, antwortete Kylian mit gleichgültiger Stimme.

»Dorian? Ich dachte, er wäre ...«

»Nein Mama, er ist lebendig. Hör zu, ich erkläre dir alles später. Jetzt muss ich erst einmal nachdenken. Überall herrscht Chaos. Ich bin nur mühsam wieder nach Hause gekommen und muss mich ausruhen. Dann muss ich ein paar Vorkehrungen treffen.« Kylian ging nebenher durch die Wohnung und betrachtete dieses Miniatur-Schlachtfeld. Sein Laptop war entzwei gebrochen worden. *Autsch.*

»Sei nur vorsichtig, mein Schatz. Überstürze nichts und halte dich von großen Menschenmengen und dunklen Straßen fern. Wer weiß schon, was wirklich da draußen los ist?«

»Die Medien übertreiben mal wieder«, sagte Kylian und sah durch das gesplitterte Fenster den Stau auf der Stadtautobahn in der Ferne. »Hör zu, ich komme nachher noch einmal kurz bei dir vorbei.«

»In Ordnung, aber pass auf dich auf.«

»Natürlich.« Er legte auf und sah die weiteren Meldungen auf seinem Display. Edmond.

*Was ist da auf dem Alex passiert?*, schrieb er. »Alles okay?«, fragte er in einer Sprachnachricht. »Übelste Explosionen, was hast du da nur angerichtet?« Ähnlich ging es weiter. Dann hatte er ein YouTube Video geteilt, in dem zu sehen war, wie TurTank die zwei Kampfhubschrauber am

Fernsehturm ineinander krachen ließ. Offenbar war es aus dem Turm gefilmt worden und der User schrieb: Nicht *TurTank ist böse, sondern die schwarzen Soldaten. Er hat uns nur vor ihnen beschützt!* Immerhin ein Fan war Kylian erhalten geblieben. Doch im weiteren Verlauf bemerkte er, dass im Internet inzwischen unzählige Diskussionsrunden zu diesem Thema entstanden waren. Die Menschen verglichen diesen Fall mit der Mithilfe TurTanks bei der Aufklärung des Schattenkinderfalls. Wie konnte es möglich sein, dass er sich erst als Held zeigte und dann zum Monster wurde? Auf der Suche nach Erklärungen wurden die aberwitzigsten Vermutungen abgestellt. Einer schrieb, dass TurTank zu einer bestimmten Tageszeit zu einer echten Schildkröte würde – einer übelgelaunten Schnappschildkröte, um genau zu sein. Doch andere stellten Thesen auf, die von der Wahrheit gar nicht so weit entfernt waren. Verschwörung. Korruption. Geheimnisse.

*Es gibt vielleicht noch Hoffnung,* dachte Kylian. *Zumindest für TurTanks Ruf.* Dieser kleine Lichtblick ließ ihn kurz aufatmen. Dann aber sah er die Nachricht von Sora auf dem Handy und ein Krampf zog sich durch seine Brust. Es war ein längerer Text. Geschrieben von seinem Vater.

*Dem Mädchen geht es gut. Es wäre nicht nötig gewesen, sie zu entführen, wenn du kooperiert hättest. Du hast ein geheimes Forschungsobjekt entwendet, also akzeptiere die Konsequenzen. Wenn du es nicht herausrückst, werden dich meine Männer überall auf der Welt jagen und jeder Polizist wird mit einem Sphärographen ausgestattet, um den PAMO aufzuspüren. Für dich selbst gibt es keine Karriere. Ich bezweifle, dass du dieses Leben willst. Dennoch möchte ich dir eine faire Chance geben. Eine zweite Option, die dir Mut machen wird und einen Ausweg bietet. Komme zu mir und wir reden über alles – von Vater zu Sohn. Wenn du es schaffst, mich von deiner Weltsicht zu überzeugen, darfst du mit deinem Mädchen und der Kreatur nach Hause gehen und weiterhin den Superhelden spielen. Ohne mein Einmischen. Dafür gebe ich dir mein Wort.*

»Er spielt mit meinen Gefühlen«, stellte Kylian fest und starrte weiter auf das Handy. »Es ist, als dringe sein Geist in mich ein, um mich zu infiltrieren. Damit ich mich selbst sabotiere und genau das mache, was er will.«

*Fast wie bei uns*, meinte Tura belustigt.

»Das Schlimme daran ist: Obwohl ich seinen Plan erkenne, habe ich gar keine andere Wahl, als das zu tun, was er verlangt.« Es war zum Verrücktwerden. Kylian würde zu ihm gehen und dennoch würde sein Vater die Weltsicht seines Sohnes nie im Leben anerkennen. Stattdessen würde er ihn zwingen, Tura abzulegen und zurückzulassen. Wenn Kylian Glück hatte, durfte er selbst danach ein einigermaßen normales Leben führen. Anstatt dass Dorian ihn für immer wegsperrte.

*Und wenn wir nicht gehen?*, rief Tura von der Seite.

Kylian seufzte. »Dann passiert, was er hier schon angedroht hat. Wahrscheinlich noch Schlimmeres. Aber es ist egal, wir müssen sowieso zu ihm, um Sora zu holen.«

*Wohin?*

Kylian schloss die Nachricht und sah, dass er außerdem eine E-Mail bekommen hatte. Genau wie schon einmal von Roxana Olena. Darin waren Flugtickets enthalten. Hin- und Rückflug, Letzterer für zwei Personen, damit er Sora mitnehmen konnte. Außerdem ein Spezialticket für den Transport einer Kiste, die bis zu zweihundert Kilo schwer sein durfte – quasi für besonders schweres Gepäck. Tura. »Er will es uns wirklich schmackhaft machen. Offenbar geht es wieder zu den Galapagosinseln.«

*Das Forschungszelt wurde doch zerstört*, erinnerte sich Tura.

»Hier ist noch eine Notiz«, sagte Kylian und zoomte auf dem Bildschirm heran. »Da steht: Suche mich auf Fernandina. Ich glaube, das ist die Insel neben Isla Isabela.«

Tura nickte, was seltsam aussah.

»Heute Nacht geht es los, vorher will ich noch bei Mama vorbeischauen. Am besten fahre ich gleich zu ihr.«

*Also willst du sein Angebot annehmen?*, fragte Tura besorgt. Immerhin ging es hier auch um ihr weiteres Schicksal. *Einfach hinfliegen und hoffen, dass alles gut geht?*

»Was bleibt uns weiter übrig? Die Lage ist eindeutig.« Kylian begann bereits, im Chaos zu wühlen, um seinen Rucksack für die Reise vorzubereiten. »Du und ich: Wir fliegen dahin, befreien Sora und klären alles mit meinem Vater. Dann geht es zurück nach Hause.«

Tura sah die Situation realistischer. *Er wird eine Falle stellen. Womöglich wird er uns zwingen, irgendeinen Raum zu betreten, wo wir mit Blitzen beschossen werden. Dann bin ich bewegungsunfähig und man wird mich dieses Mal wirklich gefangen nehmen. Er wird mich zwingen, für ihn zu arbeiten. Oder mich töten und aus mir etwas erschaffen, dass für eure Spezies erst richtig gefährlich wird. Du wirst allein sein und kannst dann überhaupt nichts mehr ausrichten.*

Kylian seufzte. Natürlich hatte sie damit recht.

*Dies ist nur eines von vielen möglichen Szenarien.* Es musste ihr sehr wichtig sein, wenn sie so lange mit ihm auf Entfernung kommunizierte.

»Also gut, was schlägst du vor?«

*Nicht verhandeln. Wir töten ihn bei der erstbesten Gelegenheit.*

Kylian schnaufte. Er brauchte einen Moment, um sich an den Gedanken zu gewöhnen. »Ein einfacher Plan. Hart und direkt ...« Er packte weiter seine Sachen zusammen, nun aber langsamer. Dorian war in jeder Hinsicht gefährlich. Aus unzähligen Situationen ging er als Sieger hervor. Kylian wusste es. Wirklich frei konnten sie nur werden, wenn sein Vater von der Bildfläche verschwand – und vielleicht wäre das sogar besser für die gesamte Welt. Wer wusste schon, was der Mann weiterhin für Pläne hatte?

*Kann ich es tun?*, fragte sich Kylian. *Meinen eigenen Vater umbringen? Wenn es keine andere Möglichkeit mehr gibt ...* Er seufzte und es fiel ihm schwer, das zu sagen. »Ja, es wäre wohl das Vernünftigste. Bei der erstbesten Gelegenheit ... Einen anderen Weg gibt es nicht. Nur so können wir uns retten.« Ihm saß ein Kloß im Hals. Bis hierhin hatte sich immer alles irgendwie ergeben: sein Sieg über die Schattenkinder und auch die Schlacht am Fernsehturm. Kylian hatte stets nur einen ungenauen Plan gehabt. Dieser hatte zwar ausgereicht, dennoch waren dabei Menschen verwundet und sogar getötet worden. Anfangs stand noch das Wohl der Stadt im Mittelpunkt, doch inzwischen ging es um ihn. Um Tura und ihre Entscheidungen.

»Wir haben zu viel einfach draufankommen lassen«, erkannte Kylian. Er ging an Tura vorbei und kniete sich zu Boden, um die Taschenuhr aufzuheben. Verträumt blickte er auf sie herab. »Ich habe eine große Macht durch dich erhalten. Doch bin ich ihrer überhaupt würdig? Leichtfertige Entscheidungen haben zu Unfällen geführt. Bis eben habe ich nicht einmal darüber nachgedacht, was passieren würde, wenn mein Vater nicht aufhört, uns zuzusetzen. Ob ich in der Lage wäre, ihn umzubringen. Ich habe solche Gedanken regelrecht verdrängt. Dadurch haben wir nun den Salat.«

*Du bist noch ein Kind in dieser Welt, so wie ich eines in der meinen war. Es ist deine Aufgabe zu wachsen und zu lernen. Umso schneller, wenn du in eine große Rolle gedrängt wirst und schwierige Entscheidungen treffen musst. Zum Wohle aller musst du dein wahres Ich finden. Nur dann wirst du allzeit wissen, was du tun musst.*

Kylian umschloss die Taschenuhr. »Ich möchte ein selbstbestimmtes und glückliches Leben führen. Alle, die mir wichtig sind, sollen zufrieden leben können. Damit dies geschieht, muss es der Welt um mich herum gut gehen. Wenn ich die Kraft habe, dazu einen Beitrag zu leisten, dann sollte ich es auch tun. Es ist meine Verantwortung gegenüber mir selbst und der Welt, in der ich lebe. Will jemand all dies zerstören, hat dieser jemand darin keinen Platz.«

*So ist es.*

Kylian stand auf und steckte die Taschenuhr in die Tasche. »Es wird Zeit, dass ich sie Vater zurückgebe.«

\*\*\*

Kylian biss die Zähne zusammen, als er am Krankenbett seiner Mutter saß und ihre Hand hielt. Hin und wieder hatte sie Zitteranfälle und heute ging es ihr wieder schlechter als sonst. Ihr Gesicht war blass und sie hatte abgenommen – was eigentlich schon gar nicht mehr möglich sein sollte.

»Was hat dein Vater gesagt?«, fragte sie mit ruhiger Stimme. Sie gab sich Mühe, gefestigt zu klingen.

»Er war nur auf der Durchreise«, antwortete Kylian, froh, dass er sich mit Worten vom Anblick seiner lebensschwachen Mutter ablenken konnte. »Er hat herausgefunden, dass meine Schulnoten doch nicht so gut waren. Das war leider ein Missverständnis, von dem ich dir auch noch erzählen wollte. Kann also sein, dass ich nicht gleich mit dem Studieren anfangen kann.«

Marina lächelte und verdrehte dabei die Augen. »Das ist doch nicht schlimm, Kylian. Hauptsache ist, dir geht es gut und du hast Freude am Leben.«

»Das sieht *er* offenbar anders. Für ihn war ich gleich wieder ein Versager. Wahrscheinlich will er mich nun nicht mehr unterstützen. Schließlich ist er verschwunden, aber wenigstens konnte er kurz Sora kennenlernen.« *Oder tut es vielleicht immer noch.*

»Versager ist ein schlimmes Wort. Ich glaube nicht, dass er es wirklich so meint.«

*Da kennst du ihn aber schlecht*, wollte Kylian sagen. Doch schnell fiel ihm ein, dass sie immerhin über zehn

Jahre mit ihm verheiratet gewesen war und im Vorfeld mit ihm noch eine weitere Zeit zusammen gelebt hatte. »Er kommt mir einfach wie ein gefühlloser Mensch vor, dem nichts wichtiger ist als die Karriere.«

Marina nickte knapp. »Dorian hatte schon immer Probleme, mit seinen Gefühlen umzugehen. Er ist nicht gefühlskalt, sondern eher verschlossen. Es war damals schon schwierig für mich, mit ihm warm zu werden. Eine Zeit lang hatte es funktioniert, irgendwie fand ich immer einen Weg. Doch irgendwann wurde er anders. Dann hat er sich sogar vor mir so sehr verschlossen, dass ich nicht mehr an ihn herangekommen bin.«

»Es hat etwas mit seiner Arbeit zu tun«, behauptete Kylian.

»Nicht unbedingt«, erwiderte seine Mutter und richtete sich etwas im Bett auf. »Er interessierte sich damals schon sehr für Politik. Ihm gefiel nie, wie unser Land regiert wurde und was draußen in der Welt einfach so passieren durfte, während wir uns ein Luxusleben gönnten. Krieg, Hunger, Terrorismus und so weiter. Es war ihm zuwider, dass in einer zivilisierten Welt solche Dinge noch Platz haben durften. Sein Zorn über die Situation wuchs Jahr um Jahr. Daher ging er zum Bund. Und danach zu RAGNARÖK. Weil er einen Weg finden wollte, die Dinge mitzubestimmen. Er wurde immer ehrgeiziger dabei und vernachlässigte schließlich seine Familie. Wir wurden nebensächlich, als er den Weg nach oben fand und dazu neue Freunde, die ihn dabei begleiten konnten.«

Kylian runzelte die Stirn. »Vater will also ... den Weltfrieden?«

»Das sagte er zumindest. Ein Ziel, das er über seine Familie stellen musste. Denn nur wenn es der Welt gut ginge, würde es auch ihm selbst und uns gut gehen.«

*Gott* ... Kylian schluckte. Genau diese Erkenntnis hatte er vorhin über sich selbst erlangt. War er seinem Vater etwa so viel ähnlicher, als er glaubte?

»Er ist ein eigenartiger Mann, das stimmt. Aber er war nie wirklich böse. Seine höchsten Ziele waren stets zugunsten der Gesamtheit.« Mutter seufzte. »Verurteile ihn nicht frühzeitig, Kylian. Das solltest du mit keinem Menschen machen. Alles hat seinen Grund. Und für dich und deinen Vater ist es sicher noch nicht vorbei. Gib ihm noch eine Chance.«

*Du weißt nicht, dass er Sora gefangen hält und mich erpresst ... Obgleich er mir die Möglichkeit gegeben hat zu verhandeln. Turas Schicksal ist für ihn von Interesse, weil er denkt, von ihr ginge eine Gefahr für die Welt aus. Andererseits will er die Welt mit ihrer Hilfe vor Gefahren beschützen. Dasselbe, was ich also machen will. Vielleicht ... gibt es ja doch eine Verhandlungsgrundlage für uns. Sollte ich ihm beweisen können, dass Tura gut ist, dann lässt er uns womöglich tatsächlich wieder gehen. Und alle wären zufrieden.* Kylian musste zugeben, dass der Gedanke einer Versöhnung viel schöner war als der, seinen Vater töten zu müssen. Wenn sie sich in Wahrheit gar nicht so unähnlich waren, konnten sie vielleicht zusammen die Welt beschützen. *Das wäre wunderbar.*

»Es gibt keine bösen Menschen da draußen«, sagte Marina. »Aus ihrer eigenen Sicht tun die Menschen immer etwas Gutes.«

»Danke, Mama.«

Nach weiteren gemeinsamen Momenten verabschiedete Kylian sich von ihr. Er hoffte so sehr, dass die Medizin ein Heilmittel gegen diesen seltsamen Krebs finden würde, der sie nach und nach dahinraffte. Sie war ein wirklich guter Mensch und verdiente es einfach, am Leben zu bleiben.

Als er das Krankenhaus verließ, traf er eine Entscheidung. Er würde Dorian nicht töten. Zumindest nicht sofort. Stattdessen müsste er das Gespräch auf den gemeinsamen Nenner lenken, um mit ihm zu kooperieren. Nur so gab es

Hoffnung auf Frieden zwischen ihnen. Und wenn nicht ... Nun, dann musste Kylian schnell handeln und ihn zum Wohle aller doch noch umbringen. Außerdem eine Möglichkeit finden, mit dem darauffolgenden schlechten Gewissen umzugehen.

Nun musste er nur noch Tura von dem neuen Plan überzeugen.

Kylian schulterte seinen Rucksack und schrieb im Laufen eine Textnachricht an Edmond: *Bin wieder für einige Tage weg. Muss was Wichtiges erledigen. Mit meinem Vater endlich reinen Tisch machen. Ich melde mich, wenn ich zurück bin.*

Die Sonne ging bereits unter und er holte Tura in einer einsamen Gasse ab. Mit dabei ein stabiler Einkaufswagen. Von dort aus ging es zum Flughafen Schönefeld. Sie schlichen sich nahe genug an das Gelände heran, ehe sich das Alienwesen wieder von ihm löste und sich in dem Wagen so ungelenk zusammenknautschte, dass es wie ein Haufen Schrott aussah. Dann erst betraten sie das Hauptgebäude. Nachdem Kylian sich ausgewiesen hatte, ging er zu einem Schalter, der für Sperrgut oder Gegenstände von hohem Wert zuständig war. Dank des speziellen Tickets war es kein Problem, Tura mit auf die Reise zu nehmen. Sie wurde aus dem Transportwagen in eine Holzkiste gehievt und für den Frachtraum der Maschine fertig gemacht. *Guten Flug, meine Liebe. Aber ich befürchte, du bekommst keinen Fensterplatz.*

*Auf dem Rückflug tauschen wir*, hallte die Antwort in seinem Kopf.

*Du wirst noch ein paar Jahre warten müssen, bis Aliens so gleichberechtigt behandelt werden.* Kylian betrat in der frühen Nacht ebenfalls den Flieger und begab sich auf die lange Reise zu seinem Vater. »Bringen wir die Sache zu Ende«, flüsterte er entschieden und blickte mit zusammengekniffenen Augen aus dem Fenster.

»Wie bitte?«, fragte sein korpulenter Sitznachbar.

»Ach, nichts. Hab nur laut gedacht. Einen angenehmen Flug wünsche ich.«

# KAPITEL 24

*Montag, 3. August, Galapagosinseln*

Beim Verreisen ließ man alle Arbeit und Probleme zuhause, um am Ziel in ein anderes Leben einzutauchen und zu entspannen. Erst recht, wenn die Reise zu den weit entfernten Galapagosinseln führte. Schon aus dem Flugzeug heraus betrachtet, war die Schönheit ihrer Natur überwältigend und ließ einen alles andere vergessen.

*Nicht bei mir,* überlegte Kylian. Denn ihn führten seine Probleme genau hierher. Die Flugpassagiere begannen sich zu wundern und zu staunen, als am Horizont eine riesige Rauchsäule auftauchte. Offensichtlich kam sie von einer der westlichen Inseln. Kylian betrachtete das Gebilde aus schwarzem Qualm, der hoch in den Himmel stieg. Er hatte so etwas schon in vielen Büchern gesehen.

»Das ist ein Vulkanausbruch«, erkannte jemand im Flieger.

Der Wind schob den Rauch weiter auf den Pazifik, weshalb er die Landung auf Isla Baltra nicht stören sollte. Somit lief alles planmäßig und Kylian erreichte am Montagmorgen sein Ziel. Das unzählige Umsteigen und die Zeitverschiebung hatten ihn nicht so müde gemacht wie beim letzten Mal. Das lag vielleicht an Turas Einfluss oder an den bevorstehenden Ereignissen, die große Achtsamkeit erforderten.

Kylian nahm seinen Rucksack und verließ das Flugzeug. Einen Koffer hatte er nicht abzuholen, dafür eine große

Güterkiste. Diese war bereits abgeladen worden und befand sich schon in einem abgeteilten Lager.

Ein dunkelhäutiger Staplerfahrer zeigte ihm die richtige Kiste und fragte dann in schlechtem Englisch, wie Kylian gedachte, sie weiter zu transportieren. Ob irgendwo ein Transporter dafür bereitstünde.

Kylian tat so, als verstand er kein Wort. Mit Händen und Füßen sowie mit einigen Brocken Englisch versuchte er, dem Mann verständlich zu machen, dass er seinen Vorgesetzten holen solle, da hier ein Missverständnis vorläge. Der Staplerfahrer nickte gelassen und fuhr mit seinem rudimentären Fahrzeug davon.

Als Kylian allein war, öffnete er die Kiste. *Sind wir etwa schon da?*, fragte Tura, als sie heraussprang und sich mit ihm vereinigte.

*Schon? Ich glaube, wir sollten uns mal über dein merkwürdiges Zeitgefühl unterhalten.* Kylian blickte sich um und schlich über das Gelände. Glücklicherweise war es weniger gut gesichert als jenes in Berlin. Nachdem er über den hohen Zaun gesprungen war, rannte er mit übermenschlicher Geschwindigkeit bis zum Strand. *Schön, wieder hier zu sein*, sagte er und sog durch Turas Nüstern die Meeresluft ein.

*Das Schicksal hat uns hierher zurückgeführt. Irgendetwas haftet an diesem Ort, das wir nicht verstehen können.*

*Das klingt jetzt sehr esoterisch*, erwiderte Kylian.

*Mein Absturz vor so langer Zeit. Diese Organisation RAGNARÖK. Unsere Begegnung und nun die Auseinandersetzung mit deinem Vater. Starke Gefühle prägen diese Inseln*, erklärte Tura. *Ich fühle mich ... unwohl.*

*Hm, machen wir uns auf den Weg. Erst einmal will ich sehen, was aus dem Forschungszelt auf Isla Isabela geworden ist.* Er sprang in den Pazifik und schwamm los gen Westen. Da Tura immer noch zum Großteil die Meeresschildkröte verkörperte, war es mithilfe ihrer großen Pranken ein Leichtes, sich durch die Wellen zu bewegen. Auf dem Weg zu ihrem ersten Ziel brachte Kylian den Mut auf und äußerte seine Gedanken zum neuen Plan.

*Ich dachte, wir wären uns einig gewesen*, begann Tura. Dann öffnete sich ihr die Erinnerung an das Gespräch zwischen Kylian und seiner Mutter. Eine Weile blieb sie still. *Was du da vorhast, ist sehr gefährlich*, sagte sie schließlich. *Ihr seid Vater und Sohn und habt ein ähnliches Ziel vor Augen. Doch euer Weg ist ein gänzlich anderer. Dorian ... Als er mir erstmals gegenüberstand und du bewusstlos warst, war er frei von Furcht. Dieser Blick: Er weiß, was er will, und macht keine Kompromisse. Nichts kann ihn von seinen Plänen abbringen.*

*Und was will er deiner Meinung nach? Ich meine, außer den Weltfrieden.* Sie schwammen südlich an der Insel Santiago vorbei, wo sich eine Gruppe Seerobben am Strand lümmelte.

*Das, was alle wollen: Macht. Doch er ist nicht nur dazu fähig, sie zu bekommen, sondern auch sie zu nutzen. Seine geistige Substanz besitzt eine äußerst komplexe Struktur. Er nimmt viele Persönlichkeiten an und verschleiert seine wahren Absichten. Seine Worte und Taten sind für mich ein Rätsel. Das macht mir Angst. Und es sollte auch dir Angst machen. Der Mann ist gefährlich für deine Welt. Es tut mir leid, dass er ausgerechnet dein Vater ist.*

*Das ist wohl Schicksal. Wir werden sehen, was das alles zu bedeuten hat.* Kylian verschloss wieder seine Gedanken – eine Fähigkeit, die er inzwischen gut im Griff hatte. War Turas Meinung zu Dorian übertrieben? Letztlich war er auch nur ein Mensch mit Gefühlen, so wie Mutter gesagt hatte. *Er hat Ziele, aber auch Schwächen. Wir müssen einfach extrem vorsichtig sein*, entschied Kylian.

Sie schwammen ununterbrochen. Nachdem sie eine längere Zeit unterwegs waren, erreichten sie endlich die Ostküste von Isla Isabela. Sie gingen an Land und schauten sich um. Es waren keine Soldaten zu sehen. Es lag noch eine weitere große Strecke vor ihnen, denn die ehemalige Forschungseinrichtung und schließlich Fernandina lagen auf der anderen Seite der Insel. So machten sie sich ohne Umschweife wieder auf den Weg, erst einmal bergauf, um die Vulkankette zu überwinden. Sie passierten eine unberührte Flora und Fauna. Als sie den Pass erreichten, hielt Kylian inne, weil sich ihnen hier ein atemberaubender Anblick bot: eine gigantische Rauchsäule. Riesige Massen an schwarzem Qualm stiegen von der gegenüberliegenden Insel empor und verdunkelten den Himmel. Ein tiefes Grummeln ging von ihr aus. Es war der Vulkan von Isla Fernandina. Er war aktiv.

*Nicht zu fassen*, sagte Kylian in Gedanken. *Und da müssen wir hin. Wieso muss der ausgerechnet jetzt ausbrechen? Ich hoffe nur, Sora geht es gut.* Oder war das etwa Teil von Dorians Plan? Unmöglich, er konnte niemals einen ganzen Vulkanausbruch für ein Treffen zwischen Vater und Sohn arrangieren. Wozu?

*Tura?* Sie schwieg. Kylian spürte ein Entsetzen in ihr, wie er es nie zuvor erlebt hatte. Es mochte sein, dass sie Angst vor Dorian hatte, aber was jetzt von ihr ausging – *das* war wirkliche Angst! *Ist alles gut?*

*Ich weiß es nicht*, antwortete sie langsam. *Dieses Bild ... Es erinnert mich an etwas. Starke Erschütterungen trüben die Erinnerungen an meine Ankunft auf diesem Planeten. Doch hier wird mir klar: Dieses Bild habe ich schon einmal gesehen.*

*Wahrscheinlich war der Vulkan bei deiner Ankunft ebenfalls aktiv*, mutmaßte Kylian.

*Mag sein, aber da ist noch etwas anderes. Alles ging so furchtbar schnell, ich war in Panik. Wieso bin ich überhaupt auf diesem Planeten gelandet? Ich weiß es nicht. Nicht einmal, wie ich hier runtergekommen bin.*

*Offenbar ohne Raumschiff.*

*Der Himmel war dunkel und Feuer fiel von ihm herab ins*

*Meer. Ich hatte keine Zeit zu verlieren. Ich brauchte einen Wirt. Die Schildkröte. Ich musste von hier verschwinden, so schnell wie möglich. Doch meine Kraft war erschöpft und das Tier musste schon sehr alt gewesen sein. Als es starb, verlor ich endgültig das Bewusstsein.* Bereits bei ihrem letzten Aufenthalt auf den Galapagosinseln hatte Tura sich unwohl gefühlt und wollte unbedingt verschwinden. Kylian hatte angenommen, dass es wegen RAGNARÖK war, doch es schien mehr dahinterzustecken. Der Ursprung von Turas Angst lag viel weiter zurück.

*Wenn hier ein Vulkan ausbricht, würde ich auch am liebsten verschwinden,* gab Kylian zu. *Doch leider müssen wir eher zu ihm hin.*

*Das ist schlimm genug,* erwiderte Tura. *Doch es ist kein Zufall. Wir müssen noch viel vorsichtiger sein, ich spüre eine entsetzliche Gefahr, die von diesem Ort ausgeht.*

*Noch vorsichtiger kann man gar nicht mehr sein, glaube ich.*

*Meine Erinnerungen sind lückenhaft. Es ist, als wolle sich mein Körper gar nicht an die Ereignisse von damals erinnern. Doch das hier ist Schicksal. Ich muss mich dem stellen. Vielleicht erfahre ich nun mehr über mich selbst.*

Kylian nickte und machte sich bereit für den nächsten Sprint. *Also gut, dann bin ich jetzt zumindest nicht mehr der Einzige von uns, der hier was Wichtiges zu erledigen hat. Beruhigt mich irgendwie.* Nun ging es bergab und Kylian rannte dem Meer entgegen. Wieder legten sie etliche Kilometer zurück, durch Wälder und über Wiesen – einmal wären sie fast über eine Riesenschildkröte gestolpert. Dann erreichten sie den Strand und Kylian lief ein großes Stück nordwärts, bis sie die gesuchte Stelle erreichten.

Das große Forschungszelt, in dem Kylian seinen Vater besucht hatte, war verschwunden. Stattdessen klaffte im Boden ein riesiges Loch. Die ganze Umgebung war rußgeschwärzt. Mit etwas Phantasie konnte man Reste von

Metallstangen und geschmolzenes Plastik in der aufgewühlten Erde erkennen.

*Sieht wirklich wie eine Explosion aus*, überlegte Kylian. *Eine Gasexplosion. Aber trotzdem müssten doch überall Trümmerteile herumliegen.*

*In eurem Weltnaturerbe?*, fragte Tura skeptisch.

*Hm, womöglich wurde alles weggeräumt. Vielleicht von RAGNARÖK persönlich – immerhin war das hier eine geheime Basis. Aber wenn dem so ist, hätten sie sich mehr Mühe geben sollen.* Kylian fegte mit dem stählernen Fuß durch den schwarzen Sand.

*Immerhin war die Sache mit dem Unfall doch nicht so weit hergeholt. Aber warum sollten sie ihre eigene Forschungseinrichtung in die Luft sprengen? Was für einen Sinn macht dieses Verhalten deiner Spezies?*

Kylian überlegte. *Ich weiß es nicht. Vielleicht Täuschung. Die Absichten meines Vaters gehen weit über das hinaus, was er uns offenbarte. Wer weiß, ob woanders nicht ähnliche wirre Dinge geschehen sind?*

*Also sind wir nicht die Einzigen, mit denen er sein Spiel treibt.*

*Mit Sicherheit nicht.*

Tura seufzte innerlich. *Ihr Menschen seid merkwürdig. Wieso wählt ihr nicht den direkten Weg und rückt gleich mit der Sprache heraus?*

*Hier werden Kriege geführt. Und Kriege finden in erster Linie im Kopf statt. Waren das gerade meine eigenen Worte?*, dachte Kylian verblüfft. *Nicht übel, das muss ich mir später aufschreiben. Bloß nicht vergessen bis dahin.*

*Lass uns weiter zur eigentlichen Insel*, schlug Tura vor, als sie immer noch durch die verwüstete Landschaft tappten. *Ich will das alles hinter mich bringen.*

*Ich auch*, gab Kylian zu. Er wandte sich dem qualmenden Vulkan zu und atmete tief durch. *Allmählich wird es ernst.*

***

Sie näherten sich Fernandina von Norden her. Unter Wasser begegneten sie merkwürdigen Kreaturen. Irgendwelche Echsen. *Gibt's hier etwa Krokodile?,* überlegte Kylian. *Im Pazifik?* Am Ufer angelangt, verließ er vorsichtig das Meer. Nirgends war ein Mensch zu sehen, aber der Berg und die schwarzen Rauchschwaden bauten sich auf und wirkten aus der Nähe umso bedrohlicher. Am Strand tummelten sich weitere von den Reptilien. Jetzt erkannte Kylian, was sie waren: Meeresleguane, eine von vielen einzigartigen Tierarten der Inseln. Angesichts des Vulkangrummelns erschienen auch sie nervös und sprangen ins Meer, um zu fliehen. *Ja, verzieht euch lieber. Hier wird es gleich ungemütlich.*

Er erklomm die nächste Anhöhe und überblickte mehr von der Landschaft, die etwas karger ausfiel als auf den anderen Inseln. Vor nicht allzu vielen Jahren war der Vulkan schon einmal ausgebrochen und hatte eine Spur der Verwüstung hinterlassen. Auf den Lavafeldern wuchsen lediglich seltsame Kakteen. Wo würde das Magma dieses Mal langfließen?

Von hier aus sah Kylian ein Zelt. Daneben zwei ruhende Hubschrauber.

*Bereit, Tura?*

*Immer.*

Es gab nicht viele Möglichkeiten, sich anzuschleichen, also setzte Kylian auf Schnelligkeit. Mit wenigen weiten Sprüngen erreichte er die Forschungseinrichtung, die weitaus kleiner ausfiel als die letzte. Um genau zu sein, wirkte sie eher wie ein dezentes Partyzelt. Ein größerer Bereich hatte keine Plane und es war alles einsehbar. Ein Tisch, ein paar Stühle, Kisten in den Ecken. Keine Soldaten. Keine Wissenschaftler.

Nur zwei Personen.

Kylian blieb demonstrativ vor dem Eingang stehen und

versuchte bedrohlich auszusehen. Das Camp war gänzlich anders, als er es sich vorgestellt hatte, so klein und ohne modernen Schnickschnack. Kaum zu glauben, dass sich hier eine Falle auftun sollte. Obgleich er nicht wusste, was im verschlossenen hinteren Bereich auf sie wartete.

»Na endlich, der kleine Scheißer ist da.« Gregor von Pallas ließ sich nicht davon abhalten, in aller Ruhe einige todbringende Waffen in einem Koffer zu verstauen. Der Mann sah nicht nur aus wie ein furchtloser Killer. Er war es auch.

Die zweite Person war Sora. Sie saß an einen Stuhl gefesselt und geknebelt. Hoffnungsvoll blickte sie zu ihrem potenziellen Retter.

»Wo ist Dorian?«, fragte Kylian ernst.

»Dein Vater ist nicht hier«, erzählte Gregor und wuselte weiter unter dem Vordach herum. Als wäre nichts zwischen ihnen vorgefallen. Als würde Kylian nicht gerade einen todbringenden Parasiten als stählernen Anzug tragen. »Aber er sagte mir, du würdest bald kommen. Hätte nicht gedacht, dass ich das noch miterlebe.« Offensichtlich hatte er vor, diesen Ort zu verlassen.

»Wo willst du hin?« Kylian behielt den Mann genauestens im Auge. War dies Teil einer Finte?

»Wir geben diese Basis auf, Junge. Oder glaubst du, wir sind hier, um herauszufinden, wie sich ein Bad in dem Magma anfühlt?« Er schulterte ohne Mühe einen übergroßen Rucksack und prüfte gewissenhaft jeden einzelnen Verschluss. »Unsere Forschungen hier sind abgeschlossen. Ich mache mich auf den Weg zu deinem Onkel und den anderen. Mal hören, was sie in der Zwischenzeit so erlebt haben. Doch ich denke, unseren kleinen Krieg in der City können sie nicht toppen, was?« Er grinste höhnisch, ging zu Sora und riss ihr das Klebeband vom Mund.

»Aua!«, schrie sie und verzog das Gesicht. Kylian lief zu ihr, während der General wieder zurücktrat.

»Ich glaube, die Ketten bekommst du alleine auf. Du solltest das Mädchen mitnehmen und ebenfalls verschwinden.« Der Soldat schloss den Koffer und stellte sich abflugbereit hin.

Tura öffnete den Kopf, sodass Sora Kylian betrachten konnte. »Geht es dir gut?«, fragte er und brach die Fesseln. »Haben sie dir etwas angetan?«

Sora schüttelte den Kopf. »Nein, alles in Ordnung.« Trotzdem hatte sie Angst und als sie frei war, warf sie sich Kylian um den Hals. »Danke, dass du gekommen bist. Ich habe mir schon solche Sorgen gemacht.«

»Und ich erst!« Kylian konnte nicht anders, als breit zu lächeln, überglücklich, sie endlich wiederzusehen. »Musste erst um die halbe Welt reisen, um dich zu finden.«

Sie zuckte mit den Schultern. »Es wird hoffentlich nicht wieder vorkommen. Es ist egal, was alle anderen sagen: Du bist wahrlich ein Held!«

»Wie rührend«, kommentierte Gregor.

Kylian wandte sich um. *Was drehst du ihm den Rücken zu?*, fauchte Tura im Hinterkopf. *Konzentriere dich.*

»Dein Vater wartet nahe des Gipfels auf dich«, sagte Gregor. »Ein seltsamer Ort, um ein klärendes Gespräch zu führen, aber in letzter Zeit ist der gute Mann ohnehin etwas merkwürdig. Ich empfehle euch, die Sache schnell über die Bühne zu bringen.« Er nahm seinen Koffer und ging zu einem der Hubschrauber. »Viel Glück«, rief er, ehe er seine Sachen hineinwarf und sich ins Cockpit setzte. »Oh, und eine Sache noch: Denkt nicht daran, jetzt einfach zu verschwinden. Dann wird dein Vater nämlich all seine Drohungen wahrwerden lassen. Und Schlimmeres.« Er grinste, stieg ein und startete die Motoren. Dann hob er ab und flog mit lautem Getöse gen Norden davon.

»Kylian, wir müssen hier weg«, flehte Sora.

»Ich weiß.« Er überlegte. Konnte er jetzt einfach mit ihr verschwinden? Nein, das wäre zu einfach. *Allgemein läuft das hier viel zu einfach*, stellte er fest. »Hat mein Vater irgendetwas dir gegenüber gesagt? Etwas Wichtiges?«, fragte er.

Sora zog unsicher die Stirn kraus. »Relativ. Eigentlich hat er mich gut behandelt. Für eine Gefangene meine ich. Erst kurz bevor du kamst, haben sie mich gefesselt. Ich glaube, sie wollten dir eine Show liefern.«

»Eine Show?« *Seltsam.*

»Dieser Vulkanausbruch«, sagte sie nervös. »Er ist keines natürlichen Ursprungs. Ich habe mitbekommen, dass dein Vater irgendeine seismische Maschine angewendet hat, um den Berg in diesen Zustand zu versetzen. Sie haben den Vulkan künstlich aktiv werden lassen. Ich habe noch nie von solch einer Technologie gehört.«

*RAGNARÖK-Technologien.* »Wozu das Ganze?«

»Ich weiß es nicht. Doch wir müssen so schnell wie möglich hier weg.« Sie sah sich ungeduldig um.

Kylian überkam das ungute Gefühl, dass der Vulkan jene Falle war, die er und Tura erwartet hatten. »Nein, Sora. Du hast gehört, was der Soldat gesagt hat. Wenn wir jetzt gehen, werden die Probleme nur noch größer. Ich bin hier. Er ist hier. Es wird Zeit, unseren Zwist ein für alle Mal zu beenden.« Sie gingen nach draußen und schauten zu dem Berg empor. Es war denkbar, dass bald ein Strom aus Magma diesen Teil der Insel verschlingen würde. Dadurch würde aber auch der letzte Kampfhubschrauber zerstört werden, wodurch Dorian nicht mehr entkommen konnte. »Zuerst werde ich dich in Sicherheit bringen.« Er blickte sie vielsagend an.

»Tu nichts Unüberlegtes.«

»Ich habe meine Wahl bereits getroffen. Komm Sora, spring auf.« Turas Kopf schloss sich wieder um den seinen und er ging auf die Knie. Sora schaute skeptisch, also half er ihr behutsam beim Aufsteigen und hielt sie zusätzlich fest. Der Rock erschwerte ihre Bewegungsfreiheit, doch trotz der

Umstände achtete sie darauf, einigermaßen damenhaft zu bleiben.

»Ich bin noch nie auf einer Schildkröte geritten«, kommentierte sie.

»Festhalten.« Er rannte zurück zum Ufer und hinein ins Wasser. Sora musste nun ganz auf seinen Rücken klettern. Trotzdem wurde sie nass, was bei dem warmen Klima glücklicherweise nicht allzu schlimm war. Zumindest beschwerte sie sich nicht. Vielleicht gefiel es ihr sogar. Als sie den Strand von Isla Isabela erreichten, ließ Kylian sie sorgsam herunter.

Sora grinste über beide Ohren. »Das müssen wir unbedingt öfter machen.«

Kylians Helm öffnete sich. »Das hättest du wohl gerne: mich als Reittier zu benutzen«, sagte er neckisch, ehe ihm klar wurde, was er da gerade gesagt hatte. »Nun ja, ich muss jetzt zurück und du wartest hier solange auf mich.«

»Kylian, ist es wirklich notwendig, an diesen Ort zurückzukehren?« Sie blickte ihn umsorgt an, während weit hinter ihnen der Vulkan grummelte wie ein nahendes Gewitter.

»Ja, ist es. Es hängt einfach zu viel davon ab. Mein Vater ... ich weiß, dass er es ernst meint.« Er seufzte, als ihm klar wurde, dass er jetzt noch etwas Wichtiges sagen musste. »Wenn ich nicht zurückkehre, musst du dich alleine durchschlagen. Im Süden der Insel gibt es Menschen.«

Sora war entsetzt. »Sag so etwas nicht! Natürlich wirst du zurückkommen. Du bist schließlich TurTank!« Sie boxte leicht gegen seinen Bauchpanzer. »Wenn es jemand schafft, dann du. Da bin ich mir sicher. Versprich mir lieber, dass du auf dich aufpasst.«

Kylian schluckte. Doch er schöpfte Mut aus ihren Worten. »Also gut, ich verspreche es dir.«

Sora kam näher, um ihn zu umarmen, was wegen seiner Größe schwerfiel. Kylian ging leicht in die Knie und sie schmiegten ihre Köpfe aneinander. »Ich meine es ernst«, flüsterte sie an seinem Ohr. »Komm bitte zurück. Du bist mir wichtig.« Sie küsste ihn auf die Wange.

Kylian wurde leicht rot, als sie sich voneinander lösten und Tura verschloss schnell wieder den Kopf. »Bis gleich«, sagte er mit metallischer Stimme. Dann wandte er sich um und sprang zurück in die Fluten.

*Wie ungerecht,* dachte er bitter. *Da habe ich das Mädchen meiner Träume zurück und begebe mich direkt zur nächsten Nahtoderfahrung.*

*Kein guter Tag, um den Löffel abzugeben, was?,* meinte Tura.

*Richtig, aber sowas wird wohl langsam zur Routine.*

# Kapitel 25

*Montag, 3. August, Isla Fernandina, Galapagosinseln*

Eine Lavafontäne schoss aus dem Gipfel des Berges empor und schleuderte Gesteinsbrocken in die Höhe.

Kylian betrachtete das Schauspiel und hielt inne, während er den Vulkan mit Namen La Cumbre erklomm. Er versuchte, sich an alles zu erinnern, was er über solche Vorgänge wusste. Der Krater musste schon vor seiner Ankunft auf den Galapagosinseln gesprengt worden sein – sicherlich aus unnatürlichen Gründen. RAGNARÖK hatte einen effusiven Ausbruch heraufbeschworen, bei dem sehr flüssige Lava ihren Weg an die Oberfläche suchte und gelegentlich durch eine Gasblase zum Geschoss wurde. Weil der Vulkan dafür noch nicht aktiv genug gewesen wäre, wurde die Lava im Innern wahrscheinlich durch irgendeine Gerätschaft unter Druck gesetzt. *Anders kann ich es mir nicht erklären.* Kylians Panzer reflektierte kurzzeitig den rötlichen Schein und durch Tura hindurch spürte er bereits einen Anstieg der Temperatur. *Was haben wir uns nur dabei gedacht?*

*Nicht mehr lange und das Magma wird uns entgegenfließen. Beeilen wir uns,* drängte Tura.

Sie sprangen und kletterten weiter über das dunkle Gestein. Glücklicherweise war der Vulkan nicht allzu steil, weshalb sie gut vorankamen. Der Himmel über ihnen verdunkelte sich zunehmend, je näher sie dem Gipfel kamen. Die Luft wurde schwüler und vermengte sich mit Rauch.

Der Berg bebte. Wenigstens war Kylian dank Tura davon abgeschirmt, während ihr selbst diese Widrigkeiten eher wenig ausmachten.

Nach der nächsten Kuppe flachte das Gelände ab. Kylian wurde langsamer, als er erkannte, dass hier jemand stand und die nächste Lavafontäne beobachtete. Der schwarze Mantel des Mannes flatterte in einem Schwall heißer Luft.

Es war Dorian. In einiger Entfernung zum Krater wartete er auf ihn.

*Wie kann er sich hier einfach so aufhalten? Der Rauch ... die Hitze ...* Kylian näherte sich ihm vorsichtig. Er spürte nicht nur die eigene, sondern auch Turas Anspannung. Ihre Angst war nicht abgeklungen. Je näher sie diesem Ort gekommen waren, desto merkwürdiger fühlte sich ihre Präsenz an. Sie konnte es immer schwerer unterdrücken. Nun war Kylian von ihrer inneren Aufregung nahezu irritiert. *Reiß dich zusammen*, rief er in Gedanken. *Jetzt geht's los.*

Kylian behielt einen Sicherheitsabstand. »Ich bin hier, Vater.«

Dorian wandte sich zu ihm um, auf seinem Gesicht eine unergründliche Miene. »Das wurde aber auch Zeit. Ich habe schon befürchtet, mir dieses Naturwunder ganz alleine ansehen zu müssen.«

»Wozu dient der Ausbruch?«, fragte Kylian.

Dorian grinste wissend. Natürlich rechnete er damit, dass Sora ihm alles gesagt hatte. »Die Inseln haben einen sehr aktiven Hotspot. Es war nur eine Frage der Zeit, bis dieser Berg ein weiteres Mal ausbrechen würde. Ich habe ihm nur Gelegenheit verschafft, die Sache etwas früher zu erledigen. Und irgendwo musste ich unsere neue Technologie schließlich testen.« Eine größere Erschütterung unterbrach ihn. Der ganze Berg bebte und es fühlte sich an, als ob er gleich zerbersten würde. »Ich frage mich, was passiert wäre, wenn ich die Intensität weiter gesteigert hätte. Wären dann alle Vulkane der Inseln gleichzeitig ausgebrochen?«

»Das hätte sie zerstört«, erwiderte Kylian.

»Mag sein.« Dorian kam ein paar Schritte näher. »Es freut mich, dass du hier bist – zusammen mit deiner sogenannten Freundin.« Er musterte aufmerksam Turas Körper. »Ich hatte mich gefragt, mit welchem Szenario du wohl rechnen würdest, wenn du hier ankommst. Nun, und ich hoffe, ich konnte dich ein wenig überraschen.« Er breitete demonstrativ die Arme aus. »Dich und deinen Alien. Wahrscheinlich sah es hier genauso aus, als es unseren Planeten betreten hat.«

*Er hat recht*, sagte Tura.

»Ich habe mein Versprechen eingelöst. Wir sind hier an einem abgeschiedenen Ort und können uns alleine über alles unterhalten.«

Kylian konzentrierte sich. So vieles hing von diesem Treffen ab. »Ich habe mich lange mit Mutter über dich unterhalten.«

Dorian tat, als wäre er verblüfft. »Wirklich?«

»Sie erzählte mir, dass du in Wahrheit nichts anderes im Sinn hast, als der ganzen Welt einen Dienst zu erweisen. Du willst sie besser machen. Kriege und Hunger verhindern. Für eine Art Weltfrieden kämpfen.«

Dorian nickte. »Gut gesprochen, Sohn. Ich höre, du verstehst langsam, welche Tragweite unser Arrangement einnimmt.«

»Du willst damit deine Freunde und deine Familie schützen. Mir ist klar geworden, dass ich ebenfalls nichts anderes will. Zunächst dachte ich, wir wären grundverschieden, doch Mutter hat mir eine andere Wahrheit vor Augen geführt. Wir sind mehr als nur Vater und Sohn. Wir verstehen einander. Deshalb muss dir auch klar sein, warum ich mit Tura die Rolle des TurTank eingenommen habe – eines Helden, der die Welt beschützen möchte.«

»Marina war schon immer eine kluge Frau«, bemerkte Dorian. Sein Blick folgte der Rauchsäule. »Ein guter

Mensch, durch und durch. Leider konnte dies nicht verhindern, dass sie nun mit einer seltenen Krankheit ans Bett gefesselt ist.«

Kylian machte zwei Schritte auf ihn zu. Eine Geste der Versöhnung, und dennoch trennte sie vieles. »Es gehört ebenso zu unseren Aufgaben, ein Heilmittel für sie zu finden. Deine Wissenschaftler verfügen über das nötige Wissen. Oder etwas, dass ihr da draußen in der Welt gefunden habt, könnte helfen.« Gab es vielleicht wirklich so etwas wie einen Heiligen Gral, der ein ewiges Leben ermöglichte?

»Nichts anderes habe ich in den letzten Jahren versucht, Junge.«

Hoffnung keimte in Kylian auf. Schafften sie es wirklich, einen gemeinsamen Nenner zu finden?

»Meine Einblicke in die Geheimnisse dieser Welt haben mein Denken letztlich sehr verändert. Tatsächlich haben wir so etwas wie Heilmittel gefunden, aber keines davon würde ich an deiner todkranken Mutter testen wollen.«

»Wieso?«

»Du hattest von Freunden und Familie gesprochen, Kylian. Verstehe mich nicht falsch. Beides ist wichtig. Doch mit einem umfangreicheren Blick auf unsere Welt und das Universum spielen diese Faktoren keine sonderliche Rolle mehr. Hat man einen gewissen Grad an Erkenntnis erreicht, erlangt man unweigerlich übergeordnete Pflichten, um der neuen Verantwortung gerecht zu werden. Dies nicht zu tun, wäre das wahre Verbrechen.«

*Wovon redet er da?*, fragte sich Kylian.

*Er hält sich für ungeheuer clever*, antwortete die Stimme in ihm. *Und er will deiner Mutter gar nicht helfen, selbst wenn er das richtige Heilmittel hätte.*

*Er weiß irgendwas, was wir nicht wissen*, dachte Kylian.

*Ist dir das erst jetzt klar geworden?*

Ein heftiges Beben brachte sie alle zum Schwanken und

in einiger Entfernung stieß erneut eine Lavasäule aus dem Berg hervor. Ein Teil des geschmolzenen Gesteins landete unweit von ihnen an der Vulkanflanke. »Du willst Mutter nicht helfen?«, rief Kylian über das Grummeln hinweg.

Dorian blickte streng. Schweiß und Staub bedeckten seine Stirn. Das Atmen musste ihm bereits schwerfallen, aber er hielt sich weiter aufrecht. »Nein. Man wird nie allen Menschen helfen können. Und das ist auch nicht der Sinn all dessen. Defizite sind dazu da, um eine Spezies zu vervollkommnen. Durch sie wird sie insoweit ausgedünnt, dass die weiter Entwickelten unter ihren Vertretern überleben und sich verbreiten. Mit einem Volk aus dummen und kränklichen Menschen werden wir auf Dauer unsere Art nicht erhalten können.«

»Was ...?«

»Schaut zu den Sternen, hat ein gewisser Physiker gesagt. Unsere Erde wird nicht ewig sein. Auf längere Sicht muss die gesamte Menschheit lernen, eine Einheit zu bilden und an einen Strang zu ziehen. Wenn das Schlimmste geschieht, unsere Erde ausgelaugt ist, von einem Meteoriten getroffen wird oder von parasitären Außerirdischen heimgesucht, dann müssen wir bereit sein.« Er machte eine bedeutungsvolle Pause. Sein Vortrag war nicht vorbei. Mit einem seltsamen Glanz in den Augen betrachtete er das Magma, das aus dem Krater zu fließen begann. »Leider machen die Menschen genau das Gegenteil. Sie lassen die Benachteiligten nicht nur auf freiem Fuß, sondern heilen sie – selbst in den unnötigsten Fällen. Dumme Menschen werden weiter verdummt, indem sie im eigenen Zuhause durch den Fernseher einer Gehirnwäsche unterzogen werden. Zu viele Regierende bringen keine großen Entscheidungen mehr zustande. Alles Geld bleibt in den Taschen der Reichen. Es herrschen Korruption und ein zu langsamer Fortschritt, während unser Planet von uns selbst erdrückt wird. Und es wird nicht besser werden. Nicht wenn eine große Neuausrichtung ausbleibt. Einen Weltfrieden, wie du es nennst, Kylian, werden wir niemals haben, wenn etwas Grundlegendes nicht geändert wird.«

Dorians große Worte erschütterten Kylian. Wie konnten sie gleichermaßen so sinnvoll klingen und dennoch so verstörend sein? »Was hast du vor, Vater?«

»Eine weltweite Renaissance. Einen Neubeginn. Mit wenigen Herrschern, die der Menschheit den Weg weisen.«

*Gott ...* »Und dafür brauchst du meine Hilfe?«

Dorian funkelte ihn von der Seite an. »Nein. Die eines PAMOs, vielleicht.« Die Umgebung wurde zu einem Gemisch aus Schwarz und Rot. Dickere Rauchschwaden verdunkelten die Sonne und der herannahende Magmastrom leuchtete vor Energie. »Du hast recht, Kylian. Wir sind uns nicht unähnlich. Und erspare mir dein Gerede, denn ich kenne und verstehe deine Weltanschauung. Ich respektiere sie sogar. Nur leider kann ich sie nicht zulassen. Du hast zu wenige Eigenschaften eines wahren Karb in dir. Deine Mutter vergiftete dein genetisches Erbe. Als du in unserer Forschungsstation warst, habe ich dir nachts Blut abnehmen lassen. Es wurde von meinen Leuten genauestens untersucht und sie stellten fest, dass auch du diese seltene Krankheit in dir hast. Es ist nur noch eine Frage der Zeit, bis sie ausbricht und dich eingehen lässt.«

Kylians Magen verkrampfte sich bei diesen Worten. *Er lügt. Er muss einfach lügen ...*

»Doch es ist die Art deines Denkens, die dich mein Handeln nie begreifen lassen wird. Ich sehe es dir an. Du hältst mich für das wahre Monster. Bedauerlich.«

»Ja«, gab Kylian zu und versuchte, seine Konzentration zu halten. »Da sprichst du wohl die Wahrheit. Nach allem, was ich gerade gehört habe ...«

*Jetzt wäre ein guter Zeitpunkt, ihn zu töten,* sagte Tura nervös.

*Was zum ...* Kylian wollte sich bewegen, da spürte er

plötzlich ein Vibrieren im Gehirn. Daraus wurde ein Pfeifen und Fiepen. Er packte seinen Kopf, der eigentlich Turas war. Ihm wurde schwindelig. *Was ist das?*

Lichtblitze störten ihre Gedanken.

»Anfangs habe ich gedacht, du könntest mir folgen, Sohn«, redete Dorian weiter. »Inzwischen weiß ich es besser. Dummerweise bist du mittlerweile nicht nur zu gut in meine Geheimnisse eingeweiht, sondern du trägst auch noch den PAMO. All dies bedeutet zu große Gefahren für meinen Plan.«

Tura sammelte ihre Kräfte und stieß den Eindringling aus ihren Gedanken hinaus. Eine plötzliche Leere blieb zurück. Ein klarer Geist, der momentan aus zweien bestand. Tura war spürbar erschöpft. *Ein Angriff... Es war ein Angriff...*

*Ein Angriff? Von wem? Meinem Vater?*

*Nein...*

Dorian grinste und wandte sich vollständig Kylian zu. »Unser Gespräch ist beendet.« Von der Seite kroch eine seltsame Gestalt aus einer Felsspalte. Zierlich, mit unzähligen Gliedmaßen und rotglühenden Augen bewegte sie sich auf Dorian zu. Der hob demonstrativ die Arme und ließ sich von der fremden Kreatur umschlingen, bis sie einen neuen Körper um ihn bildete.

*Nein.*

Es war ein zweiter PAMO.

Dorians Gestalt war größer, jedoch schlanker als Turas Körper. Das Gesicht zierte eine kurze Schnauze und statt eines Panzers besaß das Wesen einen langen Schwanz. Vom Kopf bis zur Schwanzspitze zog sich ein stacheliger Kamm über den gesamten Rücken.

Tura wurde starr bei dem Anblick.

»Ein Meeresleguan«, sagte Dorian nun mit metallischer Stimme. »Sein Name ist Korum, den er verständlicherweise besser findet als PAMO 2.0. Ich fand ihn auf ähnliche Weise wie das erste Exemplar, an der Küste dieser Insel. Stell dir vor, er hat mir eine überaus interessante Geschichte erzählt. Eine Geschichte, wie zwei Außerirdische vor fünfhunderttausend Jahren auf diesem Planeten gestrandet sind.«

*Korum ...*

»Ein Exemplar der Spezies, das aus der Reihe tanzte, ist auf ihrem Heimatplaneten zum Tode verurteilt worden. Es handelte sich um Tura, doch sie floh in die Weiten des Alls. Korums Aufgabe war es, sie zu verfolgen und hinzurichten. Doch dann passierte ein Unfall ...«

Kylian wurde wieder schwindelig, nur dieses Mal aus anderem Grund. Turas Erinnerungen kehrten zurück und brachen wie eine Flutwelle über seinen Verstand herein. Er sah die Geschehnisse einer längst vergangenen Zeit. Tura flog mithilfe ihres damaligen Wirts einem Geschoss gleich durch das Weltall. Sie wurde verfolgt. Bei so hoher Geschwindigkeit waren Kurskorrekturen schwierig und sie rammten beide einen Asteroiden. Der Himmelskörper wurde beim Aufprall zerfetzt. Die Außerirdischen waren schwer verwundet und verloren beide ihren Wirt. Doch die Erde war in der Nähe und sie steuerten mit letzter Kraft darauf zu. Riesige schwarze Wolken nahmen ihnen nach Eintritt in die Atmosphäre die Sicht. Der Einschlag in den damaligen Pazifik drohte beiden Wesen den Rest zu geben, aber noch immer zehrten sie von ihrer verbliebenen Kraft.

Tura wurde noch immer verfolgt.

Einer der Vulkane der nahegelegenen Inseln war ausgebrochen und war der Grund für den verdunkelten Himmel. Magma lief ins Meer und wurde zur zusätzlichen Gefahr. Turas Energie ging zur Neige. Sie brauchte dringend einen neuen Wirt. Sie konnte nur hoffen, dass Korum in ähnlicher Verfassung war und keine Kraft hatte, sie einzufangen.

Da sah sie die Schildkröte. Sie griff ihre Gedanken an, um sie zu betäuben. Schließlich übernahm sie den Körper. Doch wie sich herausstellte, war das Tier schon sehr alt. Es begann zu sterben. Mit letzter Kraft rettete sich Tura an Land. Dann brach die Schildkröte in ihr zusammen. Und sie selbst ebenfalls. Schwärze umnebelte ihren Geist. So war es gewesen.

Korums Maul bewegte sich und bildete Worte, die nicht von Dorian stammten. Eine außerirdische Stimme formte fremdartige Silben, aber in ihrem gemeinsamen Geist wurde alles von Tura übersetzt. »*Ich fand ebenfalls ein schwaches Tier, doch dann wurde es vom Feuer überwältigt. Wir haben lange geschlafen, mein Kind. Doch nun werde ich meinen Auftrag zu Ende führen.*«

*Mir war nicht klar, dass deine Art so sprechen kann*, sagte Kylian in Gedanken.

*Wir bedienen uns nur selten der freien Rede.* Turas Geist wurde gefasster. Ihre Angst hätte in diesem Moment ihren Zenit erreichen müssen. Stattdessen fixierte sie ihren ehemaligen Feind und Hass breitete sich in ihr aus. *Ich habe es verdrängt. Der Unfall ließ mich die Ereignisse vergessen. Doch nun erscheint alles so klar. Ich muss mich ihm stellen.*

Dorian, in der Gestalt von Korum, beobachtete sie und der lange Schwanz bewegte sich kontrolliert von einer Seite zur anderen. Jetzt übernahm wieder Kylians Vater das Reden. »Ist es nicht erstaunlich? Zwei Wesen mit ähnlichen Differenzen wie wir. Es ist Schicksal. Ich habe Korum ein Versprechen gegeben.« Er stieß sich kräftig mit den Beinen ab und schoss auf Kylian zu. Eine mächtige Pranke formte eine Faust und schlug seinem Sohn zielsicher ins Gesicht. Kylian spürte einen enormen Druck, gefolgt von Schmerz. Etliche Meter flog er durch die Luft und rollte ein ganzes Stück mit dem Geröll des Berges nach unten, ehe er sich fing.

Dorian lief hinterher. »Ich habe ihm versprochen, dass er Tura töten darf«, rief er von oben. »Wodurch er seine letzte Aufgabe erfüllen wird. Doch nach so vielen Jahren bleibt er ein Verlorener seines Volkes. Daher wird er im Gegenzug weiterhin an meiner Seite sein. Und mir helfen, diese Welt von Grund auf neu aufzubauen.«

Kylian rappelte sich wieder auf. *Verdammt, das ist echt heftig!* Er hielt sich den Kopf und fühlte eine Delle in Turas Metall. *Wir müssen dich später wieder ausbeulen. Zumindest, wenn es ein Später noch geben wird.*

*Keine Sorge, das mach ich schon selbst.*

Der Feind kam näher. *Was weißt du über diesen Korum?*, fragte Kylian.

*Nicht besonders viel. Er ist etwas älter als ich.*

*Das war's?*

Tura dachte nach und übertrug das Wenige an Erinnerungen, was sie über den Feind hatte. Wie sie sich in einer fremden Welt schon einmal begegnet waren. Korum hatte seine Befehle offensichtlich von hochrangigen Vertretern ihrer Art bekommen. Tura war ihm in dem damaligen Kampf unterlegen gewesen, woraufhin sie ins Weltall floh – eine Tat, die auf ihren letzten Planeten um einiges leichter umzusetzen gewesen war als auf der Erde.

Sie wusste wirklich nicht viel über ihn. Inzwischen sah er außerdem anders aus als in ihrer Erinnerung. Aber sie selbst ebenfalls ...

Dorian sprang und holte in der Luft zum nächsten Schlag aus. Kylian duckte sich und wandte ihm den Rücken zu, sodass die Faust gegen den Schildkrötenpanzer knallte. Die ungeheure Kraft wurde in die Erde abgeleitet. Dorian gab einen undeutlichen Laut von sich und stolperte zurück. Seine Hand musste einen Schaden erlitten haben.

*Wir sind jetzt eine Schildkröte. Die Karten sind neu gemischt.*

Kylian drehte sich aus seiner Haltung heraus und schlug seinerseits zu, aber Dorian lenkte die Attacke mit der anderen Hand einfach ab und trat zu. Kylian taumelte zurück. Dann holte Dorian mit dem Schwanz aus, der noch weit mehr Kraft aufbauen konnte. Die Wucht katapultierte

Kylian den Vulkan hinauf. Beim Aufprall merkte er, dass der Feind ihm sofort nachsetzte. Also stieß er seinen Fuß in den Boden und löste eine Gerölllawine aus. Dorian wich umständlich aus und musste einige Treffer über sich ergehen lassen. Nur eine kurze Verschnaufpause für Kylian, aber lange genug, um aufzustehen.

*Er ist stark,* bemerkte Tura. *Wir benutzen die Kampfkünste meines Volkes, genau wie er. Doch bei seinem Kampfstil ist noch etwas anders.*

*Vaters militärische Ausbildung. Möglicherweise hat er auch irgendeine asiatische Kampfkunst gelernt.*

In mehreren Sprüngen nahm Dorian den Weg nach oben und flog letztlich demonstrativ im hohen Bogen über seinen Sohn hinweg, um auf der anderen Seite zu landen. Näher am Krater.

»Du kämpfst wie das Kind, das du in Wahrheit bist«, blaffte Dorian.

»Und du wie ein greiser Mann, der sich über seine neue Prothese freut.« Kylian warf sich auf ihn, aber Dorian hüpfte elegant zur Seite, jedoch nicht außer Reichweite. Mit dem Schwanz fegte er ihm gezielt die Beine weg. Kylian fiel auf die Hände und stieß sich zurück in die Höhe. Erneut kam der Schwanz geflogen, doch dieses Mal fing er ihn auf und zog daran. Mit dem Unterarm verpasste er Dorian einen gelungenen Treffer gegen das Kinn. Der Ältere konnte nicht zurückgeworfen werden, weil Kylian immer noch den Echsenschwanz hielt. Wieder zog er ihn näher an sich heran, um ihm sogleich den nächsten Schlag zu verpassen. Er versenkte die Faust in der Magengrube und hörte seinen Gegner ächzen. In dieser Position stemmte er ihn in die Höhe und schleuderte ihn davon.

Korum besaß eine eindrucksvolle Sprungkraft und einen mächtigen Schwanz, doch Tura hatte trotzdem den besseren Körper gewählt. Ihre Gliedmaßen waren insgesamt dicker und kräftiger. In Sachen Schnelligkeit war sie dem Gegner ebenbürtig.

*Wahrscheinlich hatte Vater nicht so viel Zeit wie wir, um sich an den Körper zu gewöhnen,* überlegte Kylian.

Ein unheilvolles Beben erschütterte den Vulkan. Zwischen Kylian und Dorian brach der Boden auf und unsagbar heiße Lava strömte an die Oberfläche. Kylian sah sich um: Überall geschah dasselbe. Flüssiges Gestein floss nicht nur aus dem Krater, sondern fand den Weg direkt durch die Bergflanke. Der Rauch wurde dichter und zog in Schwaden an ihnen vorbei. Plötzlich verschwand Dorian aus dem Sichtfeld.

*Aufpassen!*

»Du bist mir unterlegen, Junge«, rief eine Stimme scheinbar aus allen Richtungen. »*Ich* habe diesen Ort gewählt. Er ist *mein* Vorteil!« Von der Seite kam er angesprungen. Die Gestalt platzte aus der Schwärze heraus, drehte sich in der Luft und schmetterte die Rückseite des Schwanzes gegen Kylian. Dieser schaffte es nicht, sich wegzuducken, und die spitzen Stacheln rissen Metallteile aus seiner Schulter.

Kylian schrie auf. Tura ebenfalls. Grünliches Blut rann aus der offenen Körperstelle. Turas Sehnen ragten aus der Wunde und sahen alles andere als mechanisch aus. Darunter spürte Kylian eine Verletzung am eigenen Leib. *Verdammt!*

Dorian trat noch einmal zu, ehe er wieder im Qualm verschwand. Kylian taumelte und hielt sich die Schulter. *Konzentrier dich! Sonst wird das unser beider Ende!*, rief Tura.

*Hast recht.* Er verlängerte die Krallen an seinen Pranken und machte sich auf den nächsten Angriff gefasst. Der schmerzende Arm war zum Glück noch funktionstüchtig.

Sie warteten eine geraume Zeit. *Du spielst mit meinen Nerven*, erkannte Kylian und unterdrückte seine Angst. *Das kannst du sowas von gut.* Im Vergleich zu seinem Vater konnte er nur auf eine übersichtliche Lebenserfahrung zurückgreifen. War es da nicht gerechtfertigt, dass er angesichts seines eventuellen Ablebens nervös wurde? Aus dem Augenwinkel sah er eine Bewegung.

Magma kroch von oben auf sie zu.

*Scheiße, weg hier!* Nun lief er in den Qualm, um sich in Sicherheit zu bringen. Doch die Sicht war schlecht und er musste aufpassen, nicht versehentlich in den nächsten Teppich aus flüssigem Gestein zu treten. *Wir müssen raus aus dem Rauch.* Permanent sah er eine Silhouette umherhuschen – immer an anderer Stelle. Es war zum Verrücktwerden.

Kylian rannte gegen eine Faust und flog zurück. Trotz des unerträglichen Dröhnens im Kopf kam er sofort wieder hoch. Aber der Angreifer war wieder weg. Kylian seufzte und ging vorsichtig weiter. Es war bedauerlich, dass Turas Sinne nicht sonderlich besser waren als die eines Menschen. Dorian hingegen musste irgendeinen Vorteil haben.

Ein Lachen erklang von überall her.

*Das ist einfach nur krank,* dachte Kylian.

*Ruhig! Genau das will er: Dich aus dem Konzept bringen!*

Der Echsenschwanz kam angeflogen, doch Kylian wehrte ihn ab und sprang auf Dorian zu. Der begegnete ihm mit einer schnellen Faust, doch traf er wieder nur den Panzer. Kylian blieb dicht an ihm dran, damit sein Gegner nicht sofort wieder floh. Er wehrte einen erneuten Gegenschlag ab und die langen Krallen schnellten über Korums Brust. Metall wurde aufgerissen. Die Wunde war leider nicht allzu tief, doch das feindliche Wesen schrie, als sein Blut in den Rauch spritzte.

Dorian machte einen Rückwärtssalto und schlug dabei mit dem Schwanzende Kylian wieder zurück, während er selbst verschwand. Kylian sprang auf und hastete hinterher. Im nächsten Moment verließ er den Qualm und stand plötzlich auf einer freien Fläche nahe des Kraters.

Dorian näherte sich rücklings und gab ihm einen Stoß.

Einmal um die eigene Achse rotiert, riss sein Vater ihm gleich darauf die Beine weg und setzte mit Tritten nach. Kylian wurde in Richtung des geschmolzenen Gesteins geprügelt. Ein Schlag folgte auf den anderen, Dorian wusste ganz genau, wo er ihn treffen musste, um effektiv Schaden anzurichten. Kylian war zu sehr damit beschäftigt, die Abwehr aufrechtzuerhalten. Er drehte sich mehrmals am Boden, schaffte es aber nicht aufzustehen. Metall splitterte und verbeulte. Schmerzen explodierten in zu vielen Teilen von Turas Körper. Sie litt Qualen. Ehe Kylian sich versah, wurde es plötzlich sehr heiß im Nacken. Dorian trat noch einmal genau in den Bereich zwischen Turas Panzerplatten. Ein letzter großer Aufschrei, dann lagen sie auf dem Bauch und blickten in flüssiges Feuer. Mit großer Kraft packte Dorian Kylian am Hals und drückte seinen Kopf darauf zu.

Kylian stemmte seine Pranken in das Geröll, um Gegendruck auszuüben. Es war zu anstrengend. So nahe an dem Magma gab der Boden unter dem Gewicht nach. Sein Gesicht näherte sich dem glühenden Rot. Unerträgliche Hitze. Ein Brennen in den Augen. *Nein!*

»Deine Existenz wird heute enden, Junge«, flüsterte sein Vater.

»Nein!« Kylian stieß eine Hand in die glühende Flüssigkeit. Dieses war an der Stelle nicht tief und er stemmte sich auf den Grund, um sich besser zu halten. Tura schrie innerlich, als das flüssige Gestein in einem ewig scheinenden Moment ihre Gliedmaße verschlang. Es war notwendig. Kylian brüllte und brachte jetzt die notwendige Kraft auf, um sich von dem Magma wegzustoßen. Er drehte sich dabei wieder auf den Rücken, trat Dorian von sich weg und schaffte es schließlich aufzustehen.

Turas rechte Hand war deformiert. Von den Krallen war nur ein unbrauchbarer Klumpen Metall übriggeblieben. Kylians Hand darunter brannte, als wäre sie selbst im Feuer geschmolzen. Er biss die Zähne zusammen. Seine Hoffnung,

Turas Körper würde ihn mehr abschirmen, war vergebens gewesen. Der Schmerz war unerträglich. Trotzdem zögerte er nicht und sprang bereits zum Gegenangriff.

Dieser eine Moment, in dem Dorian verblüfft über die Tat seines Sohnes war, eignete sich bestens, um ihn anzugreifen. Kylian stürzte sich auf ihn und es begann eine einfache, aber heftige Prügelei. Im Nahkampf fügten sie sich Boxhiebe und Tritte der heftigsten Sorte zu. Währenddessen tänzelten sie über die Kuppe des qualmenden Berges. Kylian verlor nach einem weiteren Hieb das Gleichgewicht. Bevor er fiel, packte er seinen Vater und riss ihn mit sich. Sie blieben ein kämpfendes Knäuel aus Metall. Sie schlugen weiter aufeinander ein und stürzten nebenher den Abhang hinunter. Die Aufschläge wurden zu weiteren Treffern. Beide hofften, nicht im nächsten Magmafluss zu landen, während sie durch undurchsichtigen und dicken Rauch rollten und dabei eine Geröllawine mit sich rissen.

Sie landeten nach hunderten Metern an einer flachen Stelle und wurden zur Hälfte von Gesteinstrümmern verschüttet. Unweit befand sich eine riesige Mulde, in der sich das Magma sammelte. Bald schon würde dieses überlaufen und der brennende Fluss sich weiter seinen Weg Richtung Meer suchen. Auch zu ihrer anderen Seite rann der glühende Strom den Berg hinab. Vater und Sohn waren beinahe eingekesselt.

Dorian brach als Erster aus dem Geröll hervor. Da er keinen so harten Panzer wie Kylian hatte, waren beim Absturz unzählige Prellungen an Korums Körper entstanden. Dennoch ging es ihm immer noch sehr viel besser als Kylian.

Dieser kam mühevoll auf die Beine. Er hätte nie gedacht, dass Turas Körper so zerstört werden konnte. Er spürte, wie sie schwächer wurde und sich mehr denn je an seine Lebensenergie klammerte. Seine Kontrolle über die mächtigen Gliedmaßen war bereits eingeschränkt. Alles schien gebrechlicher, sogar sein eigener Körper. Schmerzen. Besonders in seiner rechten Hand – war auch sie ein unbrauchbarer Klumpen geworden? So fühlte sie sich jedenfalls an. *Du bist vom Himmel gefallen*, dachte er. *Wie konntest du das überleben?*

*Ich sah damals schlimmer aus. Und fiel daraufhin ins Koma.* Ihre Stimme war leise geworden. *Das hier ist noch gar nichts.*

»Du beweist große Stärke, Kylian«, rief Dorian und bewegte sich so langsam wie eine echte Echse. »So viel hätte ich dir wahrlich nicht zugetraut. Doch allein in meiner Ausbildung hatte ich bessere Gegner als dich.«

*Schubs ihn ins Magma, dann sind wir ihn endlich los,* flüsterte Tura.

*Das sagt sich so leicht. Ich brauche einen Plan. Und zwar jetzt.*

»Es hat Spaß gemacht, meine neuen Kräfte an dir auszuprobieren«, sagte sein Vater und umkreiste ihn in großem Abstand. »Aber die Umstände werden mir allmählich zu lästig. Daher werde ich die Sache nun beenden.«

*Denk nach, Kylian. Was hat er für eine Schwäche? Welchen Vorteil hast du, von dem er nichts weiß?*

Kylian kamen einzelne Bruchstücke aus dem Gespräch mit seiner Mutter in den Sinn. Sie sagte, Dorians Gefühle wären einfach nur tief verborgen. Doch sie wären da. *Seine Schwäche ist, dass ich sein Sohn bin.*

*Und, dass er dich weit unterschätzt.*

*Völlig zurecht. Tura, der Kerl ist ein hochrangiger Agent bei RAGNARÖK. Und ich nur ein Schüler.*

Tura schnaubte verächtlich. *Ihr seid Vater und Sohn. Und euch im Moment ähnlicher denn je.*

Dorian machte sich kampfbereit. »Es tut mir leid, mein Sohn. Es geht nicht anders. Ich werde deiner Mutter alles erklären, wenn ich sie wiedersehe.«

»Wahrscheinlich wirst du ihr nur erzählen, wie unartig

ich war!«, keuchte Kylian. *Na dann mal los.* Dorian stieß sich ab und rannte auf ihn zu. Gleichzeitig feuerte Kylian mit der gesunden Hand einen kleinen, aber schweren Gegenstand nach seinen Vater. Der entscheidende Moment dauerte nur einen Wimpernschlag.

Dorian taumelte und sah verwundert auf seine Brust. Eine Kette hing aus einer der Wunden, die Kylian ihm zuvor am Berggipfel zugefügt hatte. Rotes Blut tropfte daran herunter. Er packte die Kette und zog den daran hängenden Gegenstand aus seinem Inneren. Dieser hatte sich wie eine Pistolenkugel tief in sein Fleisch gebohrt.

Es war die alte Taschenuhr. Ungläubig starrte er sie an.

Das war er wieder. Dieser eine Moment, in dem Dorians Plan erschüttert wurde und er reglos dastand. Man musste ihn nutzen.

Kylian mobilisierte seine letzten Kräfte, um ihn erneut anzugreifen. Er stieß die Krallen seiner Linken in Dorians Seite, durchdrang Metall und Fleisch. Anschließend riss er sie seitlich wieder heraus und mit ihnen einen großen Teil der stählernen Haut. Dorian stöhnte vor Schmerz. Korum schrie auf und erzitterte am ganzen Leib. Er löste sich ein Stück weit von seinem Wirt und Kylian griff mit der gesunden Klaue in die offene Stelle zwischen dessen und Dorians Körper.

Dann zog er.

Korum wehrte sich mit Händen und Füßen. Der Schwanz peitschte unkontrolliert durch die Luft, doch Kylian ließ sich von seinem Vorhaben nicht abbringen. Denn es gab nur noch diese eine Chance. Sie allein entschied darüber, wer siegte.

Kylian gelang es, Korum immer mehr Wunden an den innenliegenden Körperteilen zuzufügen, was dem Wesen unsagbare Qualen bereitete. Es verlor seine Kontrolle. Der Schmerzensschrei drang bis tief in die Gedanken und Kylian wurde schwarz vor Augen. Doch auch jetzt durfte er nicht

aufgeben.
*Nur diese eine Chance!*
Er riss Korum und Dorian auseinander. Die Taschenuhr flog durch die Luft und landete im Dreck. Dorian ging sofort zu Boden und hielt sich seine schweren Wunden.

Korum, ein hässliches Gebilde, richtete sich noch einmal auf. Er brüllte einen entsetzlichen Zornesschrei und mit seinen verbliebenen Reserven stürzte er sich auf Kylian. Der begegnete ihm mit langen Krallen. Sie durchstießen Korums Schädel. Grünes Blut regnete über Kylian, als er den erschlaffenden Körper über die Schulter hievte und ihm den Kopf vom Leib riss. Er warf den Schädel weit von sich in Richtung des glühenden Stroms. Den Körper des Außerirdischen stieß er vor sich in den See aus Magma und sah, wie das Ungetüm zischend darin unterging.

Es war vorbei. *Tura, ich glaube, wir haben gewonnen.*

Inzwischen schloss sich ein voller Kreis aus geschmolzenen Gestein immer enger um sie. Schon bald würden die Ströme auch diese Erhöhung überfluten.

Kylian hob die Taschenuhr auf und ging zu seinem Vater. Dieser lag auf dem Rücken und keuchte, aber er schaute gefasst zu seinem Sohn empor.

»Genau«, begann Kylian. »Diese Uhr, das Familienerbstück. Ich wollte sie dir wiedergeben. Schließlich bist du der Meinung, ich wäre es nicht wert, der Familie Karb anzugehören.« Er ließ die winzige Schildkröte fallen und sie landete auf der blutenden Brust.

»D-du hast mich besiegt, Junge«, rief Dorian mit zittriger Stimme. »Jetzt bringe es auch zu Ende. Töte mich.«

»Nein, mit dieser Schuld will ich mein Gewissen nicht belasten.« Kylian schaute über die Schulter, um sicherzugehen, was gleich passierte. »Stattdessen wirst du dich durch deine absurden Experimente selbst töten. Das Magma wird dich verschlingen. So wie Korums Leib wird sie auch den deinen vollständig von dieser Welt brennen.« Er entfernte sich von ihm.

»Du bist nur ein Feigling, Kylian!«, brüllte Dorian ihm hinterher.

Kylian blickte zurück. »Nein. Ich beschütze nur mich selbst. Und damit meine Lieben. Und schließlich die Welt.« Er rannte los und sprang über den Magmastrom. Auf seinem langen Weg zum Fuß des Berges musste er weiteren ausweichen und sah schließlich, wie die kochende Flüssigkeit das Meer erreichte und darin erstarrte. Unmengen Wasserdampf stiegen dabei gen Himmel.

*Ich bin erledigt, Tura. Das war echt heftig.* Noch einmal blickte er zum La Cumbre, konnte aber den Vorsprung mit seinem sterbenden Vater nicht mehr erkennen. Eine riesige Lavafontäne schoss erneut aus dem Vulkan.

*Und ich erst. Immerhin habe ich dich mit meinem Leib beschützt. Es wird eine ganze Weile dauern, bis ich mich vollständig regeneriert habe.*

*Aber behältst du keine Narben davon?*, meinte Kylian.

*Nur innere Narben ...*

*Jetzt, da du dich an deine Vergangenheit erinnerst, musst du mir unbedingt deine ganze Geschichte erzählen. Ich will wissen, wo du herkommst und was für Welten du gesehen hast.*

*Alles zu seiner Zeit*, erwiderte Tura, immer noch sehr geschwächt. *Allzu viel werde ich jedoch nicht zu erzählen haben, denn ich bin noch sehr jung. Zunächst einmal, lass uns bitte nach Hause reisen. Ich muss auf die Couch.*

Kylian lachte. *Du musst auf die Couch? Bist du bereits so verwöhnt nach ein paar Tagen unter Menschen?*

*Ich passe mich eben allen Umständen an.*

Kylian verdrehte die Augen. *Na gut, aber erst einmal schwimmen wir eine Runde. Die wunderbarste Frau dieser Welt wartet da drüben auf mich. Und dann wäre da noch ein über dreißigstündiger Flug ...*

*Na dann los jetzt.*

# Epilog

»Gott sei Dank bist du rechtzeitig von dort weggekommen«, sagte Sora erleichtert und sah aus dem Fenster zu dem immer noch aktiven Vulkan. Aus dem Flugzeug war das wahre Ausmaß der Katastrophe von Fernandina zu sehen. Schwarzer Rauch stieg vom Gipfel, heller Dampf vom Meer. Weit dahinter ging die Sonne unter. »Ich bin so froh, dass dir nicht mehr passiert ist.«

»Tja, ich glaube, ich bin in der Tat ziemlich glimpflich davongekommen. Nur meine Hand wird noch eine ganze Weile entstellt bleiben.« Kylian hob seine dick bandagierte Faust. Unter Turas Panzer war sie rot und blutig gewesen. Starke Verbrennungen. Die Haut würde nach der Heilung schrumpelig bleiben. »Toller Tausch, die schöne Schildkrötenuhr gegen eine Zombiehand.«

Sora lächelte aufmunternd und betastete die Bandagen, um abermals sicherzugehen, dass der Verband auch wirklich nicht zu fest war. »Das ist eine Kriegsverletzung. Du hast sie davongetragen, als du deine Welt verteidigt hast, deswegen solltest du stolz darauf sein.«

»Also doch nicht permanent einen schwarzen Handschuh tragen?« *Schade, das wäre zu cool gewesen.*

»Mich jedenfalls wird sie immer daran erinnern, dass du mich gerettet hast.«

Kylian konnte ihrem verliebten Blick kaum widerstehen. Ja: verliebt. Wie lange hatte er sich gewünscht, dass Sora ihn eines Tages so ansehen würde. »Sie hätten dir sowieso nichts angetan. Sie wollten mich einfach nur herlocken.«

Sie boxte ihn in die Seite und traf eine geprellte Rippe. Kylian schrie kurz auf. »Nun zerstöre nicht meine Illusion von dem Helden, der die Prinzessin rettet«, sagte sie. »Dann werde ich auch nichts gegen dein Superhelden-Dasein sagen.« Sie zwinkerte.

Kylian hielt sich die Seite. »Sei artig, sonst musst du zu Tura in den Frachtraum. Oje, wenn wir zuhause sind, geht's erstmal zum Arzt.«

»Was wirst du ihm sagen«, fragte Sora neugierig.

Er zuckte die Schultern. »Dass ich vom Berg gerollt bin.«

»Und was tust du danach? Wie geht es weiter?«

Er seufzte. Es war schwierig, darüber nachzudenken. »Ehrlich gesagt, würde ich tatsächlich gerne weiterhin Gutes für die Stadt tun. Doch mein Vater hat dafür gesorgt, dass die Beliebtheit von TurTank in den Keller gesunken ist. Sie nennen mich Monster und Mörder. Voll schrecklich.«

Sora strich sich eine Strähne von der Stirn. »Also ich glaube an dich. Und ich denke, es gibt auch noch andere Menschen, die nicht alles glauben, was in den Nachrichten gesagt wird.«

Kylian dachte hoffnungsvoll an die Beiträge, die Edmond ihm geschickt hatte. »Die Leute werden immer geteilter Meinung sein. Was bringt es, wenn ich der Polizei helfen will, sie mich dann aber anstelle des wahren Übeltäters jagen?«

Sie zog eine Schnute, was seltsam aussah. »Dann wirst du deine Vorgehensweise anpassen müssen. Außerdem geschieht nichts einfach so über Nacht. Du wirst die Menschen nur Stück für Stück wieder von dir überzeugen können.« Kurz überlegte sie. »Oh, und wir sollten ein paar Gerüchte verstreuen, die bekannt geben, was wirklich am Alexanderplatz passiert ist.«

»Es wären keine Gerüchte, sondern die Wahrheit.«

»Wie auch immer. Aber wir bekommen deinen Ruf schon

wieder hin.« Sie lächelte und sah ihn eindringlich an. Gott, sah sie dabei schön aus – und das, obwohl sie in den letzten achtundvierzig Stunden Unglaubliches durchgemacht hatte. Waren sie jetzt eigentlich ein Paar? Irgendwie verhielten sie sich beide so. Kylian war sich nicht sicher. Seit wann wären sie denn ein Paar? Die Sache war einfach zu kompliziert.

Er wollte sie küssen. Ihre sinnlichen Lippen schienen nur darauf zu warten. Doch jetzt war nicht der richtige Zeitpunkt. Das wussten sie beide. Denn ausgerechnet in diesem lange ersehnten Moment war Kylian zu sehr von anderen Gedanken abgelenkt. »Zu viele Leute wissen, wer ich bin«, sagte er und schaute woanders hin. »Rufus ist verschwunden. Henry im Gefängnis. Wer weiß, was sie mit ihrem Wissen machen? Mein Vater ist zwar tot, aber RAGNARÖK existiert weiter. Seine Verbündeten kennen mich und wissen, worum es sich bei Tura handelt. Mein Onkel ... Ich bin mir nicht sicher, auf wessen Seite er überhaupt steht.«

»Was willst du damit sagen?«, fragte Sora vorsichtig.

»Dass sie versuchen könnten, mich zu finden. Und dann weitere von ihren Spezialtechnologien benutzen, um mich zu besiegen.« Er schüttelte den Kopf. »So einfach ist es nicht, ich muss noch sehr viel mehr aufpassen. Auch auf dich. Auf meine Mutter. Und natürlich Edmond.«

»Wir werden auch auf uns aufpassen, Kylian.«

»Darum geht es nicht. Ich habe den Kampf heute nur knapp gewonnen. Ich konnte meinen Vater überraschen. Doch genauso gut könnte ich jetzt da unten ein Haufen Asche sein. Fakt ist, ich bin gerade mal achtzehn und habe kaum Erfahrung in allen möglichen Bereichen. Außer in Fossilien ausgraben. Damit kenne ich mich aus. Was alles andere angeht, kann ich mich nicht immer auf Tura stützen.«

Sora nickte. »Ich denke, Feinde wirst du ohnehin immer haben. An jedem von ihnen wirst du wachsen.«

Er schaute sie eindringlich an, um seine nächsten Worte zu verdeutlichen. »Ich muss vorbereitet sein. Ich muss lernen. Und ich muss trainieren. Ein Studienplatz werde ich erst einmal ohnehin nicht bekommen. Es wird meiner Karriere also nicht schaden, wenn ich eine Zeit lang untertauche.«

»Was?«, fragte sie.

Kylian wedelte beschwichtigend mit der bandagierten Hand. »Na ja, und mich ab und zu zeige, um mit dir etwas zu unternehmen.«

»Das möchte ich auch hoffen«, sagte sie mit gespieltem Ernst. »Wir sind doch nicht durch die Hölle gegangen, um dann beim Happy End getrennte Wege zu gehen. Das wäre einfach zu traurig. Fast schon eine Tragödie.«

»Stimmt irgendwie.« *Es wäre vielleicht dumm, jetzt den demütigen Retter zu spielen. Diese tolle Frau einfach sitzenlassen? Auch das könnte ich nicht mit meinem Gewissen vereinbaren.*

Sora strahlte ihn aus blauen Augen an. »Lass uns das Leben locker nehmen, es passieren schon genug schlimme Dinge da draußen. Wenn wir zuhause sind, machen wir uns erst einmal eine schöne Zeit. Immerhin sind Ferien.«

Kylian nahm ihre Hand und sein Herz machte Freudensprünge. »Einverstanden, schließlich haben wir einiges nachzuholen.«

***

Dorian lehnte an einem Vorsprung und betrachtete müde die Taschenuhr in seiner Hand. Schildkröten. Sein Sohn liebte diese Tiere schon in seiner frühesten Kindheit. Wie passend, dass das Familienerbstück genau diese Form hatte. Wozu eigentlich? Was hatte sich Dorians Vater, Ludwig Karb, nur dabei gedacht?

*Was spielt das überhaupt noch für eine Rolle?* Dorian schob das Artefakt in seine Hemdtasche. Seine Jacke hatte er zerrissen, um daraus einen Druckverband zu machen. Die

Blutung an seiner Seite war gestoppt. Jene an seiner Brust ebenfalls – Kylians Treffer hatte die lebenswichtigen Organe nicht allzu schwer verletzt.

Unerträgliche Hitze umgab ihn. Rauchschwaden trübten sein Umfeld. Er konnte kaum atmen. Die handliche Luftfiltermaske, die er mit sich führte, half nur bedingt – er hatte nicht wirklich damit gerechnet, sie benutzen zu müssen. Das Magma floss nur wenige Meter entfernt um ihn herum. Es kam ihm immer näher. Dorian würde einen schmerzhaften Tod sterben, aber wahrscheinlich würde er sich eher mit dem Messer selbst die Kehle durchschneiden. Das wäre angenehmer. Seine Körperposition war denkbar unbequem und ständig musste er wegen des Qualms husten. Dennoch versuchte er, das Unvermeidliche noch ein wenig hinauszuzögern.

»Ist es nicht wunderschön? Dieses Meer aus Flammen. Begräbt eine Insel unter sich. Vernichtet Land, nur um daraufhin alles vom Neuen beginnen zu lassen. Den Weg in eine bessere Welt ebnen ...«

Der Schädel vor ihm antwortete nicht.

»Ich bin sicher, es gefällt dir.«

Mit großer Mühe hatte er Korums Kopf wiedergefunden und zu sich geholt. Doch die Kreatur hatte einen leeren Blick und es herrschte keine Gedankenverbindung mehr. Wahrscheinlich war sie tot, aber wer kannte schon die genaue Anatomie dieser Außerirdischen? Vielleicht konnte das Wesen ohne seine Körperteile weiterleben, wenn das Kernstück bestehen blieb. Vorausgesetzt, dieser entstellte Kopf *war* dessen Kernstück. Und wenn, dann befand er sich zweifellos in einem komatösen Schlaf.

»Das kann dir keiner verübeln. Es muss verstörend sein, wenn einem der Körper abgerissen wird.«

Sein Handy vibrierte. Unsicher zog er es aus den Überresten seines Mantels. Eine vertraute Nummer stand auf dem gesprungenen Display. *Nicht mal in Ruhe sterben lassen sie mich.* Er nahm den Anruf an. »Hallo Landolf.«

»Gute Neuigkeiten: Wir haben sie gefunden.«

»Wen habt ihr gefunden?«, fragte Dorian trocken.

»PAMOs«, antwortete sein Bruder zufrieden.

»PAMOs? Mehrere?« Dorian hob skeptisch eine Braue. Das war unmöglich. Doch immerhin hatte Landolf seinen Sphärographen perfektioniert, um auch die schwächsten Luraanstrahlen ausfindig zu machen.

»Ja, mehrere. Du musst es dir unbedingt mit eigenen Augen ansehen. Diese Wesen sind viel früher auf unserem Planeten gelandet als die bisherigen beiden Exemplare.«

»Von wie vielen Jahren sprechen wir, Bruder?«

»Von Millionen von Jahren.«

Dorian stockte der Atem. Er fixierte Korums Kopf. *Wie alt ist deine Art überhaupt?*

Landolf sprach weiter. »Dorian, sie befinden sich an den versteinerten Überresten von Dinosauriern.«

*Allmächtiger ...* »Könntet ihr mich abholen? Ich bin momentan in einer äußerst ungemütlichen Lage.«

»Wir wären in zwölf Stunden bei dir.«

Dorian betrachtete abschätzend den immer näherkommenden Magmastrom um sich herum. »Also gut. Wenn die Vorsehung es wünscht, werde ich dann noch am Leben sein.«

# DANK

Mein erster Dank gilt meiner lieben Kornelia, die Familie und Arbeit wunderbar zu trennen vermag und mir als Lektorin ihre unverblümte Meinung kundtat. Mir und dem Buch war sie damit die größte Hilfe. Doch auch Korrektorin Marion Lemke sei für ihre wertvollen Hinweise gedankt, ebenso Lorna Schütte, die abermals ein wunderbares Cover illustriert hat. Ich danke meinen Testlesern und allen, mit denen ich konstruktiv über das Projekt reden konnte. Schließlich auch dem Team aus Vorablesern, bestehend aus treuen Leserinnen und Lesern, sowie angesehenen Buchbloggern, die ich hier namentlich nennen möchte: Laura Schwerk, Christin Krüger, Nicole Bertram, Rebecca Dohr (Frau Curly) und Martina Suhr.

Schließlich danke ich meinen Cousin Marc, dem ich dieses Buch widme. Für unsere langjährige und unzerbrechliche Freundschaft.

Ein herzlicher Dank geht letztlich wieder an all meine Leser. Wenn euch das Buch gefallen hat, freue ich mich wie immer sehr über Rezensionen und Weiterempfehlungen.

André Hoff, Juli 2019

# ÜBER DEN AUTOR

André Hoff wurde 1989 geboren. Schon in Kindheitstagen erfand er fantastische Welten und zeichnete selbstgeschaffene Figuren. Später wurde das Schreiben zum wichtigstem Hobby und mündete in seinem Debütroman »BLAUE LEGENDE – Der Weg des Einen.«

Hauptberuflich führt er als Maurer- und Betonbaumeister ein Familienunternehmen. Er lebt mit seiner Frau, der gemeinsamen Tochter und einen Dackel im ländlichen Kremmen, Brandenburg.

# BLAUE LEGENDE
# DER WEG DES EINEN

EINER ALLEIN KANN WELTEN VERÄNDERN

Elvon ist ein fähiger Anführer der Karden. Doch Selbstzweifel und die Erlebnisse in der Vergangenheit binden ihn ebenso wie die Kultur seines Volkes. Alles ändert sich, als die Karden von einer Hochkultur aus dem Norden und der Eiszeit aus dem Süden bedroht werden. Elvon will seine Familie und Freunde beschützen und muss dazu sein wahres Ich entfesseln. Im Kampf um Leben und Tod stößt er auf eine Legende, deren machtvolles Versprechen sein Volk retten oder das Ende der Welt bedeuten kann ...

**Band 1 des Fantasy-Epos**

Veröffentlichung: 30. November 2018
Genre: High-Fantasy
Seiten: 455
Alle Informationen auf: www.andre-hoff.de